新潮文庫

湿　地　帯

宮尾登美子著

新潮社版

目次

湿地帯

第一章　謎の女

山峡の春は遅い。

江川崎駅を十六時十四分に発した窪川行き国鉄バスの最前列に腰掛けて、小杉啓は
まだコートの衿を立てたままでいる。

土佐はあたたかいと聞いていたのに、谷底にしんと横たわった江川崎の町を取り巻く屏風のような山からは、まだどことなく冬のきびしさをひそませている無情な風がおろしてくる。

バスは空いていた。

それだけに重量の少なさでいっそう揺れ、冷たい梶棒に両手で摑まりながら小杉は前方をみつめ続けていた。

左手に連なる北幡の山系、右下に流れる四万十川の上流、九十九折にうねった白い埃の道、集落もない無人の辻にところどころ斜めにつったっているバスの標識に、長

生、権谷口、枡瀬、今成、とつぎつぎ目で追いながら、ここが既に高知県分であることに、小杉は何となく感動めいたものを覚えている。

小杉は一寸振返って網棚の上の鞄を見上げた。

宇和島で自適している老父が、若い時海外旅行をした名残りにとどうしてもとろうとしない、税関のシールが模様のように貼りついている大きな鰐皮の鞄。その中には彼の下着や身廻り品や愛読書や着換えなどが詰まっている。

薬大を出てからずっと国立の衛生研究所で薬務技官をしていた小杉に突然、高知県庁の薬事課長の辞令が下りたのはつい一週間ばかり前のことだった。

「いやあ、高知はいいところだよ君。そんなにおそれなくても」

厚生省薬務局の製薬課長は声を低めていった。

「女性がとても魅力的なんだそうだ。よそものが逃げ切って帰られる例は未だ一件もなし、というからね。君も今に素晴らしい南国女性を獲得して」

いいさし、課長はふと気がついて、

「あ、失礼。君は宇和島にフィアンセがいるんだっけな」

小杉は高知という未知の土地を恐れているのではなかった。

試験管やビーカーや白い作業衣に浸り、古いなじみの同僚とさして変ったこともない話題をかわし乍ら送る東京の日々に、彼は格別の不満をもっているわけではない。おそらく一生、薬品の匂いにうずもれて過したとしても彼は誰に不平を持とうともしないだろう。

彼の不安は行政の未経験さにあった。地方であるにしろ、一課を掌握して薬務行政に携さわるのが、技師上りの素人にやれるだろうかという危惧だった。

「なあに、のんびりやるさ」

課長は小杉の肩を叩き乍ら、

「技師畑からは出世が遅い。行政官はミスさえなければ順送りに出世ができる。地方で稼いだ年数はきっと無駄でなく、君のこれからの人生にプラスするよ」

宇和島の老父もそういい、息子を励ましてくれたのだが、小杉は既に自分なりの決心はでき上っていた。立ち向って来た運命に彼は尻込みするような男ではない……。

そのとき、車体は急に軽く浮き、滑らかな舗装道路を暫く走ったと思ったら、そこはもう、陽の傾いた田野々の駅だった。

田野々の町にはもう青い鈴蘭燈が点っていた。僅かな乗降客の為に開けられたドアからは雨上りのせいか、やはり春の日ぐれらしい花の匂いが濃く漂ってくるようだった。

バスはそれから街のなかの停留所を二つ過ぎ、舗装の尽きたあたりで突然、停車した。

男の車掌がものうげな声で、

「お客様に申し上げます。この先、熊野神社下から轟崎に至る間、約二百メートルに渡って土砂崩れがありますので、まことに恐れ入りますが徒歩連絡をお願いします」

その説明を聞いても車内には何の反応も起らなかった。土砂崩れなど珍らしくもないのだろう。

車掌も乗客もお互にのろのろした動作でドアを開け、網棚から荷物をおろしている。先導もしないのか、ドアの傍に突立っている車掌の脇を通ってもう歩き始めている客もあった。

そのとき後部の座席から声が近づいてきて、

「車掌さん、あの、ハイヤーでも通れないでしょうか？」

荷物を下そうとしていた小杉が振り向くと、車掌の前に和服の女性が立っていた。

「ハイヤー？　駄目でしょう」

車掌ににべもなくいわれ、困ったように眉を寄せる女の、長い髪を結い上げた細いうなじのあたりには美しい翳りがあった。

乗客たちはもう殆ど、長い怠惰な列になって昏れなずむ熊野神社下のたそがれの中に吸われていく。

車をバックさせるために地上に降り立った車掌のそばへいってなおも尋ねている女を残し、小杉もその列の最後尾についた。

土砂崩れは山からの流砂ではなく、谷側の道路の肩が幾個所も柔かく崩れ落ちて穴をあけているのだった。「路肩軟弱につき注意」と書いた白い標識がこれまでの道にもいくつも見られたことを小杉は思い出した。

これではハイヤーも通れまい……長い列が神社下の黒い森に入ったとき、小杉はさきほどの女のことを思い出して振返ってみた。

うす闇がおおっている森の入口に白い着物が小走りにこちらへ向って駈けてくるのが見える。

小杉は地上に大きな鞄を置き、ポケットから煙草をとり出してライターを鳴らした。徒歩で連絡バスに乗る方法しかないことを確かめたであろう女が、遅れまいとして駈けてくるのを、ここで待っていてやろうと思ったからである。

小さなボストンバッグを一つ提げた女はまもなく息をはずませながら近づいてきた。樹齢を重ねた杉の森は、小杉のライターの灯さえ頼りたいほどの暗さになっている。

川音が耳に響くほどの昏れの静寂にとり巻かれていた。

女は小杉の前で一瞬、立ち止り、きゃしゃな肩で息をしながら、

「あの、有難うございました」

丁寧に頭を下げた。

「いや」

小杉は、女を先に立て、昏れた道を拾って遠くなった連絡の列を追った。女は意外に健脚だった。

手に重い荷物もなく、この健脚なのに、ではなぜこの女はハイヤーを欲しがったのだろうか。

喫いながら歩く小杉の紫煙はまっすぐに後ろに流れ、前を歩く女も終始無言だった。

山の曲りを三つほど折れると、やがて、向きを変えて灯を撒いている国鉄バスが見えはじめた。伸びたり縮んだりの列は一人ずつその車体に吸いこまれていき、しんがりに小杉が来ると同時に発車した。

女は乗車直前、後の小杉に会釈すると、車のうしろのほうへ席をとりにいった。誰にいわれたわけでもないのに乗客たちは前の車とほぼ同じ位置にもとどおり納まっている。小杉も鞄を又網棚に上げると、最前列、運転手の傍の座席に腰をおろした。

女がなぜハイヤーを呼ぼうとしたか？　小杉が歩きながら考え続けていたことは、車掌の説明を聞いてすぐ了解ができることだった。

「この車の窪川到着は十九時二十六分の予定、十三分のお待ち合わせで上り高松桟橋行き準急に接続致しております」

女は窪川駅十九時三十九分発の高松桟橋行きに乗る必要があったのだろうか。徒歩連絡でも、充分間にあうことを確かめる為に車掌に尋ねていたに違いない。

それにしても、身辺どこやらはかなげな愁い(うれい)を漂わせているのは、いったい何故(なぜ)だろう？　又、女ひとり、こんな難路を越してまでいく用が何の為にあるのか？……

しかし、小杉はまもなくヘッドライトに照らし出される前方の景色のほうにこころを奪われていった。

瞬間的にライトの圏内に入っては消え消えては入る沿道の民家のたたずまいや、時折すれちがうトラックの社名など、今はもう小杉にとって決して無縁のものではない。行政官としても一県民としても、この未知の土地になじんでいかなければならないのである。

車は弘瀬峠の標識を越すとゆるやかに下りはじめ、やがてよく磨かれたフロントガラスいっぱいに一塊のネオンの光芒(こうぼう)が映じてきた。窪川の町だった。

バスから下り、既に改札の始まっていた駅を横切ってホームに立つと、今が四月初旬であることを改めて思い起すほど、冷たい風がふきさらしている。

小杉は再びコートの衿を立て、汽車を待っている人影のなかにさきほどの女を目で探した。

勝手のわからないままに、一番あとからバスを下りた小杉のすこし前にはもうそのひとはなく、駅の灯のなかにも白い和服姿はなかった。駅舎をめぐって黒々とせまる四囲の山かげにのみこまれてしまったかのように消えてしまっている。

ひょっとすると窪川の町に用があってあのまま下りてしまったかもしれない……この汽車に乗るためにハイヤーを探していたのだという自分の推理が脆(もろ)くも崩れたのを苦笑しながら小杉は喫いさしの煙草を捨てた。

一等車のない、赤いディーゼルカーの折返しが速度を落としてホームに入ってきたからだった。

ホームはもうかなりの混雑を呈して来ていて、彼は最後尾の車輛(しゃりょう)にやっと空席をみつけることができた。

あのひとはやっぱりこの昏れた山かげにひっそり立っているのが似つかわしいようなひとだった……小杉は何故か又まつわりついてくる細いうなじを振り払うようにし

て胸ポケットから手帳をとり出した。

開いた手帳の後尾には、

高知市桜木町二ノ二八

県庁官舎　五号

とあり、そのかたわらに詳しい地図が描かれてある。地図のなかは点線で囲まれた〝高知公園〟の描きこみが大きな部分を占めており、斜めに〝すべり山下〟と赤い線の矢印がその官舎を指していた。

これは転任赴任の挨拶（あいさつ）に廻る際、東京三年町にある高知県事務所の職員が丁寧に描いてくれたものだった。

「お出迎えをさせますから」

というのを、一旦郷里の宇和島へ帰り西側から高知入りするわけを話して無理に断ったからである。

それに、小杉は日頃から仰々しい送り迎えや鞄持ちのたぐいをひどく無意味なものにみていた。官庁における形式的なそんな慣習が、ある意味で人事の老化現象を生み、官吏の人間性を奪ってしまうのだとも考えている。

いつも風のように軽く自由で、権威を中心とするあらゆる圧力に対してはがねのように強じんでありたいものだ……黒くうしろへ流れる窓外に目をやりながら、小杉は手帳を胸にしまった。

汽車の中はひどく混み、さわがしかった。見知らぬ人同志、澄ましきって、あるいは全く無関心に、肩突き合わして乗っている都会の電車などと違い、ここには人間同志のぬるま湯のような生活の酷似性がある。狭隘な土地の、おびただしい共通の話題に安住していられるのどかさがある。

汽車が須崎の駅に着き、乗客の入れ替えが終ると、乗客同志の話し声はいっそう活発に拡がっていくようだった。

ローカル線は通勤車も兼ねているせいなのだろう、職場の話題が一番はなやかに耳にとびこんでくる。なかでも、今日あったらしい小学校教師のソフトボールの試合の話は、この車輛内に興奮をもちこんで来たようだった。

「三つもエラーを出したあいつに罰としてこれを呑ましちゃる」

自分自身、すでによろけながらウィスキーの小瓶を振って車輛の端から端へわたっていった男先生を見送って、

「それが罰になるか。逆じゃないか」

と小杉の囲りで笑い声が挙がる。酒や、なまぐさい干物や、漬物や、雑多な匂いに

煙草の紫煙をからませ、汽車は揺れながら、しだいに高知市に近づきつつあった。

小杉が車窓に遠く高知城を望んだのは、朝倉の駅を出てからである。漆黒の夜空に、ライトを当てられた白い天守閣がかなりな高さで浮き上っているのは思わず息を呑む美しさだった。これまで東海道線の夜行で、小田原、熱海、彦根、明石の城を記憶していたのに、これはまた、何と飄然たる趣きを放射していることか……昂然と甍を跳ね上げた夜空の高知城こそ、ある意味における土佐人の気質の象徴なのかもしれない……小杉が土佐に対する浅い予備知識でそんなことを考えているうち、汽車は混んだ家並の中を僅かに走って高知駅のホームに辷りこんだ。ここはさすがに凄い人垣だった。小杉はゆっくりと人をかきわけ、陸橋を渡り、出口に向って歩いていった。

夜の高知市が目の前に拡がる——そう目を挙げたとき、彼は出迎人の人混みのなかに自分の名を鮮やかにしるした白紙が高く掲げられてあるのを見た。深い驚きだった。いったい、小杉がこの汽車で着くのを、出迎人は何故知っていたのだろう？ にわかに、困惑が重く肩へかぶさってくるような感じだった。高知城を遠望しながら土佐入りしてきたゆったりした気分はいっぺんにふきとび、彼は足を速めて改札口を出た。

高知県薬事課長、小杉啓様

の紙を差し上げて立っていたのは、意外なことに真紅のスーツを着た若い大柄な女性だった。片手に紙を巻き納め乍ら近づいてきて、

「小杉課長さんでいらっしゃいますね。ようこそ」

膝に揃えて会釈した指の爪がスーツにあわせて真紅に彩られているのに目をやり乍ら、小杉は一応出迎えの礼を述べた。

「小杉です。御苦労さまでした」

ふたりは互に背をこごめて挨拶しながら人波みに押されてタクシーの列のほうへ流されていく。

山間部と違い、駅の夜気は花見のさんざめきが感じられるほどになまめいてあたたかい。

小杉は湧きあがってくるたくさんの疑問を胸にわだかまらせたまま女のうしろに立ってタクシーを待った。列はすこしずつ進み、小杉の番が来たとき、女は振返って、

「課長さん、どうぞ」

と小杉を誘う。小杉はためらわず先に乗込んで膝に鞄を乗せてから、女のために席をずらした。

動きはじめると、小杉は運転手にともなく女にともなく、

「桜木町二の県庁官舎ですね」

というと、ネオンのまたたきがフラッシュのように入ってくる暗い車内でキラッと目を光らせ、

「あら、課長さん、お食事まだなのでしょう？　で運転手さん、万竜へね」

「君はいったい、誰です？　県庁の方ですか？」

小杉はたまりかねて女を見据えた。確かに腹は空いていた。不馴れな夜の町を案内してくれるのは有難い。しかし、小杉の意志も問わず強引に連れ去ろうとするのは、迷惑以上の不快さだ……小杉は車に乗る前に、疑問を解いておかなかったのを後悔しながら、

「君、桜木町の県庁官舎にやってくれ給え」

運転手に強く命じた。

女はふっと一瞬遠い目つきをし、微かに笑ったようだった。それは自分の計画をにべもなく突っぱねられた口惜しさを自嘲したようでもあり、誘いに乗らない小杉の強さに瞠目したようでもあった。

不思議な女だ……。

それっきり押し黙ってしまった女を無視して小杉は手帳の地図を思い起しながら、運転手に五号官舎の所在を説明した。

「遠いのかね？」

「いや、すぐそこです」

夜空の高知城を真下から見上げるほどの近さまで車は迫り、砂利道をすこし走って停車した。

浪花薔薇(なにわいばら)の生垣で囲った二階家が五軒並んでいる。一番端の五号官舎には既に灯が入っていた。誰かが点(とも)しておいてくれたものだろう。

小杉は荷物を一旦五号官舎の玄関に置き、隣家の防災課長宅へ挨拶にいって鍵(かぎ)を貰(もら)い再び戻ってみると、荷物の傍にさきほどの女がたたずんでいる。

ほの暗い軒燈の灯りをうけて、赤いスーツは影のような妖(あや)しさだった。

「先程は失礼致しました」

腰をかがめた女の姿態には、駅頭から小杉を拉致(らち)しようとした強さは嘘(うそ)のようにそがれ、肩を落とした女らしさがあった。

「私、明神瑞代(みょうじんみずよ)と申します。友人が厚生省薬務局の企業課に居ましてしょっちゅう課長さんのお噂(うわさ)を伺っていました。ですから、この度のご赴任は私、とても嬉(うれ)しくて、今夜、勝手に万竜を予約してしまいました。ご迷惑でしょうが、今からご一緒願えませんでしょうか」

「企業課の方？　それはどなたですか？」

「柳川喜久子と申しますが、課長さんはたぶんご存知ないと思います。それについても是非お話申し上げ度うございますから」

「柳川喜久子？」

　企業課にそんな女の子が居ただろうか？　もっとも企業課と衛研とは直接交渉はなく、小杉自身、薬務局へ出向いた経験も数えるほどしかない。知らないのは当然な話だった。

「それはしかし、どうしても今夜でないといけないのですか？」

　瑞代という女の不可解さが少しばかりうすれたとしてもなお、差し向いで飯を喰うことの気分の重さがあった。

「はい。お疲れでしょうけれども」

　事情がわかったとしても結局、強引さにかわりはないのだ。……小杉は半ばあきらめ、ついていくことにして鞄を玄関に放りこみながらふと、これは〝強引〟でなく〝最高の好意〟なのかもしれないと考えた。

他人の往来についてひどく事務的な都会人たち。好意的だけれどもしつこくない宇和島人たち。しゅうねく粘液的で強引なこんなやり方こそ高知における歓迎方式なのだろう。

そう思うことで、さきほどから火矢のように小杉の頭のなかを飛び交っていた警戒心がうすらいだのは事実だった。

衝立で仕切られた料亭万竜の小座敷に向かい合うと、友人の知己というだけの初対面の男性を誘った恩着せがましさはすでになく、カラリとした態度で瑞代はいくつかの料理を註文した。

「これがチヌの洗い。これがかつおのたたき。これがはまちのぬた。それに、これは土佐の銘酒。私、何よりもこれを早く課長さんに食べさせてあげたかったんです」

灯りのもとで盃を交わす瑞代の頬は上気して花のようにあでやかにみえる。

酒は胃の腑にしみとおるほど美味く、魚は新鮮で、まるで太平洋の潮の香を含んでいるようだった。

「美味い！」

お世辞でなく小杉が洩らすと、

「それは、初味だからでしょ。食べ馴れるとかつおのくん製など大味でデリカシイがなくて、しぶといだけですよ」

「ふむ、そうかもしれない」

しかし、小杉の土佐における今からはすべて初味の試食ばかりなのだ……仕事にも人間にも……。

盃は〝差し〟でかなりひんぱんに往復しているのに、瑞代はなかなか酔わなかった。小杉も酒量にかけては自信がある。

皿の料理が空になり、銚子がいく度とり替えられても、どちらも一向崩れをみせなかった。しかしどこか角張っていた遠慮は酒気のなかに溶けこんでしまったように無くなっている。

「全然面白くないわね。酔わない人間なんて」

「そうですよ。意識の旋回がない。固定的素面(しらふ)だ」

「じゃ課長さん、改めて呑みにいきましょう。今度はバー」

バッグを引寄せて立ち上りかけた瑞代に、小杉はこだわっていた疑問の言葉を投げた。

「単なる友人の知己、それも当の僕さえ知らないほどのうすい知己であるという因縁だけで、あなたは僕を歓待するのですか？　それとも他に理由があってですか？」

瑞代はそれを聞くと、肉付きのいい咽喉を反らせ、声を挙げて笑った。

「柳川喜久子のこと？　あれは嘘。嘘っぱち。土佐ではね。こんなのを嘘の皮っていうのよ、課長さん」

「嘘？」

おうむ返しにいうと同時に、コートをひきよせて小杉も立ち上っていた。

「じゃいったい誰なの君は。何の為に僕にこんなことをする？」

全然酔ってはいないと豪語した瑞代の足もとは立上ると意外にふらふらしていた。一時に酔いがまわったのか目許さえとろんと浮いて、

「野暮な声、出さないで。私の正体は今度のバーで種明かしする。さあ」

壁に摑まりながら出口へ歩いていく瑞代のうしろから、小杉は嘔吐物をのみ下すように不快さを圧し殺していた。

よろよろしながら靴をはいている瑞代を追越し、小杉はレジに近づいて内懐ろに手を入れると、

「明神さまのご招待でございますから」

白い割烹着をつけたレジ係が丁重に頭を下げた。

イヤリングから指環まで真紅で統一しているしゃれ具合といい、料理店に顔の利く

ことといい、それに、駅頭での印象と、官舎の玄関でしおらしく小杉を誘った豹変ぶりといい、明神瑞代と名乗る女、ただものではなさそうだ……再び警戒心で身をよろいながら、小杉は一足先に路上に出て夜気を胸いっぱいに吸い込んだ。

頭をめぐらすと、高知城が映えているのが見える。つい二時間ほど前、車窓から望んだときのような感動はなく、いまは平板な高知の夜景として眺められる。

不思議な夜だった。

「僕はここで失礼する。又、いずれ」

後から出て来た瑞代にそういい放つと、小杉はタクシーの灯が流れている通りへ出ようとした。

「そう？　酔っている私を残して？　それにあなた、私の正体知りたくないの？　このまま私を捨てていってしまうのは薬事課長として大へんな不利よ」

その最後の言葉が、逃れようとしている小杉の足を釘付けにした。

バー〝霞〟は、ネオンの色がいくつも交錯した影をおとす小さな路地の奥の二階にあった。

「ここは堀詰。ここは柳町。ここはよさこい横丁」

小杉がバーへつきあってくれることになって機嫌をよくした瑞代はきっかりと酔眼

を張り、それが義務でであるかのように小杉に町名を説明しながら歩いた。

木にドンゴロスを敷いたような粗末な階段を上り、黒ガラスに〝ＫＡＳＵＭＩ〟とローマ字で書かれたドアを肩で押すと、瑞代はぐるりと店内を見回わした。

細長い空間をできるだけ有効に使って、汽車のシートのように縦長に並んでいる椅子を物色していたが、やがて、

「こっち」

と小杉をカウンターの止り木へ招いた。

「ママさんは？」

とグラスを磨いていた女の子に尋ねている。

「いますよ。おトイレかな？」

学生のように衿のつまったブラウスを着た子はそっけなく答えた。

店へ連れていくだけ、という約束だった小杉は熱いお絞りをつかいながら低い声で瑞代を催促した。

「君、名刺もっているでしょう。それだけ貰えばいい。僕はもう帰る」

「私はルシアンよ。こちらはぐっと強いからアブサン」

小杉の声が聞えないふりをして、瑞代は女の子に勝手に注文している。

「いや、僕は水割りにしてくれ」

このぶんでは果てもなくこの女にほんろうされそうだ……。

〝薬事課長として不利〟という殺し文句に難なくよろめいて、のこのこ階段を上ってきた自分のけちな根性が胸も灼けるほどに悔まれる。

裏返せば課長という地位をかばうふりをして、逆にひけらかしたい出世主義者の成り上り意識なのだ……自分のなかにもそういうものがある、この自分の中にも……。

運ばれてきた琥珀いろの液を、小杉はぐっと一息にのみ干すと、はずみをつけて止り木からとび下りた。

「お先に失礼する！」

小杉が歩き出そうとしたとき、

「待って！」

と瑞代の手に強く上衣の裾をとられて引き戻された。

「あなたにここのママを紹介したかったの」

目の前の女の子はいつのまに入れ替ったのか、ひどく肉感的なふとり肉の女になっている。

女が着ている、衿が深くくびれた深草いろのドレスは陶器のように白い、てりのなめらかなその肌を見せるためのものでもあろう。

「霞さん、どう？　こちら今度の薬事課長。小杉さんよ」

マダムは聞くなりみるみる眉間にけわしいいろを漂わせて、

「まあ！」

二の句が継げないといった風情で瑞代を見据え、

「いつこちらへいらしたの？」

「今日よ。それもほんのさきほど」

瑞代はマダムの目の前にグラスを高く挙げ、けらけらと高い声をたてて笑った。

それが階段を急ぎ足でおりていく小杉の耳朶に、まるで勝利者の歌声のように誇らかに貼りついていた。

冬の季節がきわめて少ない南国土佐では、四月ももう十日の声を聞くと平地の花は殆ど散ってしまっている。

花に替って稚い葉を茂らせたすべり山の老樹が高知公園の森を背景にして、この官舎の二階の窓からはよく望まれた。

匂やかな、熟れた春の景色だった。

初出勤、挨拶廻りをおえた小杉は荷物の整理のためにすこし早目に退庁し、シャツ一枚になって自分の住家をととのえる。

長い独身生活の習慣から、身辺の雑事を彼はひとに任せるのを好まなかった。

「お手伝いしましょう」

という課員の申し出をやっとの思いで断わり、東京の下宿住まいのときの要領で玄関の荷物を順にほどいていった。

着換え、夜具、机、書棚、若干の台所用具、人間ひとりの単純な巣を営むにも最低の道具は要るものだ。

それに小杉には秘かなたのしみがあった。夜具と夜具の間へ、いく重にも布を巻いて厳重にはさみ込んである包を解くと、いくつかの茶碗があらわれる。大学時代、ふと訪れた美濃窯から瀬戸の陶芸の美しさにとりつかれ、自由の利く範囲で集めたり、みずからも焼いたりした。

茶を喫するすべも知らないのに茶碗の蒐集とはひどく断絶的で、しかも矛盾している、と思いながらも、それは孤独な自分にいかにも似つかわしい趣味でもあるように考えられる。瀬戸系のなかでも織部から出発した小杉の好みは当然のように豪快で豊醇な志野茶碗へと移ってゆき、この五月、東京根津の美術館で開かれるはずの「志野名品展」を見られないのが地方転出の唯一の怨みとなっている。

小杉は茶碗のひとつひとつを大切に解き、みがき、書棚に並べて眺めた。古いものに交ってモダンな砥部焼茶碗もある。松山市の近郊に窯をひらく砥部地区を訪れたさい手に入れたものだが、そのときはフィアンセのしず子と一緒だった。

小杉はふと、もう長い長い時間しず子と会っていないような気がした。よく考えてみればつい二日前、宇和島駅まで送ってくれた筈なのに、しず子の印象はもうひどくうすれてしまっている。

ひょっとするとしず子とは遠い距離をもつようになってしまうかもしれない……そんな予感は小杉自身をますます孤独に追いやろうとするかのようだ……。

彼は立上って、大体片付いた二階から降りていった。

階下は台所と玄関と客間。すこしばかりな庭に広縁が張り出し、彼はそこに寝椅子を置くことにした。

玄関の戸の隙間から夕刊が投げ入れられている。

「もうそんな時間なのか」

長い春日は残光を縁の端に投げていた。小杉は背をかがめて夕刊をひろい上げ、ゆっくりと寝椅子にくつろいで、社会面を開いた。

そこには小杉の心臓に釘を打ちこむほどの非情な見出しがゴシックで大きく組まれてあった。

赤いスーツの変死体、
今朝、中央公園のベンチで

十一日午前六時ごろ、高知市中央公園のベンチに真紅のスーツを着た若い女性が死んでいるのを通行人が発見。直ちに高知署に届け出た。同署の調べでは、高知市八百形町に明神薬局を営む明神瑞代さん（二七）と判明。死体に外傷はなく毒物死の疑いが濃いので同日直ちに死体を解剖した。解剖所見によると瑞代さんは青酸カリによる中毒死で、死亡時間は十一日午前零時ごろ。胃の中には多量のアルコールが残っていた。

なお、赤なめし皮のバッグに入った現金二万一千円もそのままで、死体に抵抗の痕もみられないところから同署では一応自殺とみてはいるが、なお念のため当夜の瑞代さんの足どりを捜査中。

妹、笛子さん談。

自殺とはおかしい。姉は絶対に自殺などするような人ではありません。誰かに殺されたのだと思います。酔っていたそうですから連れ出されて青酸カリを呑まされたのではないですか。是非犯人を探してほしいと思います。

記事の上段には目鼻立ちのハッキリした瑞代の顔写真がかすかに笑っている。

小杉は大きな息を吐いた。複雑な悔いと驚きが黒く目の前に立ち塞がった感じだった。

当夜の足どりを捜査中、の文字のなかにまさしく自分も入っている。しかも薬事課と密接な関係をもつ薬局業者の若い女性と赴任第一夜から呑み歩いたことがわかると、めんどうなことになりそうだ。

しかし、それにも増して小杉の心を動かせたのは、〝自殺説〟に対する疑問だった。妖しい雰囲気をたたえた女であったにせよ、花のように瞳をきらめかせて彼と対話していた女が、一、二時間ののち、果して自ら毒をあおる心境になれるものだろうか……小杉の頭の隅をチラとその瞬間、バー霞のマダムのけわしい眉がかすめた。あんなにしつこく小杉との同道を迫った瑞代が、霞にひきあわせるなりあっさりと別れたのも、何かの事情がありそうに思われる。

小杉は新聞の短かい記事を繰返し読みながら、妹笛子の強い他殺説の主張に同調している自分を感じた。

高知署員が二人、五号官舎の玄関にあらわれたのはそれからまもなくだった。バッグの中のふたつのマッチから、万竜——バー霞が洗われ、最後にここへ来たのだという。

「あなたが先に帰られたのは霞の傭人(やといにん)たちの証言がありますが、念のため」

いいながら、明神瑞代との関係、当夜飲食したもの、会話の内容、など型通りメモし、

「自殺でしょうきっと。最近、薬局の経営が苦しかったそうで、苦しまぎれに異常なダンピングをやっていたそうですから」

ふたりの署員はこともなげにいい切って小杉に挨拶し、去っていった。

「薬局経営に追いつめられて自殺か！」

小杉は、自分に対するかかわり合いが軽く済んだことよりも、自殺に殆どきめてかかっているような署員の口ぶりに何やら反撥(はんぱつ)めいた昂(たか)ぶりを覚え、ライターの音を高く鳴らせて煙草(たばこ)に火をつけた。

第二章　デスマスク

高知市朝倉に広大な敷地をもつ国立K大学は、もとの高知連隊の兵舎跡である。

戦後二十年近い歳月は流れても、予算の乏しい国立の経営ではいまだに索漠たる兵舎の面影は拭いきれずにいて、この門をくぐるとき、助教授の坂田はときにおかしな錯誤にとらわれる瞬間があった。

それでも彼たち心理学の研究室は一応新校舎となっていて、芝生をよぎって最南端の棟にちいさな一室をもっている。

長い春日が昏れはじめると、坂田は机の上のウッドワース力学論の厚い本を閉じ、壁のコートを外した。今日は助手の木下が休みなので、ひとりで茶を淹れ、ノートをとり、書庫から本をとりおろし、すこし不自由な、それでいてとても自由な一日を過したところだった。

坂田がコートに手を通したとき、庭に面したすりガラスに人影が落ち、コツコツと外からガラス戸がノックされた。

いつも庭越しにやってくるのは曽根のやつしかいない……坂田はそう思いながら閉めたばかりの錠前を外して窓を開けた。

案の定、窓枠のすぐ前には漆黒の髪を規則正しい櫛目（くしめ）で分け、うす茶のヴェストをきちんと身につけた曽根の顔があった。

「帰るところだろう？　ちょうどよかった」

若い緑に伸びはじめた校庭の芝生の外れに、〝ソネカメラ〟と白くローマ字で抜いた黒のライトバンが駐車している。

「帰るところは帰るところだが、君の車は我が家との距離を遠くしてしまうだけだからな」

そぞろな春の日昏れ、妻子の待つ朝倉の県営アパートへまっすぐに帰る味気なさを感じていたくせに、坂田は曽根の誘いをそんなふうに茶化す。

青春の日を一緒に過した旧制高校時代のなじみは、曽根が親父（おやじ）のあとを継いではまや橋にカメラ店を経営しはじめてからなお一層深いものになっていた。

すこしくたびれたコートに何の荷物ももたず坂田が庭に下りると、曽根はもうドアをあけて待っている。

「わざわざ来たのか?」

「いや商売だ。この近くに交換レンズを届けに来たついでだ」

既にラッシュになっている街なかを巧みに縫いながら、車は市の中心街へ向っていく。

「その後ペンタはどう? 具合いいかね」

曽根が腕を誇るポートレート以上に風景写真に凝っている坂田は、カメラの話になると目がない。

最初買ったEEカメラでさんざん撮りまくったあげく、二年経たないうち、これは伸ばしたとき像が崩れるの、シャープでないのと不満が出て、最近曽根の指導で交換レンズのきく三五ミリの一眼レフに買い換えたばかりである。

「うん、今のところ快調だ。僕の個性についてペンタはある程度の理解者らしい」

坂田は満更でもないような顔付きだった。

「カメラは一種の駻馬馴らしだからね。ペンタあなどるべからずだ」

車は帯屋町に入り、「ウイロー」とレモンいろの灯を点している喫茶店の前に駐車した。酒の呑めない曽根が行きつけの店だった。

「コーヒーで悪いが、今日は君に頼みごとがあるんだ」

酒の強い坂田をふりかえりながら曽根はウイローのドアを肩で押した。喫茶店の二階、ドラセナの葉かげには、はやばやと上衣をとった軽やかな服装のアベックたちが席を占めている。

紫煙が重くたゆたっている室内のボックスの間を縫って、曽根と坂田は窓際の黄色いシートに相対して腰をおろした。

「もう初夏だね」

お絞りで手を拭きながら曽根が窓の外を見おろしてつぶやいた。

「そうだ。高知の春の季節は短かすぎる。だから性格の不均衡者が多いんだよ」

心理学者は相槌をうって運ばれたコーヒーを取上げた。

「頼みごとっていうのはいったい何？」

「うん。モデルになって欲しいひとへの橋渡しだ。僕は今まで対象をみつけたら直接ぶつかって頼み、一度も断られたという経験が無いんだが……」

「というのは、君ひとりでは成功する自信がないというわけだね」

「うむ」

曽根はコーヒーカップを皿において目を挙げ、

「自信？　いや、それとはすこし違うようだ。これまでのように人間の表情とか姿態とか、あるいはそれに感情的なニュアンスをもたせたものを瞬間的に焼き写すという職人的なものではなく、いってみればカメラというメカニックなレンズを通して再現されたとき、そのひとは既に死んでしまっている、ということなんだよ。僕の眼やファインダーが、そのひとの生き身を切り、裂き、砕いてこなごなにしてしまわなければこの仕事は成功といえないだろう。そういう扱い方を理解して貰えるか、どうかだ」

「しかし」

坂田は一本の木、一軒の家を撮るときの自分の経験を思い出しながらいった。

「多かれ少なかれ、カメラマンというのはサディストだからな。モデルになるひとの宿命だよ」

「いや僕の場合、もっと昇華されたもののようだ」

すこしもどかしそうな口調で曽根はさえぎった。

曽根にしては珍らしいほどの熱意なのだな、と坂田はこれまで彼がものにしたたくさんのポートレートを思い浮かべた。若い女の姿態、運動のあとの女子学生、皺を彫り込んだ老婆のアップ、細工師の表情……それらのいくつかは全日本カメラコンテストに数回の入賞を得、ポートレートカメラマン〝曽根潔〟の名は今や全国からの注目を浴びている。

曽根はこれらの仕事を、カメラ店経営と同様に、おおらかに楽しんでやっているかのようであった。

しかし、いまはせつないほどに熱意をにじませている曽根の頬のあたりに、坂田は改めて驚きの目をやりながら、

「君がそれほど撮りたいひとってのはそもそも誰だね？　僕で橋渡しができるひとなのだろうか」

「君とは関係の深いひとの奥さんだ。君とおなじ大学、それも心理学の邑井教授夫人、晃子さんなんだが……」

聞くなり坂田は腹の底で思わずうめいた。

「僕が晃子さんを初めてみたのは竹林寺の野点ての茶会でだった。白い訪問着ばかりのなかで、あのひとは紫の江戸小紋を着、白い塩瀬の帯を締めていた。僕に茶のことはなにもわからないながら、白い帯を傾けて茶筅を動かしているそのうしろ姿を見た瞬間、僕は高い音をたてて流れる冷たい谷川に足を浸けたような、身ぶるいのする感動でいっぱいだった」

「ふむ」

坂田はさりげなく促した。

「で、そのとき君は本人にぶつかって素姓をただしたの？」

「いや、それはとてもできなかった。一種の畏れだったろうね。彼女の身分と、江川崎出身であることがわかったのはいく日かの後で、僕はそれを聞いて謎が解けたような気がしたね。君は海辺出身だからわかるまいが、僕はちいさいとき、津賀という北幡の山沿いの町で暫らく暮したことがある。彼女の育ったという江川崎と、僕の居た津賀の町とをめぐって流れる四万十川の渓流は、今でも動かし難い僕の郷愁だ。彼女のたたずまいには瀬音がある。清冽な渓流がある。僕はそれを撮りたいんだ。人間でなく、晃子さんでなく、瀬の音。人間の郷愁を呼びおこすせせらぎの音だ」

曽根はそこで言葉を切り、窓外に目を投げて自ら苦笑した。

「愚かしい限りの執念だと自分でも思うよ。実際ね」

「いや、感動ってのは大切だ。我々はそれを感じる素直さがうすらぎつつあるからね」

いつも茶化し合っている友人間で、こう真面目な話題について語り合うのは稀有なことだ、と坂田は自分もすこし感動的になりながらも、一方では又ひどく重苦しい気分に追いこまれていくようだった。

坂田はこのほど、フルブライトのアメリカ留学生を希望するために、異常なほどの情熱を傾けてまとめあげた〝日本狐狸譚(こりたん)〟という一論文のことを思い出している。あれは果して、坂田自身アメリカに渡ってウッドワースの学説について研究したいためのものだったか？　それとも？

坂田の心の底をふっと邑井教授の能面のような表情がかすめた。教授は戦前、文部省在外研究員としてドイツ留学二年間の経験がある。

べつにそれをひけらかしているわけではないが、ときにヴュルツブルク派などについてまざまざと語られるとき、坂田には何かしら穏やかならぬ気持のいら立ちがあった。坂田にしては、自分を主任教授との対抗意識のなかへ置くのはひどく苦しい。しかし、学問以外に何の意図もなくアメリカ留学を希望したともいいきれない何かがあるようだ。

「どうだろうね、坂田。僕は彼女が承諾してくれれば一冊にまとめて写真集を出したい考えだ。ただ写すだけ、というカメラの限界を、これで打ち破ってみたい僕の狙(ねら)いなんだ」

曽根の熱心な目のいろはよく理解されるものの、坂田にとってこれは気易(きやす)く引受けられる簡単な問題ではなさそうだ。

そのとき、二階の隅にあるピンクの電話のベルが鳴り、取次いだウエイトレスが曽根の名を呼びあげた。

電話から戻ってきた曽根は立ったまま、

「店からだった。すぐ帰らなきゃならないんだが、君はどうする？」

坂田は一寸(ちょっと)立上る気にもなれず、ものうい声で返事した。

「もすこし居るよ。君は帰れよ」

「そろそろビールの季節だが、じゃ又にするか」

曽根の黒いライトバンが窓の下を走り去るのを見送ってから、坂田はふっと吐息をついた。

「邑井教授か」

旧帝国大学卒業の肩書きのみならず実際に該博な知識をもち、二年にわたる外遊生活と名家の出身という経歴が、貴族的で冷たい雰囲気をかもし出させている男。それがどうしようもない重さで坂田の意識に絡(から)まりつき、一種の圧力になっているのはまぎれもない事実のようだった。

坂田は日頃から、嫉妬(しっと)や、羨望(せんぼう)や、諦念(ていねん)や、憎悪(ぞうお)などの感情にひきずりまわされるのをひどく嫌っていた。

もし、自分と邑井教授との間に溝のごときものがあるとしたら、それは学説上の宿命だというふうに解釈しようとしている。

この一週間ほど前、助手の木下が邑井教授には内緒で新聞社の記者入試を受けたのがわかったとき、ふたりの間にはきわめて平静な、口論とはいえぬ言葉のやりとりがあった。

「君は木下が大学助手に籍を置いていながら記者試験を受けたのを、知っていてとめることをしなかったのですね」

「そうです。全国的にみても助手がジャーナリストへ転出していく例は多いし、木下の気持も理解されるように思われましたから」

「では、学者の矜持を捨てた全国的傾向というと、君も幇助するということですか」

「いや、べつにそういうわけではありませんが、現在の機構では彼に充分な研究的環境を与えてやるのは困難に近いことでしょう。彼の希望が万一途中で変わったとしてもそれをおしとどめる権利も資格も何等、われわれにはない筈です」

「君の意見はもっともでしょう。そうすれば誰をも侮辱することにならない……」

大学へは辞表を出しておきますね。ただ、私ならば入社試験を受ける前に、

教授は坂田の研究室を訪れたときと同様、静かな足音をさせて引返していった。

〝これは地方大学に対する見解の相違にすぎないのだ〟と坂田はそのときそう考えた。未だに象牙の塔意識の強い戦前からの中年教授と、大学は単なる職業人の養成機関と割り切っている戦後派の助教授と……。

しかしたった今、曽根から聞いた話が何故こうも重苦しく坂田の胸を締めつけてくるのだろうか。

意味もなく飲み干したコーヒー茶碗を片手で長い間もてあそびながら、燃焼的な感情を嫌っている人間こそその熱さ、痛さを一番よく知っている証拠だという逆説を、坂田は仕方なく自分自身の心のなかに殆どみとめようとしていた。

それは学説上の相違などという体裁のいいことばではなく、もっと人間的な、赤裸々な戦闘意識そのもののようだった。

Hフィルム、と斜めに抜いた七色のネオンが夕闇に明滅している店の前に車をとめると、曽根は大股で歩道を横切り、店のドアをあけた。

「お帰りなさいませ」

困惑したような社員の挨拶へ、

「その子、まだいるの?」

「はい、応接間でお待ちです。どうしても至急社長にお目にかかりたいというものですから」

曽根は奥へ通じるドアを開け、階段を上って応接室の扉をノックした。

「はい」

という若い娘の応えをたしかめてドアをひくと、まだ灯も点けないうす暗い室内に、黄色いセーターの娘がひっそりと立っている。

すぐ表通りに面している二階のこの応接室には、看板のネオンがミラーボールのように映じていて、長い髪を背に垂らして立っている娘の姿を、お伽話の妖精のようにさまざまな色に染め変えていた。

「失礼しました。お待たせして」

スイッチを入れて灯を点すと、浅黒い皮膚に娘の大きな眼がつきつめたいろで暗く光っている。

「おかけなさい」

曽根は目の前のソファをやさしくすすめた。どんな用件かわからないが、この娘には明るい雰囲気がすこしも無い。背伸びしたような沈うつな表情をゆるめもせず、

「私、おじさんにどうしてもお願いがあって来たんです」

娘は突立ったまま、両の拳（こぶし）を固く握りしめて曽根を見上げた。

「おじさん？」

曽根は苦笑しながら、

「どんなことでしょう？　僕でできる簡単なことなら」

「おじさん、おじさんはポートレートがとてもうまいんですってね。うちのお姉ちゃんとお友達だったでしょう？」

「あなたは何ていうお名前なの？　どこですか家は」

「明神笛子。明神薬局の瑞代の妹です」

あっと曽根は声を挙げるところだった。

〝赤い死体〟という見出しの新聞記事を読んで、曽根も少なからず驚いていたからである。

高知には、ソネカメラを拠点とするペンタックスカメラのグループがある。時折撮影会を開いたり、作品展をしたりの仲間だが、瑞代も去年ペンタックスを買い入れてからこの会員になっていた。

もっとも、彼女は写真について他の会員ほど熱心ではなく、会合にも殆ど顔を見せたことがない。

「お姉ちゃんとお友達でしょ」

といわれると、曽根は明確な返答に窮してしまうほどだった。

笛子は一歩ふみ出して、

「おじさん、お願いです。今から私の家にいってお姉ちゃんを写して下さい。お願いです」

「え？　瑞代さんを？」

明神瑞代は既に死体となっているではないか。

「お姉ちゃんは解剖して貰いました。だけど、もとのように洋服を着せて私が連れて戻りました。今、うちで寝ています」

驚きのあまり、この娘は気でも狂ってしまったのではないか……まじまじと自分をみつめている曽根の視線を撥ねかえして笛子は目をかっきりとあげ、逆に刺すように曽根をみて、

「おじさん、新聞みたでしょう。警察のひとたちはお姉ちゃんのこと自殺だっていうけれど、あたしにはわけのわからないことばかりです。お姉ちゃんは自殺なんかするようなひとじゃないとあたしは思うけど、警察のひとはもうこれ以上とりあってくれません。でもお姉ちゃんは明日もう火葬場へもっていかなきゃならない……だからお

じさんお願い。お姉ちゃんの死顔を、あたしのためにぜひ撮って下さい。カラー写真で」

「カラー写真?」

「ええ。あたしはお姉ちゃんは誰かに殺されたという気がしてならないんです。お姉ちゃんの顔はとてもきれいな紅いろをしています。これは青酸カリやアヒ酸などにしかみられない症状だそうですが、それをカラーで撮っておけば万一あたしの予感があたったとき、犯人をみつける手がかりになるかもしれませんから」

「それはね笛子さん」

曽根は立上って窓際(まどぎわ)にいき、ネオンの瞬(また)きを顔に受けながらいった。

「肉親のひとがしてあげることだ。僕はカメラを買って頂いたお得意さんという以外に何の関係もない。カラーの写し方は教えてあげるから、君がしてあげなさい。そのほうが姉さんも喜ぶ」

「いや!」

笛子は首を振って叫んだ。

「失礼だけど、私、おじさんの腕にお願いしているんです。他のひとではいや。ましてカメラをいじったこともないあたしなど、お姉ちゃんに対して失礼よ。失礼だわ」

デスマスクをとるため石膏で作業する話を曽根は聞いている。しかし、変死体に対し全くの他人が非情なカメラをむけることが果してゆるされるものだろうか。

「しかし君、お家の方やご親戚がたくさんいられるでしょう。その方たちのご意見はどうなの？」

「ううん、いないの」

笛子はソファに腰をおろし、両手で顔を掩って泣き始めた。張りつめていた気力がいっぺんに崩れたように、痩せてちいさなセーターの肩が神経的にけいれんしている。

曽根はなんともやりきれない気分だった。

「いないって誰もいないの？　君だけ？」

笛子はしゃくりあげながら、

「韮生のおばあちゃんが来てくれたけど、もう七十五だもの。あたしとお姉ちゃんとふたり暮らしだったの」

「ふむ」

急に、この小さな娘への憐愍が曽根のこころを捕えた。

〝いちずに思いつめてここへ頼みに来たにちがいない……死んだ瑞代は笛子にとってときに両親以上の存在だったろう〟

仕方ない、と曽根は覚悟をきめた。この娘に対して敬意を払うことにしよう。

「笛子さん、もう泣きやみなさい。行ってあげよう。ただし、誰にも内緒にして下さいよ。君はいったいいくつなの？」

どこやら似た面影はあるものの、豊満な姉とは全く違い、痩せっぽちの笛子を見て曽根は聞いた。

「十八。高校、今年卒業したの。お姉ちゃんは東京の大学へ行かなきゃ駄目だといったけど、私、お姉ちゃんと離れて暮すのいやだったから、こっちのK大受けたらおっこちちゃった。今、夜だけ予備校行ってるの」

よほど仲の好い姉妹だったのだろう。曽根は戸棚から愛用のニコンを取出し、カラーのフィルムをいくつかポケットに入れると、

「あんまりえげつないのはごめんだよ。顔だけね」

念を押し、笛子を先に立てて店を出た。

笛子は涙で汚れた顔をあげ、曽根の上衣（うわぎ）の裾（すそ）につかまるようにして歩いている。唐突な申出を案外簡単に承諾してくれた安心があるのだろう。いくらか和んだ顔つきになっている。

「おじさん、そのカメラ、リンホフっていうの？」

「リンホフ？　とんでもないよ。これはニコンだ。リンホフは大きなカメラだからね。簡単には使えない。しかし君、よく知ってるね」

「ええ、いつかお姉ちゃんに聞いたことがあるの。高知でリンホフが使えるのはおじさんだけだって」

そんな聞き噛り（かじ）の知識が、この娘を曽根のもとへ走らせたのだろう。

曽根の胸を瞬間ふと、紫の江戸小紋の立ち姿がかすめた。高知では曽根以外に誰も持ってはいないドイツ製の優秀なリンホフこそ、あの清涼な晃子の姿態と対決させるためのものだ。

それ以外、何物のためにも今、曽根はこのファインダーをのぞいてはならないと考えている。

八百形町はつい目と鼻のさきだった。はりまや橋の近くにしてはひっそりと落着いた町である。

明神薬局はシャッターをおろしていた。

「一寸（ちょっと）待ってね、内側から開けるから」

笛子が裏口へ廻っていったあいだ、曽根は暗い路上にじっと立っていた。

曽根の妻はもう二年ほど前、結核で亡（な）くなっている。長い患（わずら）いだったが、病床の期間も息を引きとったあとも、曽根はついぞ一度も妻の顔にカメラを当てようなどと思ったことはなかった。

病み窶れを嫌ったというわけではないのに、カメラのレンズ自体、亡び朽ちてゆくものに対する忌避的な宿命をもつものでもあろうか。もしそうだとすれば、手垢がなじんで自分の躰の一部になっているようなこのニコンに、今夜、変死を遂げた女性を写させるのは苛酷だ。しかし、もうあとへはひけない。曽根は自分のもの好きさに苦笑いしながら、まもなく開いたシャッターをかいくぐって店の内部へ足をふみいれた。

店には薬品が雑多に並べられている。その間をすりぬけるようにして二階へ上ると、ぷんと線香の匂いがした。

若い女の部屋らしく艶めいた調度のなかのベッドに、瑞代は仰臥している。ベッドのかたわらに背の曲った老婆がいて曽根を見ると深く頭を下げた。

「ね、おじさん、お姉ちゃんの死顔、きれいでしょう」

笛子はおそれげもなくベッドにひざまずいて、死体の頬を撫でている。

ふくよかな瑞代の顔は、全体が桜いろに上気していた。死者特有の蠟細工のような永遠の沈澱がなく、楽しい興奮の果て、たった今眠りに入ったような動的な美しさがあった。

しかし他人の曽根にとって、それはかえってぞっとするほどの不気味さが感じられる。容易に物体化しようとしない死体からは、執念のような妖気が立ちのぼっているかのようだ。

冷たい姉の頬をいとしげに撫でさすっている笛子の姿にさえ、曽根は一種の恐怖を覚えながら、逃げ腰になっていいかけた。

「顔、一枚でいいでしょう。写すよ」

「一枚だけじゃ駄目。ほら、このしみ見てちょうだい」

笛子は死体の胸もとをひろげ、胸の隆起の上に痣のように浮き上った死斑を指で圧した。

圧した途端すっと色を褪くが、それは又、すぐもとの鮮紅色に浮上ってくる。

「こんなのがいくつもあるの。耳のうしろや、首すじや、それから」

「いや、そこらあたりでかんべんねがうよ」

曽根は身構え、露出計を照らして、いく度かシャッターをきった。ファインダーのなかの死顔はさすがに褪せて、ルージュがむなしく黝ずんでいる。

曽根は義務的に撮り終えると早々にカメラをケースに蔵った。

心のどこかに深い悔いがある。

しきりに目を拭（ぬぐ）っている老婆と笛子とにかるく頭を下げて階段を下り、シャッターをくぐって表に出ると、いつのまについてきたのか笛子が猫のようにしのびやかに立っていた。

「おじさん、有難うございました。ほんとに感謝します」

笛子は繰返し礼を述べ、ハンカチを目にあてている。向うみずな勇気を出してぶつかっていった相手が、即座に応じてくれたのはよほどの嬉（うれ）しさだったろう。

「おじさん。明日、お姉ちゃんをお骨にしたら、私ひとりで犯人を探してみたいと思っています。おじさんも助けて下さいね」

「うむ」

曽根は生返事をし、手を挙げて笛子と別れた。もうこれ以上はごめんだ、という気がある。

人間の親切というのは何といい加減なものだろう。善行を施したという満足感などすこしもなく、逆にカメラマンとしての邪道を犯した深い悔いが、鉛のように重く胃袋の底に沈んでいる。

しかし、不思議と、自分を強引に拉致（らち）し、こんな行為を命令した笛子を憎いとは思えなかった。死を悼（いた）む縁者もいないあの家で、一所懸命肩を張っている笛子のつきつめた暗い瞳（ひとみ）のいろがかえってあわれだった。

〝俺は又、あの少女に引張り出されるかもしれないな〟

曽根はこころの隅のそんな予感をひどく重たく感じながら、急いで自分の店のほうへ歩いていった。

第三章　白い庁舎

県庁舎三階南側に位置する薬事課からは、白く光る町並と鏡川をへだててなだらかな筆山(ひつざん)の姿がよくのぞまれた。

高知の山々には稀(まれ)な、優美なその山容はもうしつこいほど濃い緑に全山掩(おお)われているが、それでも遊園地のさまざまの彩(いろど)りが樹間から透けてみえる。

その朝、小杉が出勤したときにはほぼ課員は出揃(でそろ)っていて、西谷(にしたに)課長補佐が小杉を待ち兼ねていたように寄ってきた。

「課長は本日、何か予定がおありですか」

「いや、別に」

薬事課には、薬事監視や麻薬取締まりやワクチン接種などの主な仕事の他に意外と雑事が多い。

殊(こと)に、最近増えた農薬などの有機燐製剤に関する中毒ケースの頻発には、法令がきびしくかわったとはいえ、意外と手をくわれていた。

それに小杉は、高知県には未だ組織のない薬事審議会を近く是非ともととのえたい気でいる。

もし本日、部長が在室ならば、この組織の必要性を話しにいこうと、家を出るときには考えついていたのだった。

しかしそれは何も今日に限るというわけのものではない。

「何かあるのですか」

「はい、県下の薬屋が組織している薬局業者組合というのがありますが、今日午後一時からその理事会を開くので、課長に是非御出席を、といって来ています」

「そう」

小杉はうなずいて前方の山の緑へ目をやった。むろん出席はしなければなるまい。薬局業者組合といえば薬事課の主要な外部団体である。

「君はどうする？」

小杉は西谷補佐に尋ねた。

「は？」

西谷補佐は小杉の問いをはかりかねて一瞬、目を宙に浮かせたようだった。

これまでの例からすれば、新任の課長は仕事に馴れるまで補佐が介添えをすることになっている。殊に様子の知れない外部の人間との接触を課長ひとりで切廻すことなど、ほとんどといっていいほど無かった。べつにそう決められているわけでもないのに、失策を極度におそれる官吏の自衛意識が自然にそんな慣例をつけたのだろう。どうする？　と問うのは補佐に同行して欲しくないという含みがあるのかもしれない、と西谷は赴任以来、この俊才の輸入課長にいつも距離を置いていた。

「私はべつに参るつもりもありませんが……」

「そう」

と小杉はそれを軽く受け流した。西谷補佐は自宅が薬局を営んでいて、この薬事課にはもう二十年以上の勤務である。

業者組合ならば当然彼の店も加盟しているだろうし、余計な誤解を避けるために出席したくないのだろう、小杉はそう解釈した。

小杉はべつに予備知識と称する仕事の上の因縁話など聞く必要はないと考えている。行政に素人ならこそよけいに白紙でもって仕事に対していきたいし、それが又、東京から赴任してきたものの課題でもあるようだ。

小杉は会場になっている近くのビルの所在を詳しく聞いてから、昼飯ののち一人でゆっくりと歩いていった。アスファルトに自分の影がくっきりと映るほどもう強い陽ざしだった。

教えられたビルはエレベーターが無く、汗をふきふき三階まで上った小杉は会議室のドアを開けた瞬間、ギクリとした。

すでに料理と酒を前にした十余名の男たちの目が、いちように粘っこく小杉に向って集中されたからである。それは少くとも善意のあるという視線ではなさそうだった。

しかし小杉はひるまず、上衣を正してその群の中にはいっていった。

「これはこれはようこそ」

「お忙しいのに、ようおいで下さった。待ち兼ねちょりました」

口々にいんぎんな礼を述べながら、男たちは小杉を抱えるようにして上席に据える。席に落着いて見渡してみれば、どの顔も既に中年、あるいは初老のきざしをそれぞれに浮かべている、鋭さの磨滅したような表情ばかりである。

小杉は促されるままに立上って、簡単な新任の挨拶を述べた。

ワイシャツの白いカラーに若さが匂い立っているような小杉を、二十いくつかの沈黙した目は刺すように下からうかがっている。

小杉が腰をおろすと代って上座のひとりが椅子をずらして立ち上った。

「只今は、小杉課長の意欲にあふれたご挨拶を頂き、有難うございました。我々高知県の薬局業者は、日々良心的な仕事に邁進しているのでありますが、高知県には薬業に就て大へん面倒な問題が山積致しております。本日は新任課長歓迎を兼ね我々の悩みも聞いて頂きたいと思い、粗餐ではありますがこのような席を設けました。どうぞ最後までゆっくりとおくつろぎになり、ご指導下さいますようお願い申上げます」

そして男はみずから、

「高知県薬局業者組合会長、日守周一」

と名乗って席についた。それぞれ自己紹介で一巡するらしい。

座の中では一番若いと見た日守に替って六十ほどの頭髪のうすい老人が立ち、

「同じく副会長の磯崎でございます」

小杉は順を追って名乗りをあげる一座のものに目を当てながら、何か勝手の違う思いにとりつかれていた。

今朝、西谷補佐はこの会合を小杉に単なる理事会と告げ、新任課長の歓迎会を兼ねているなどとはいわなかった。まして面倒な問題が山積するなど、おくびにも出さなかったのは故意に説明を省いたものであったろうか。しかも、目の前に並べられた酒肴は明らかに小杉の出席を予知して準備したものと思わざるを得ないのである。

してみると西谷補佐は、小杉を単独でこの会に出席させるべく企てたものか、あるいはその企てに加担したものか、いずれにしても無関係ではない何ものかがあるようだ。

自己紹介が一わたり終ったとき、小杉は自分から質問した。

「この団体は県下の網羅組織なのですか。それとも任意加入のかたちをとっている組織なのですか」

西谷補佐がこの組合員であるかどうか、ここで正しく確かめておきたい気持からだった。

一座はその質問にあって一寸(ちょっと)動揺したようだった。

会長の日守としきりに私語をかわしていた磯崎が口を切り、

「実は本日、小杉課長にお願いというのはそのことであります。私から本県の実情をかいつまんで申し上げてみますと……」

あまりさわやかとはいえぬ磯崎の口調がもの語った事情というのを総合してみると

……

薬の仕入れについては種々あって、メーカー品なら製造元（C価）から中間業者（B価）を経て小売業者（A価）に卸される。

高知県の場合、中間業者には大手六社があり、この中間卸業者と小売業者とが協定して県内におけるA価を定めた。

むろん、薬事課の指導も仰ぎ、業者からも薬価委員を選んで充分検討しての上のことである。

何故なら、高知県の僻地性は単に輸送費のコスト高になるだけでなく、それに伴って人件費その他の諸経費が嵩み、大都市などにみられる値引き販売をやるとたちまちに倒産者が出る、という理由からだった。

もっとも仕入れにはもう一つ、チェーン製品というルートがある。これには中間卸業者がなく、製造元から直接、小売業者へ送りつける方法だが、チェーン製品はPRが利いていないからメーカー品に比して売れゆきが少ない。

こんにち、日本の広告宣伝費のトップを占めるのは新聞、雑誌、電波を通じ、薬品名ばかりであり、これは昭和二十五年に始まった薬の生産と需要の伸びに応じて、依然譲らぬPRの王位だそうだ。

既に大メーカーでは全生産額の三分の一を宣伝費にかけるのが常識となっており、年間数億という金を広告代理店に支払っているのが実情だという。

「おかげで、わしら薬剤師の免状というものは何の役にも立ちません。昔はお客が病気の容態をいうてこられてからこっちで調剤してあげたり、選んであげたりしよりました。今は薬品名をズバリ指定して買いにくるお客ばっかり。おまけにコマーシャルまで口真似(くちまね)してこちらをやりこめる」

従って売れるのはマスコミ製品が圧倒的だが、これはせいぜいで一〇プロないし、一五プロの利潤しかないという。

「今、県下に薬局業者は三百軒ほどあります。この水揚量が本県では年間二十億に充(み)たない。平均してみると一日の売上げが一万七千円から一万八千円で、利潤は二千円程度、ということになります。この上勝手な過当競争をやると、経済規模の小さい本県では半数以上の業者が倒産するのは火をみるより明らかです」

中頃から磯崎に替って説明していた日守は、そう決定的にいいきった。

「しかし一応、その過当競争を防ぐためのA価は定めてあるのでしょう」

「いえ、それが……」

日守は一寸ためらったが、思い切ったように、

「この組合へ加入していない業者が二軒だけありまして、その業者が高知におけるA価を混乱させはじめたのです」

「二軒？　それはどなたですか？」

組合未加入の薬局名を小杉がただしたとき、気のせいか日守と磯崎はちらと顔を見合わしたようだ。

事情説明はやはり磯崎が担当しているらしく、

「未加入の二軒につきまして、この席で名前を明らかにするのは本来潔しとしないのでありますが、特別な事情ができました現在、我々としてはやはり小杉課長に本当のことを知って頂きたいと思うのであります。と申しますのは未加入の一軒は先日、ご不幸な目に会われた明神薬局で、あと一軒は漢方薬専門の仙人堂という薬局であります」

小杉は思いがけなく瑞代の名が出たことでギクッとし、一座を見廻したが理事たちはいずれも無表情な沈黙を守っているばかりだった。

しかしその無言の態勢は、何か得体の知れぬ不気味さをたたえているように小杉には感じとられる。

「最初、明神薬局は組合へ加入していましたが、この二年ばかり前に脱退し、大阪から直接資本を導入してとてつもなく安く売り始めたのです」

「具体的にどんな値段ですか？」

小杉は手帳を取り出しメモの用意をしながら聞いた。

「例えばビタミンB_1剤三〇〇錠入りを、我々の協定価格ではB価千五十円、A価千二百円ですが、明神薬局では九百五十円といった具合でした。そのために高知の薬価は混乱しました。我々はそれに対抗するため、B価以下の囮（おとり）商品を使ったり、組合で広告を出したり、奮戦しましたが、不幸にも明神瑞代さんはあのような最期（さいご）を遂げられました。これを機会に、高知県における薬価をもとのような適正な価格に戻して下さるよう、是非善処法をお願い致したいと思うのであります」

「しかし、明神さんがB_1剤を九百五十円で売ったという事実は、これでなお且（か）つ、商売として成立っていたということですね」

小杉は、「明神薬局は相当経営が苦しかったそうですから」という高知署員の言葉を思い出しながら問いかえした。

すると、十余名の理事たちの沈黙はいっせいに崩れて、それぞれに独語めかした口ぶりで小杉に訴えかけてくる。

「いや、火の車だったようですよ」

「それは返戻（へんれい）品の特別仕入れという説もありましてね」

「結局、あのひとは一番よく売れるB_1剤を、出血覚悟で囮商品に使ったんだ。しかも大量にね」

「高知の中間業者を無視した大阪資本だからね。やれることはやれたろうが……」

「ではもう一度お尋ねしますが……」

小杉は一寸声を高くした。

「つまり、皆さん方の私へのご要望は、県内における薬価を定めよ、とおっしゃるのですね。それも従来通りの、中間業者ルートなのでしょう？　これをですね、県が介入せず、業者の皆さん方で協定価格を決めることはできないものですか？　幸、と申しては失礼だが、非組合員であった明神さんは既に故人となられているし……」

その小杉の言葉をさえぎるように日守が声を挙げた。

「ま、一杯やりましょうや。酒が冷める」

日守の号令めいた声を合図に、一座は待ち兼ねたように目の前の二合瓶の蓋をとり、賑やかな献酬をはじめる。

「課長、まずおひとつ」

と隣席の日守からさされると、小杉は苦笑しながらも受けないわけにはいかなかった。薬価問題について小杉が身を退こうとするとみるや、たちまち酒宴に切替えるところ、日守という男なかなかのやり手らしい。

しかし小杉は酒くらいで軟化する気はさらさらなかった。日守から受けた盃を下に

おいたまま、

「前例がどうなのかよく知りませんが、僕の意見としてはあくまで業者が主体性をもってやるべきだと思うのですが……」

途端に末席から怒鳴るような調子で、

「県は薬局開店の許可権があると同時にその許可を取り上げる権利もありますからね。我々の生殺与奪を握っていながら大事な薬価問題について指導をしないというのはこりゃどういうことですかね」

小杉はその声に向って応答しようとすると、今度は側面から別の声があった。

「課長、貧乏県の高知ではとくに中小企業の保護対策に頭を痛めて下さいよ。大資本が軒を連ねる東京とは違いますからね」

小杉はこれ以上、口を開くのをやめにした。明らかに圧力を感じるこの団体に向って、素手でたちむかうことの不利を考えたからである。

「お話はよくわかりました。ではこれで失礼します」

小杉は儀礼的に盃を干して立上った。一同はあわてて立ってきたり呼んだりしてひきとめる。

「そりゃいかん。まだ始まりじゃ」

「まあ一つ、受けて下さいよ」

小杉は廻りの人たちを押し返し、

「又いずれ、日を改めてからにしましょう。何なら課の方へお越し願ってもいい」

言外に、酒のない席で、という意味を含ませたつもりだった。

「では課長、今日のところは一応お考え頂けるのですね」

日守が〝考慮する〟という役人特有のあいまいな言質をとりたさに喰いさがる。

「いや、改めて事情を聞いてからにしましょう」

小杉はその手に乗らなかった。四方から絡みついてくるような視線をはね返し、小杉は一礼してその席を離れた。

一人一人見渡すと、それぞれ悪意のない表情をしているのに、集団から受ける感じは何故こうも威圧的なのか……小杉は背中に痛いほど視線を意識しながら会議室を出て、階段のほうへ歩いていった。

降りようとすると後からふいに、

「小杉課長」

と呼びとめられた。振返るといつのまについてきたのか、磯崎が立っている。片手で薄い頭髪をいく度も撫であげるようにするしぐさはクセなのだろう。いくらか酒も

廻っているようだ。小杉の側に近付いて声を落し、

「ちょっとお耳にいれておきたいことが……」

とあたりを見廻した。

「何でしょうか？」

問い返す小杉の背を押して一緒に階段を下りながら磯崎は、

「わしは課長の赴任された夜のことを逐一知っております。あの晩、明神薬局の娘が死んでしもうたのは課長にとってもっけの幸でしたね」

小杉の顔をのぞきこんでにやりとした。その飲み込み顔が小杉には俄に不快に思えて、

「あの晩のことがどうかしたのですか」

「いや、そうひらきなおられては困る。課長と明神の娘とのことはわしの胸ひとつに収めておくつもりだから、そのことを伝えておきたかったですじゃ。少くともわしは小杉課長の味方ですから」

磯崎は瑞代とのことで何か誤解をしているようだ。

しかし今、その誤解をここで解こうとする気持は小杉には無かった。第一、逐一知っているというその情報を、磯崎はどこから得たものか、果して小杉の味方になるべ

く、会議室を脱け出してきたのか、小杉には見当もつかないのだ。〝味方〟という言葉からして何か不穏な感じをもたざるを得ない。

小杉は階段を下りつめると磯崎に向って頭を下げた。

「どうもわざわざ恐縮でした」

「じゃ課長さん。あのことは安心して下さい。誰にも洩らしませんから」

磯崎と別れてビルの外へ出るとまだ陽は高かった。腕時計は四時を指している。

小杉の胸のなかに、不消化な食物がいっぱい詰まっている感じだった。

どこか棘の感じられる理事会のメンバーの視線、何やらわけのありそうな薬価問題、磯崎という副会長の不審な言葉……単なる理事会とばかり気軽に出掛けてきた小杉には全く不意打というより他ないようだ。

小杉は額ににじんでいる汗を拭きながらあたりの家並みを見廻した。課へ帰るまでに少しでも気持の整理をつけておきたいつもりだった。

一軒のコーヒーショップがみつかったのを幸、小杉はドアを押し、二階へ上って窓際の椅子に腰をおろした。

気を張っていたせいか、ひどく躰の芯が疲れている。何よりも、西谷補佐に対する俄な不信感が、生理的にも小杉を不快なものにしていた。

いったい、西谷補佐というのはどんな人間なのか……。課のなかで小杉に対するとき、彼はいつも控えめで実直なのが、やや鈍感にさえみえるほどだった。それを、薬事課二十年の経歴が生んだ感覚の磨滅と解釈していた小杉は、今更ながら自分の甘さを責めたくなってくる。

しかし、西谷への不信はとりもなおさず、課員に向う小杉の姿勢を正させる意味はあったようだ。薬事課の課員というのは技術者が多いだけに、総じて課歴が古い。〝しょせん天下り人事の輸入課長なら、表面従順を装っているうちにその任期は過ぎる。好んで摩擦を生じない方が利口というものだ〟西谷補佐を含む課員の大半がそう考えているとしても、それは土着官吏の処世法として決してまちがいではあるまい……。赴任以来、小杉は初めて、身のまわりに冷たい県外人の孤独がいく重にも立ちこめているのを感じた。

「さ、呑み給え」

ビールの泡が零れているコップを上げて、厚生部長瀬田と小杉は同時に、そして一息に琥珀いろの液をあけた。

「強いんだね、君は。土佐向きだよ」

部長は気持好さそうに笑い声を挙げる。小杉はこの瀬田部長について日頃から上司という関係以上の親近感を抱いていた。

小役人的なみみっちさがすこしもなく、剛腹でいて事務手腕がすぐれているところ稀な人物だし、又、何よりもかつて東京事務所長を歴任した経験が、小杉の立場に対するよき理解者であると考えている。過日の薬局業者会合のあと、相談相手として真先に部長の顔を思い浮かべたのも当然のことだった。

部長はコップにビールをつぎ足しながら、

「実はねえ小杉君。僕の方からも君と近く是非話したいと思っていたところなんだ。薬屋さんのことだろう?」

図星を指されて小杉は思わずコップを下に置いた。

「そうです。しかしどうして部長はそれを」

「うん。地方の役人というのは一種のサービス業でねえ。先達ての会合で君が色好い返事をしなかったといって、僕のところへ業者から直接電話があったんだよ」

「色好い返事?」

「つまり、善処するとか考慮するとかの言質をむこうはとりたかったわけだね。君は何もいわなかったろう」

「いう必要を感じませんでしたから。薬事課として薬価の問題は極めて末梢的なものと考えていますし……」

ピーナッツをつまむ部長の指に目を落しながらも小杉ははっきりといった。

「そりゃ本来そうだ。心にもないことを何も口にする必要はない。しかし外部団体というのは面倒だが大切なものだよ。問題の内容は別として、意味のあるようでない言葉、どちら側へも響きのいい言葉は、人扱いの要具だともいえるだろうね。若い君に、こんな舞台裏を見せるのを僕としては快しとしないが……」

部長の言葉はビールの酔と共に小杉の身に沁みるようだった。

「で、その薬価というのは一体どうなっているんだね？」

「僕が衛研にいたころ、例の池袋事件がありました。外国人を相手の薬の乱売合戦だったのですが、張り合った日本人の小売業者のほうが負け、倒産、自殺が相次ぎました。高知の業者たちはその例をひきあいに出して県へ薬価の保護を頼みたいというのですが、僕はすこし問題が違うと思うんです。事実、この二、三年、薬の生産量はうなぎ上りで昭和三十七年度は二千六百億あまり、しかもその四〇パーセントまでがビタミン剤ですからね。薬は今や病人だけのものでなく家庭の必需品めいて来ました。それでいて製薬会社における出来価格は諸経費を入れても末端小売価格の三〇プロに満たないのが実状です。薬九層倍という言葉はほんとうなんですよ。だから僕はこんな僻地の果てで末端価格の小競合いをするよりも、製薬、製剤メーカーの放出システムへの批判を、国民的な運動として盛上げるべきじゃないかとおもうのですが」

「ふむ、ふむ」

ビールを傾けながら聞いていた部長は、酔いのまわった赤い顔をして小杉にいった。

「僕はしかし、君の考え方には反対だね。君の目のつけどころは確かに正しい。大資本が不当な利益を独占する現実も肯定する。しかし、君も含めて我々は高知県民の公僕たる公務員だ。迂遠な理想を追うもいいが、中小企業が殆どを占める県の産業から目をそらしてはいけない。ダンピングをすれば消費者は喜ぶ。事実、僕だって常用している強肝剤については一円でも安く買いたい。しかし消費者の肩を持ちすぎた為に業者が倒産するなら、責任の一端は我々にもあると考えなきゃならないんだ。大都会のように不特定多数の相手に商売が成立つものとはちがい、地方ってのは客もほぼ固定しているからね。殊に薬屋さんなど、切実なんだよ」

「では、県は経営の内部にまで立入れとおっしゃるのですか」

「いや、そう結論を急ぎなさんな」

部長は落着いた笑顔で小杉をなだめた。おそらく主張の強い陳情団を扱い馴れた人

間のうまみなのだろう。重ねて小杉にコップをすすめながら、

「ずるいやり方だがね。時間を稼ぐという方法もある。それに僕のみたところでは、その問題まだまだ調査の余地がありそうだ」

「僕はやはり業者仲間で処理決定すべき問題だと考えているのですが……」

「基本的にはあくまで君の考えを尊重しよう。何といっても薬について僕は素人だし、君は専門家なのだから……」

小杉の心の隅に、やはり部長を訪ねてよかった、という大きい安堵がある。しかし一方では瑣末な問題のなかに追込まれた、のっぴきならない自分の姿を感じてもいる。

年功積んだ部長のさとすように、これを地方行政というならあえていとはしないが、それにしても赴任初の仕事に薬価問題の調査とは小杉の考えもしていないことだった。時計を見て立上った小杉を玄関まで送ってきた部長は、

「調査についてはあまり大げさにしないほうがいいね」

と親切な注意を与えてくれる。小杉は深くうなずき、礼を述べて部長宅を辞した。口もとまで出かかっていた、〝部長に直接電話のあったのは業者のどなたでしょう〟という質問をのみくだしたまま……。今夜の訪問の目的を部長がさきに知っていたのは小杉にとって決して愉快なことではなかった。

せっかく小杉を理事会に迎えておきながら、そのあとすぐ部長に直訴するなら何のための薬事課長なのだといいたい。善意に考えると部長と業者の誰かとは何かの馴染みであって、心やすだてに電話でもしたのだとも思われる。部長に対する信頼感はいささかもゆるぎはしないが、ここでも又、疎外感はいっそう強く小杉の胸を吹き抜けていくようだ。

小杉はズボンのポケットに手をつっこんだまま、新屋敷の部長の家からぶらぶらと線路ぞいに歩いていった。星もない、暗い夜だった。

病院、保健所など県下に散在している施設に対して車で一応挨拶まわりが終ると、小杉はあるむし暑い午後、仙人堂へひとりででかけていった。

小杉が単独行動をする習慣に慣れた課員たちは、べつにご案内しましょうともいわず、地図を書いて渡してくれただけなのはいっそありがたかった。薬事第一係長が笑いながら、

「課長、土佐にはいごっそうという特殊性格がありましてね。この仙人堂のおっさんはその上になお変人ときていますから、首尾は予測できないですよ」

「そう、面白そうじゃないか」

小杉はこともなげにいって庁舎を出た。自然に木陰を選んで歩きたくなるほどの陽ざしだった。

桟橋通り六丁目というのはもう港の入口に間近い。仙人堂は孕へ抜ける横町にあってすぐわかった。

入口に看板代りのつもりか、むささびの毛皮を吊ってある。

軒の低い、暗い家の前に立つとぷんと鼻をつく高い臭気が流れてきた。「小柴胡湯」「葛根湯」「枸杞の精」と朱色で大書された紙をかいくぐるようにして、小杉は店の中へ足を踏み入れ、

「ごめん下さい」

と声をかけた。店は開けっぱなしなのに誰もいないのか応えがない。

「ごめん下さい」

再び声をはり上げると意外な近さで濁み声の返事が聞えた。

「おーい。薬かよ？　将棋かよ？」

なるほど変っている。小杉は首をかしげながら、

「一寸お目にかかりたい用があってお伺いしたものですが」

声の方に向って大声を挙げると、暫く無言ののちのっそりと奥から蓬髪白髯の老人

があらわれた。

「おまんは誰ぜよ？」

頭から降ってくるような大声の土佐弁に小杉はすこしどぎまぎしながら、

「県薬事課のものですが、一寸お話をお伺いしたいと思って参りましたが」

「いんでもらおう！　わしは役人と巡査ばあ好かんものはないきに」

老人はにべもなく、垂れた「烏頭湯（うずとう）」「生姜湯（しょうがとう）」のビラをくぐり奥へ消えてしまった。

小杉は呆気（あっけ）にとられ暫くその場に突立っていた。こんな変人ぶりなら、逆に組合のほうで入会を断わるのかも知れない。だとすると、ここで粘って老人から組合未加入の弁を聞いたとしても、現組合の実態割出しに大した効があろうとは考えられない。あきらめて引上げたほうがよさそうだ。

小杉は腰を折られたとまどいもあって、ものうい動作でゆっくりともと来た道を引返していった。

電車通りでスピードのない電車を待ち、その吊皮にぶら下って揺られているうち、小杉はやっぱりあのいごっそうといわれる老人と会って話してみたい気がした。変りものにしろ、県下でたった二軒の非組合員なのはたしかに事実だし、瑞代との共通点はいくつか見出せるにちがいない。いやそれ以上に、業者の焦点となっている薬価問題について何か新らしい発見があるかも知れないのだ。

小杉ははりまや橋で下りると何のためらいもなく交叉点を横切り、逆戻りの電車に乗り換えた。

たとえ夜になろうと、坐りこんで会ってもらうべきだ、と心ばかりやたらにはやっている。

横町の入口に煙草屋があった。小杉は小銭を出して近寄り、煙草を買って店番のおばさんに話しかけた。

「ついそこの仙人堂さんは、どんなときが一番機嫌のいいときでしょうね」

「さあ？　変っちょりますからねえ」

「近所づきあいは全然なさらないのですか？」

「はあ、けんど将棋とガラガラ蛇の話なら誰とでもしますぞね。あたしら何べん聞かされたことやら。ガラガラ蛇は中将湯よりずっと血の道へ効くとかいうて」

「いや、どうも」

やっぱりもう一度卒直にぶつかってみるより他なさそうだ。

小杉は仙人堂の前で煙草を一本喫い、気分を落着けて黙って店のなかへ入ってみた。

木の丸椅子（まるいす）が二脚、ぽつんと置かれてある。それへ無断で腰をおろし、小杉は奥をうかがってみる。

水道栓の締め忘れか、たらったらっとしたたっている水音のあいまに、パンッと棋盤へ打つらしい駒（こま）の音が聞える。その静かさからしてどうやら相手のいない一人将棋らしい。煙草屋のおばさんが説明したように、日がないちにち、将棋盤とにらめくらをしながらいごっそうな日を過しているのだろう。

小杉は店に並べられてあるアルコール漬の臓物や、動物の死体や、干した薬草へ順に目を当てながら辛抱強く坐っていた。

暫くののち、垂れている水の栓を締めに立った仙人堂は、店に人影を認めたのか又のっそりと姿をあらわし、

「さっきのご仁か。しわいひとよのう」

「一寸だけでいいですが」

喰下る小杉を下目で見た仙人堂の目の光はさっきよりずっと和んでいる。

「ほんなら一寸待ち。今度の桂馬（けいま）あたりでつむところじゃ」

ふたたび奥へ引込み、パシッパシッと連続した音を響かしたとおもうと駒を崩して、店へ戻ってきた。

「めんどくさい話なら断る。簡単ならええが」

「実は明神薬局のことなんですが、おたくとあそこだけ、何故組合に入ってはいなかったのですか？」

「ああ、瑞コのことか」

親しげにいって老人は一寸あご髯をしごいた。

「わしは瑞コのおやじと親友でのう。親は若死にしたがあの子もむごい死にかたをした」

「じゃ、いろいろのこと詳しくご存知なんですね」

「ふむ、ご存知なんぞというもんじゃない。わしは瑞コが可愛さに一緒に組合を脱退してやったくらいじゃからのう。もっとも日守のあほうだらが会長になったときに、わしのほうから蹴った、ともいえるが……」

「日守さんがどうかしたのですか」

小杉はもう身を乗出すようにして聞いた。

「ふむ」

老人は暫く小杉の顔を眺めていたが、

「よし、おまさんの人相はわしの気に入った。真相をすっかりお話ししよう。但し今日は日が悪い。将棋も好うなかった。日がええとき、こっちから連絡する。晩がええ。わしが作った強精酒をもご馳走することにしよう」

第四章 砧茶碗

「安芸行」急行電車が終点に着いたとき、小杉はほっと大きな吐息をついた。

両側いっぱいに開かれた窓から、高い磯の香を漂わせながら、〝後免〟を過ぎた電車の沿道は、美しい景色の連続だった。

海水浴にはまだすこし早い、人影の少ない浜辺の白い波の線、磯馴松の傾き、電車のカーブによって時にあらわれる遠い岬のかげ……。

それが小一時間も絶えまなし目を楽しませてくれるのに、車内の乗客たちは例外なく無関心に、それぞれの姿勢で揺られている。

美しい景色のなかで生活していると皆、不感症になってしまうのかもしれない。そういえば小杉は赴任以来、土着の土佐人から土佐の風光について賞讃する〝美しい言葉〟を聞いたことがないように思う。

洒落た言葉、含みのある会話が無く、ストレートな説明しかできないのは、朴訥、という土佐の一つの面でもあるのだろうか。

衛研にいたころ、三鷹(みたか)の下宿から中央線に富士の山容がのぞまれた朝は、こころが洗われたようなさわやかさで仕事ができたのを小杉は思い出した。

あれは都会の喧騒(けんそう)のなかに身を置いていたからこそで、小杉だってここに住みついてみれば、多くの乗客たちと同じように居眠りをしながら通勤するかもしれない、などと考えながら、ぞろぞろと出口に向う人の列に続いて電車を下りた。

もっとも今日の安芸行は仕事とは何の関係もない。

過日車で県下を一巡したさい、この安芸の町を通過するとき、

「たしかこの奥に内原野(うちはらの)焼という窯場(かまば)がありましたがね」

と呟(つぶや)いた西谷補佐の言葉を記憶していたものだった。

「どんなもの焼いてるの？」

と課員たちに尋ねても、

「さあ、植木鉢やら土管なんかじゃないですか」

ぐらいの知識だったのが、かえって小杉のここを訪れるおもしろみを倍加させたようだ。

彼は駅前に屯(たむろ)していたタクシーの一台に乗込んで内原野と行き先を告げた。

車は舗装された安芸市内を通り抜け、小さな川に沿ってまっすぐに北へ走ると、小学校前から直角に折れて、もう人家のない山の風景へ入る。

営林局の苗圃入口を過ぎると、道はうねって小さくなり、その片側には緑の萌えた高い堤が沿っていて、暫くののち、車は止まった。

なるほど、目の前に赤茶けた土で築いた登り窯がいくつか見える。窯を中心にして三、四軒建っている人家もその周囲の山も、深閑と濃緑に包まれたまま、不気味なほどおし静まっていた。

小杉は、火の気のない窯の周囲をぐるぐる廻ったり、坂道を上り下りして人影を探してみた。

そのうち一つだけ、活気の感じられる窯があり、作業場がその上に立っているらしい。窯に沿って大股に坂を上ると、粘土で汚れた作業場の入口が黒い穴のようにこちらを向いている。

その口から、大そう華やかな水いろのうすものが隠見するのがみとめられる。

「人が居る！」

安堵に似た気持ちで近づくと、その水いろのうすものはかるくひるがえって、こちらをむいた。

女の顔だった。

小杉はその顔を一瞥（いちべつ）した瞬間、思わず声を挙げそうになった。

女は小杉が赴任のとき、バスで乗合わしたそのひとに違いなかった。

「まあ！」

といったきり暫く小杉をみつめていた深い瞳（ひとみ）がやがてすっと翳（かげ）り、

「あのときは、ありがとう存じました」

と頭を下げた。

女ひとり、昏（く）れかけた道を遠くしんがりにおくのが気の毒で、煙草（たばこ）を喫（す）うふりをしながら待ってやった、それだけのことを、このひとはいまだに覚えてくれていたようだ。

それはしかし、とりもなおさず、小杉自身も忘れていなかった、ということと同じだった。

小杉は胸の底から溢（あふ）れてくるものを感じながら、

「あなたはどうしてここに？」

水いろのうすもの、と見たは草木染の紬（つむぎ）で、その上にそのひとは白い大きな前掛を締めていた。

前掛は至るところ、赤い粘土にまみれている。

「わたくし？　これ、つくっていましたの」

女は小杉を誘ってその作業場のなかへ入った。どこの窯場にもみられる原土や、粉砕機や、練った土や、素焼の成型物が雑然と土くさい臭気をこもらせて同居している。

粗末な木の棚から女は雲堂型の深い茶碗(ちゃわん)をおろしてきて、掌にささげて小杉に見せた。黒釉(こくゆう)をかけた光沢が鈍く底光りしている。

「ほう」

小杉は感嘆の声を挙げた。

「のんこう黒茶碗みたいですね」

「あら」

今度は女のほうが声を挙げて、

「よくご存知でいらっしゃいますのね。あなたはどうしてここに？」

ふたりとも、問いただしたいことが胸にいっぱいつかえているようだった。

女は汚れた前掛を解き、帯締めにきゅっとはさみ上げた両の袂(たもと)をおろして小杉にいった。

「この作業場の右脇(みぎわき)を少し下りるときれいな貯水池があります。そこへ参りましょうか」

戸締りのない無人の作業場から小杉は女について外へ出た。

草深い小道をだらだらと下りると、そこはもう貯水池だった。

むっとするほどの若葉の中に、その貯水池は中央に浮島をおき、ややミルクがかった群青の水を満々とたたえている。

さきほど、車の道に並行していた緑の土堤はこの池の囲いをなしていて、円形の周囲は二キロもあろうと思われる大きさだった。その池をかかえこむようにして山の傾斜がはじまり、ゆるやかな疎林（そりん）が陽をまばらに叢（くさむら）におとしていた。

女はさきに立って林の中に入り、池を見おろすベンチのひとつをハンカチで払う。

そのしぐさに小杉はふっと親しさを覚え、

「でもよく、こういうところでお目にかかれました」

それは赴任以来、初めて小杉が口にした、〝ご挨拶（あいさつ）〟でない、ほんとうの彼自身の言葉のような気がした。

ベンチの端につつましく腰をおろしながら、女もそれに対し、深くうなずいたようだった。

「このあたりに人影が見えませんが、ここは無人地区ですか」

「いえ、いまは農繁期だからですわ」

女は一寸笑みこぼれて、

「皆さん、山畑へお出になってらっしゃるのでしょう。もとここはめいめい窯をもち、それぞれに家業として焼いてらっしゃいました。でも、仕事として成立たなかったのでしょうか、いま焼いていますのは、さきほどわたくしがいたずらしていた家の一軒だけになっていますの」

〝焼物師は女にできない〟という通り言葉をふと思い出し、小杉は繊い女の指に目をやりながら問うた。

「あの黒茶碗はほんとうにあなたが焼かれたのですか？」

「はい」

女は少しはにかんだ声で、

「わたくしがお習いしているお茶の先生方とごいっしょに二年ほど前、ここをお訪ねしてから病みつきになりました。今ではわたくし一人になってしまいましたけれど粘土をこねる楽しさからは当分離れられそうもありませんもの」

木洩れ陽が女の肩にも小杉の膝にも降りそそいでいる。頭の上を小鳥がちいさく啼いて飛んだ。

「わたくしには、焼物のことはよくわかりません。ただ、自分の手造りのものでお茶をのんでみたいだけ……。でも、さっきの黒茶碗は一番やさしゅうございますのよ。わたくしの好きなのは底の浅い砧。それを楽にしてみたいとおもいますの」

小杉は笑い出した。

「楽焼の砧茶碗なら土皿とおんなじじゃないですか。あんないいものがおできになるのだったら、いっそ黒織部か、古薩摩のようなものを真似られたら？」

「でも」

女はうつむいて首を振った。

「ここの窯は四十日に一度しか火を入れませんし……、それにわたくしもめったと来られないものですから……」

「ふうむ」

小杉は、まだお互いに名乗りもしないことにすこしこだわっていた。

昏れた春日のなかでとらえたこのひとの最初の印象は、どこやら寂しげな影があったのに、焼物の話をするこのひとの瞳には楽しいかがやきがある。

しかし正面きって問いただすのを、小杉はなんとなくためらった。そのくせ名も素姓もただしたい思いは胸の中いっぱいにふくれている。

小杉は自分の上衣(うわぎ)からとり出した名刺をさし出して、硬い自己紹介をした。

「まあ、県庁の薬事課長さんでいらっしゃいましたの。では、あのときはご出張でも？」

「いや、宇和島が郷里でしてね。赴任のときでした」

「まあ、そうでしたの」

「あなたはあのとき窪川(くぼかわ)の駅で見えなくなりましたね。何かお仕事の関係だったのですか？」

それは小杉にしては勇気をふるった質問だった。

小杉に問われた女は目を挙げて暫く池をみつめていたが、

「あのとき、わたくしは窪川で下りたのではなく、あなたとご一緒の汽車に乗っていましたの。どうしてもあの時間、高知駅へ着かなきゃならなかったものですから、徒歩連絡と聞いてすこしあわてたんです」

〝ではどなたかとお待ち合わせだったのですね〟当然そう尋ねてもいいはずなのに、小杉はその言葉をのみ下してしまった。

女がそれ以上言葉を継ごうとせず、頬をかげらせて黙りこんでしまったからである。

このひとは明らかに素姓を隠したがっている……、それは小杉にとってひどくもの足りない、気落ちのするような淋しさだった。

全然予想もしていなかったこの土地での不意のめぐり合わせについて、このひとはそれほどの感動をもたないのだろうか？

或いは、その感動をまで隠しとおさねばならぬほど、深い秘密を背負ってでもいるのだろうか？

それとも、土佐の女は用心深くて容易にこころを開かないものなのだろうか？

女の沈黙は、小杉にとって馴染みのうすい土地に対する不可解さをも伴ってくるようだ。

しかしこれ以上、問いただす勇気は小杉に無かった。

しょせん、ゆきずりのひとなのだ……小杉のこころの中に薄荷をたらしたようなそのひとだったにせよ、時間が経てばその芳香はうすれる運命を持っている。

知ろうとするのはかえって苦しいことなのかもしれない……、小杉は湖の底のような緑の静寂のなかでじっと目を閉じた。

それは、作業場の入口でそのひとをみつけた驚きを自分自身になだめ、落着かせるためのものでもあった。

女は小杉をおいてそっと立上り、小道を水際まで下りていくようだった。小杉が目を開けると、黒っぽい帯を締めた腰をかがませ、水面をのぞきこんでいる。

「鯉がいますわ」

こちらをむいた顔は眉がいくらか和んでやさしい。

声に誘われて小杉も下りていくと、女のいう通り池水を緋に染めるほど、たくさんの鯉があつまっていた。

「小杉さん、おゆるしくださいね。おわびのしるしに、今日ほめて頂いたあの黒茶碗、さしあげたいのですけど、失礼でしょうかしら」

「いや」

小杉は首を振った。

「おわびのしるしというのではなく、今日の記念にとおっしゃるなら、僕は喜んで頂きますよ」

「じゃ」

女は小杉のほうへむきなおり、小声でしかしはっきりといいなおした。

「今日の記念のために……」

ベンチのある疎林は山畑へ続いているのか、うしろの山から鍬をかついだ農夫が下りてきたのをみて、小杉は煙草をもみ消した。

帰るつもりだった。

女とはいくらも言葉を交わさないのに、どうやらもう陽ざしも傾いている。沈黙がそれほど長い時間を占めていたのだろう。

小杉の帰り仕度をみて女はすこし眉を寄せ、

「もう、お帰りになりますの」

「ああ、窯場(かまば)は失望だったけれど、あなたの黒茶碗という大きな収穫がありましたから」

小杉はできるだけかるくいってのけた。もう重ねて会う日もあるまいとおもわれるひとなら、重苦しい言葉のやりとりは避けておきたかったからである。

今度はさきに立った小杉に続いて女は作業場に戻ると、袂から白い糸レースの縁飾りのついたローンのハンカチを出し、その黒茶碗をつつみこんだ。

結びめのレースが蝶の羽のようにかるくひろがっている包みをさし出して、

「どうぞ。まずい出来のものですが……」

「ありがとう」

礼をいって小杉が受け取ろうとすると、包みは意外としっかり女の掌に握られている。

「あの……」

目を伏せた頬のあたりにみるみる血のいろがさして、

「今度お目にかかりたいときは、わたくしのほうからお電話してよろしいでしょうか？」

その言葉は包みを受取ろうとする小杉の手をとまどわせるに充分な響きをもっていた。

〝今度お目にかかりたいとき？〟

では、これっきり別れてしまうつもりではないのか……。

小杉は女の言葉に、驚きと反撥と、同時に抑えがたい嬉しさを感じていながら、表面はさりげなく答えた。

「どうぞ。いつでも」

下の道路わきにある赤電話で、安芸の町のハイヤーを呼ぶことを教えてもらい、その車に小杉が乗込むまで、女は又黙って立っていた。

車がカーブを曲るとき、小杉が振返ると女はまだ立って車を見送っている。

細長い水いろの一点だった。

瞬間、車を引返させ、このまま女をさらってゆきたいという荒い心の衝動が小杉の内部で火花のように明滅した。

あのかぼそい両肩に手をかけ、思う存分揺すぶってやりたい！

名前は誰？　君はいったい独り身なのか人妻なのか？　なぜこんなさびしい窯場にひとりぼっちで粘土をこねたりしているんだ？

会いたくなったら、という仮定の言葉は、もう一度会いたいという君のほんとうの意志なのか？

小杉ははげしくこころを沸かせ、殆どあえぐようにうしろから運転手に呼びかけた。

「君」

しかし、次に小杉の口から洩れたのは窯場へ引返せという命令ではなく、

「高知市内までこのまま飛ばしてくれ給え」

という冷静な指示にすぎなかった。

小杉はそれをいい終るとシートに頭をもたせ、ぐったりと躰をゆるめた。

ネオンがまだ充分夜空に馴染まず、プラチナいろの光を放っている高知市内へ入った車を、小杉は中央公園の入口で乗り捨てた。

内原野からのあらあらしい昂奮は、強烈なアルコールでもって鎮める他ない、と生理的に欲しているようだ。

小杉はバー霞の方角に向って歩き出した。前後不覚というまでに飲むつもりだった。女に名も素姓もただせなかったのは勇気のなさではなく、四六時中、小杉の意識に呪縛をかけている、官吏の〝抑制の習慣〟に他ならないのだと小杉は考える。いってはならないこと、してはならないこと、知ってはならないこと。タブーの多すぎる官吏の習性が、いまでは小杉という管理職の人間の表皮を掩ってしまい、その底にある人間性はまるで罪悪であるかのように存在がうすい。習性は私生活まで侵すのか、女に対して率直な問いもかけられなかった自分をかなしい男だと蔑む一方、何事もなく別れてきた理性をちょっぴりほめてやりたい甘さも湧く。

小杉はバー霞の階段を踏みならし、見覚えのあるドアを拳で押した。

店には既に夜が始まっていた。しかし、さすがにまだ客は少ない。小杉は黒いカウンターによりかかり、

「水割りをくれ。角でいい」

と怒鳴るように注文した。

黒い蝶ネクタイをぴちっと結んだバーテンダーが、

「いつかのお客様でございましたね。かしこまりました」

と丁寧に頭を下げた。

「ほう、覚えていたの。君、頭がいいね」

珍しく小杉が軽口を叩いてお絞りで手を拭いているとき、ドアがあいて二人連れの白いシャツの男がなだれこんできた。

まだ宵なのに、二人ともかなりまわっている。すがりつくようにして小杉の隣りの椅子に上り、一人の男がどんとテーブルを叩いた。

「おい、バーテン。ここの日本薬局型美人はいないのか」

「はい、マダムはもうすぐ参ります」

日本薬局型美人？　小杉はグラスを傾けようとしてその言葉にひっかかった。

「もしもし、その日本薬局型美人というのは何ですか？」

思い切って小杉が問うと、男はこちらを向いてとろんとした目を据えた。その目には善人らしい弱気があり、頭髪はすでにうすくなっている。

「おや、あんた、とうしろやね。高知に居ってここのマダムのことを知らんとは。察するにあんたもだまされて貢いだ口じゃな」

「おい、おい」

連れの男はさすがにシャツの袖口を引張っていたが、しゃべり出した男の舌は制止それに較べると今の栄養剤などはよう効く。ほんまに効く。もっとも病人じゃないものが売ると昔は遠島やら、かるいところで百叩き。と、これはわしの親父に聞いた話よ。もっとも薬はサギにかかってもわからんきにサギ罪のなかでも一番重いがね。にせぐすりをそれでも寝小便やら胃腸病が五人に一人ほどの割合で癒ったというからねえ。もっとウドン粉をのませたり、ナムアミダブツと書いた紙を浮かせた水を呑ませたりしたものよ。

「昔はねえあなた。武士が商売換えをするときに坊主と医者と薬屋だけはすっとお上が許可してくれた。そこでじゃね、薬のことをよう知らん薬屋はもったいぶってウドン粉をのませたり、ナムアミダブツと書いた紙を浮かせた水を呑ませたりしたものよ。それでも寝小便やら胃腸病が五人に一人ほどの割合で癒ったというからねえ。もっとも薬はサギにかかってもわからんきにサギ罪のなかでも一番重いがね。にせぐすりを売ると昔は遠島やら、かるいところで百叩き。と、これはわしの親父に聞いた話よ。それに較べると今の栄養剤などはよう効く。ほんまに効く。もっとも病人じゃないものが薬を呑む時代じゃからよけい効くかも知れんが……」

「ほう、なかなかの博識じゃないですか」

小杉が相鎚をうつと男はもっと得意になり、

「ここのマダムがええサンプルですわ。マダムのほんとの年を知っちょるのは戸籍係ぐらいなもんですからね。おかげで高知の夜の蝶族が薬を買うこと買うこと。化粧品よりはまずビタミンC剤をというのが常識ですわ。しかし薬もかなり高いからねえ。浴びるほど呑むにはそれなりのパトロンも要るというわけよ」

「ふうむ。ビタミンC剤がそれほど効くものですか」

「おや」

男は胸を反らせて小杉を眺めおろした。

「あんたはよそもんじゃね、察するに。土佐の女は色黒鮫肌、と昔から相場がきまっちょる。肉躰美じゃが小味がない。それをこの頃はごらん。色白皮うすの都会美人が増えたこと。あれはみな、〝あさばん一つぶビタミンC錠〟というコマーシャルが生んだ結果よ。これを土佐のために憂うべきか喜ぶべきか」

男はますます雄弁になり小杉のほうへいっそう躰を寄せてくる。

「もっとも薬屋はおんの字よ。製薬会社の宣伝のおかげで楽な商売が成立つ。それじゃからちょくちょく悪いこともしとうなる」

「え？」

小杉は思わずグラスを置いた。

「薬屋の悪事ってのはいったいどういうことですか？」

小杉の頭を、先だっての薬局業者組合理事会の光景がフラッシュのようにひらめいて過ぎた。

この男はよく事情を知っている。たぶん薬局業者か、あるいはそれに関係の深い商売なのだろう。しかし理事会にたしかこの男はいなかった。だとすると薬価統一問題について思いがけないような意見が聞かれるかもしれない。小杉は手をあげてバーテンを呼び、男のために新しく水割りを注文した。

「さ、飲んで下さい。薬屋の悪事っていうおもしろい話を聞こうじゃないですか」

小杉がすすめると男は不意に笑い出した。よくみると連れの男がしきりと突っついている。正体も知れぬ小杉に向って酔ったまぎれにしゃべりすぎることを警戒しているのだろう。

「これですよ、これ」

男は小杉に小指をたてて示し、

「金ができりゃ、彼女もできるってことですよ、要するに」

あとは、や、や……というふうに手を振ってくるりと小杉に背を向けてしまった。

バーテンがそれとなく、

「もうまもなくマダムが参りますから」

と柔かく制したことも作用していたのだろう。男はもう連れを相手に株の話や、釣やストリップ小屋や家族たちの話に移り、それも次第にろれつが廻らなくなっていくようだ。

小杉は唇を嚙むおもいで残された酒をとりあげた。ここで名刺をさし出し、正面切って問いただす方法は最初から意識にあったことだ。しかし、警戒と抑制はいつも本能のように小杉についてまわる。

名乗りをあげて相手に逆用されるよりはいっそおしまいまで身分を秘しておいたほうがいい……、というのは、土佐の人間関係を、泥沼のような重さに小杉は感覚しているからだった。

土佐で生まれ、育ち、土佐で死んでいく運命にあるひとたち――それはどこかで誰かと絡まりあい、引張り合っていて風土的な生活の黙契をしっかり結びあっているようだ。小杉のようなものにとっては、しょせんはいりこむ隙間もない厚い壁に似ていた。

壁の底には課内で感じられる妙に陰湿な視線があり、西谷補佐のあいまいな表情も貼(は)りついている。

しかし、俺は負けないぞ！

小杉はグラスを目の高さにもち上げ、となりの酔客のことばをゆっくりと反すうした。

日本薬局型美人。それなりに要るというパトロン。金ができれば女を作るという薬屋の話。

これだけで話を打ちきられたのは歯がみしたいほどの残念さだが、いずれ参考にはなるだろう。小杉は最後のグラスをぐーっと一息にあけ、止り木から立上った。

その後、坂田は曽根からの電話をひどく恐れていた。

これまでのふたりの関係なら、坂田が断わるはずもないという安心を曽根はもっているだろうし、それに学内の微妙な関係は話してみたところで住む世界の異る曽根に理解されるはずもなかった。

又実際、坂田と邑井(むらい)教授とのあいだに表面上は何の溝(みぞ)もない。

同じ棟の両端に離れているお互いの研究室を、両者でいったりきたりしているし、研究会ではいつも顔を合わしている。

邑井教授は行儀正しくてどんな場合にも決して乱れをみせないのが、坂田にはよけい重苦しく感じられる。「おたくの奥さんを是非モデルに」などという世俗的な軽口はどうしてもいいだせないのだった。

いや、いい出せないのではなく、いい出すことによって当然邑井教授におこる自分への蔑視(べっし)、というものに堪えられる自信が坂田にはありそうもないのだ。

教授は日頃からマスコミについて強い批判を持っていて、学問の分野だけはマスコミに主導権を握られないように、というのが持論だった。写真のモデルとは、そんな教授にとってきっと唾棄(だき)すべき軽薄なことに違いない。

「俺は何故(なぜ)こうも、あの能面のような男に対し自己劣等を感じてしまうのだろう?」

坂田は考えながらのろのろと立上り、研究室の戸締りをした。

今日午後、学生たちの会合に招ばれている。

比較的若いということと、ものわかりのいいことと、いつも学生の立場に立ってものを考えてくれるという信頼から、坂田は日頃から学生たちに大そう評判がよかった。

しかし逆にいえば、その評判を裏付けするため、坂田はいつも学生たちに対するサービス過剰に悩まされてもいる。

さきほどこの研究室にはいってきた二、三人の学生は、坂田に断られるという心配もなく、

「私たち精神分析やっているグループが、今からディスカッションすることになっているんです。先生もおいで頂けるでしょうね」

と誘いに来た。

「何のディスカッション？」

坂田が問いかえすと学生たちはくすくす笑いながら、

「松木清将の作品における犯罪者の精神分析！」

「なんだ。推理小説の謎解き遊びじゃないか」

坂田も思わず笑い出した。

「ええ、でも松木清将作品の一般へのアッピールは大きいと思うんです。私たちも応用学問に携わる以上、一応こういうことやるのも必要だろうと思って、これはS君のいいだしなんです」

「嘘だよ。先生、M子さんはこの頃クロフツ狂ですからね。日本の推理小説をけなすんですよ。だけど僕は」

「うん、よしわかった。参加しよう」

坂田は手を挙げて制し、オーケーしたのだった。

学生たちのその会合は中庭の梅檀の木の下の芝生と指定されている。さして興味もないが、暑い午後を研究室に閉じこもっているよりは涼しいだろう。

坂田が指定の場所へ出向いてみると、うす紫の梅檀の花を散らせた芝生で、五、六人がさかんにしゃべっている。涼風が吹きとおす木陰で放恣な会話にふけるのはたのしいことだが、学生たちが話しているのはどうやら松木清将の話ではないらしい。

坂田が近付くとぴたっと一ように口をつぐんでしまった。

「どうしたの？　続けなさいよ」

坂田もその輪の中に入って足を投げ出した。

学生たちは黙って顔を見合わせている。

「坂田先生ならいいよ。大丈夫だ」

一人の学生がいうと、矢尾品子という女子学生が坂田のほうを向いて、

「さっき、先生のところへお誘いに上ったとき、S君たち邑井先生にもお願いに行ったんです。そしたらとても叱られたっていうから」

「ふむ」

あの男がこんな会合へ仲間入りするわけは絶対にない、と坂田は腹のなかで思った。

Sが品子の話をとって、

「それがね、邑井先生、〝君達、どういうつもりで大学へはいったの〟っていうんです。僕達は今さらそんなことをお答えするためにお訪ねしたんじゃありませんっていってやったんです。だってそうでしょう。ディスカッションに出るか出ないかだけ返事してくれればそれでいいのに、僕たちが何か不心得を起こしているような言葉の響きがある」

「邑井先生は原則論者だからね」

坂田はたしなめるふりをしてシニカルにいった。

「先生の場合は殆ど道徳的といえるほどなんだ。哲学史を専攻なさっているとそういう観念像をもつようにならざるを得ないんでしょう」

「それはしかし、邑井先生ご自身のことでしょう？　僕たちは正直いって、卒業してのちのちまで面白くもない学問に対して忠実であろうとする気はすこしもないんです。講座出席は単に、単位をとるためのもの、というのが僕達の偽らざる気持なんですから、それをあういうふうに高踏的にやられては」

「そこまでいうのは一寸いいすぎじゃない？　私は少くともK大学において勉強する

ことについては誇りをもつわ」

「矢尾さんはそうでしょう。少くとも。邑井教授夫人のお気に入りだから」

「ん？」

坂田はその言葉を聞きとがめた。

胸に同色の刺繡（ししゅう）がある白いブラウスを着た小柄な矢尾品子のほうへ向きなおって、

「君は晃子夫人と親しいの？」

と問いかけてみた。

品子は恐縮した表情で、

「お茶の先生がご一緒だったもので、一、二度邑井先生のお宅へお伺いしたことがある、というだけなんです」

「そう？」

坂田は何げなしにうなずいてみせたが、心は躍っていた。

曽根の懇請を通すのに、このパイプがある！　ただ晃子の顔を見覚えている程度の坂田よりは、一度でも二度でも、茶を通じて接している矢尾品子のほうがずっと話を伝えてもらえ易（やす）いのだ。

坂田は学生たちを見回した。

「で君たちどうする？　その推理小説の何とかってやつ、今から始めるの？」

「何だか気が乗らなくなったよ」

Sが投げ出すようにいうと、M子もそれに同調し、

「ほんとうだわ。今日はよしましょう」

「そのほうがいいね。又にしよう」

坂田はズボンいちめんに降りかかった梅檀の、花ともよべぬ味気ないうす紫の粒を払いおとして立上った。立ち上りぎわ、品子に向って、

「矢尾君のそのお茶の話というのを是非聞きたいね。実は今、僕の女房がひどく茶道というのをやりたがっているんですよ。何だったら今から研究室へ来ませんか？」

と誘ってみた。

坂田は長年の経験からそういう誘い方が最低の手段であるのを知っている。他の学生たちの前で一人をプライベートに誘うのは、残された学生たちにひどい屈辱感を与える。しかしいまはそれを考えてはいられなかった。たとえ学生間における自分の人気が落ちようと、晃子につながる矢尾品子を逃してはならないと心がはやっている。

品子はいぶかしそうに、

「はい」

とちいさく返事しただけだったが拒否する目ではなかった。

坂田が研究室に戻って待つほどもなく、控えめにドアがノックされ矢尾品子があらわれた。坂田は研究室へ女子学生一人を招じ入れる後めたさを、逆に親近感であらわして、

「さ、掛けなさい。ここへ来ること、みんなに何かいわれなかった?」

と机の前に椅子(いす)をととのえた。

「いいえ、べつに」

品子はまだ不審げな表情を解かず、机の前に突立っている。

「先生、あたしお茶のことでしたら、初めたばかりでよくわからないし、充分なお答えできないと思うんです」

そういわれると坂田のほうがどぎまぎして、

「いや、いいんだいいんだ。まあ掛けて下さい」

いいながら、心のうちで、〝案外簡単に引受けてくれないかもしれない〟と吐息の出るような重さを感じていた。

「先生、奥さんがお茶なさりたいのでしたら、あたしご紹介はします。あたしのお茶の先生、とてもいい方ですから」

「いや、それもあるけど……」

坂田はにじみ出てくる首すじの汗をしきりに拭(ぬぐ)いながら、

「その、君と一緒に習っている邑井先生の奥さんに一寸頼まれて欲しいことがあるんだよ」

「あら」

矢尾品子は目を張って、

「それなら邑井先生に直接お頼みになったら？　私、ほんとのところ、そう親しいというほどじゃないんですもの」

「いや、それがね。極くプライベートな用件なんで、邑井先生をわずらわすのは恐縮なんだよ」

窓から風は入ってくるのに、坂田は又、汗をぬぐった。

「実は、ある有名な写真家が晃子さんをモデルにして写真集を出したいというんだ。晃子さんに君からその話を伝えてもらって是非オーケーを取って貰(もら)いたいわけなんだが……」

「まあ、素適！」

品子は途端に目を輝やかした。

「邑井先生の奥さんてとってもおきれいな方。だから写真集にすればきっと素晴らしいものができるにちがいありません」

「しかし」

急に浮いた品子に、今度は坂田のほうが気づかいながら、

「晃子さんは万事地味なひとだろう? モデルなんて仕事、引受けてもらえるかな?」

「そうですね。とてもおとなしくて静かで……。でも、そのカメラマンてひと腕は確かでしょう?」

「無論。今はまだ名前を明かせないが日本的に売れているひとだ」

「じゃその写真集は全国にバラ撒(ま)かれるわけですね」

「きっとそうだろうね」

「先生、邑井先生の奥さんはすぐオーケーして下さると思います。私だったら喜んで引受けますから」

「しかし君と晃子さんとはちがうからね」

坂田は半ば苦笑しながらあらためて矢尾品子を眺めた。品子は学生たちの中でも決して目立つほうではない。茶を習っているところからしてむしろ古風な部類に属する

とおもわれるのに、コミュニケーションについてはこんなに敏感な反応を示す。

これを現代の風潮とするならなおのこと、晃子は身を退いたとばりのなかに住みついているように、坂田には推測される。それは晃子自体というよりも殆ど邑井教授の考え方だった。学問の世界に沈潜している邑井教授には、頭からコミュニケーションなど必要ないのだ。

しかし矢尾品子は坂田が次第に落着いてきたのと逆にひどく気負いこんでいて、

「そんないいお話なら是非私にお使いさせて下さい。お急ぎなら今からでも参りましょうか」

と坂田の指図を待っている。

「そりゃ急ぐにこしたことはないが、しくじると困るんでね。ま、落着いて打合わせしよう」

坂田は、まだ突立ったままの品子にもう一度椅子をすすめた。

第五章　猫眼石（キャッツ・アイ）

瑞代の友人たちから贈られた花環（はなわ）をひとつだけ飾った簡単な葬儀が終ると、明神薬局の隅々には生気のない静かさが墨のように暗く澱（よど）んでいる。

韮生（にろう）から引上げて一緒に住むことになった祖母は、終日瑞代の遺影に線香をつぎ足し、涙を拭（ぬぐ）い続けていた。

親もなく独力でやり抜いていた孫娘の急死は、悔んでも悔んでも老祖母の涙を誘うのだろう。

「家中深山幽谷みたいになっちゃった。納得のいかない静かさね」

祖母を励ましたり、一緒に泣いたりしながらも、笛子は姉の死を未（いま）だに信じられない気でいる。

そのくせ、向うみずな気の強さで姉の死因を探し出すのだと気負うてもいた。

「およしよ笛子。瑞代は疲れたんだよ。お店も持ち、自分の行く末のことも考え、お前の進学のこともあるし……、手一杯だったんだよ。むごい子だった。警察の方もよくよく調べて自殺だといっていなさるし、人様を突然訪ねていって失礼なこと聞くものじゃない。それよりもこのお店をどうするか、誰かいい相談相手はないものかねえ」

祖母はしきりと止め、笛子の気を逸らそうとしたが、笛子はきかなかった。

「お祖母ちゃん。お願いだから笛子が今一番やりたいことをやらせて頂戴。もしほんとうにお姉ちゃんが自殺だということが笛子に納得がいったら、それからお店のこと考えます」

子供だとばかり思っていた笛子の口からそうキッパリいわれてみると、祖母はそれ以上押しようもなく、手を束ねて笛子の行動を傍観しているより他、なかった。

「あんまりしつこくするものではないよ」

「大丈夫」

ポキンと指を鳴らして祖母には元気そうにみせるものの、姉という心張棒を失った心細さは逆に自分を何かに駆り立たせておくより他、ないのである。

笛子は姉が死ぬ直前まで一緒にいたと警察にきかされた薬事課長にまず会ってみようと決心した。役人など、笛子の生活には殊更無縁で、それが曽根のときとちがって笛子をひどく気重くさせている。

しかし店からの電話で通じた小杉は笛子の訪問を決して拒みはしなかった。歓迎はされないまでも決して不機嫌な声ではなく、

「お役に立てないかも知れませんよ」

と念を押されると、会ってもらえる、というだけで笛子はもう感激してしまい、

「いいです。結構です」

とすこしうわずった声を出してこちらから汗ばんだ受話器をさきに置いてしまった。

その約束の時刻、セピアいろのたそがれがたゆたっている町並を高知城の森へ抜け、笛子は桜木町五号官舎のベルを押した。

死んだ姉も一旦はこの家の前に立ったのだと思うと、その軒瓦（のきがわら）まで笛子には親しく感じられる。まもなく小杉が現われると、ここでも又姉の躰臭（たいしゅう）に出合ったようななつかしさで緊張感はふきとんでしまい、笛子は思わず、

「課長さんってお若いですね。あたし、もっとおじいちゃんかと思っていました」

小杉には過日の磯崎副会長の言葉が黒いもやのようなうっとうしさでまだ躰内に残っている。「課長と明神の娘のこと」というい方からして明らかに何らかの誤解を含んでいるように受取れるし、それを又、「他言はしない」という恩着せがましさは

秘密の重さめいたものを指しているかのようだ。官吏の建前からすれば誤解は極力避けねばならぬものであり、その意味からいって瑞代の妹である笛子に今日、私宅で会うのは大へん危険なことだった。

しかし小杉には、笛子に会って聞きただしたいことがいっぱいある。それはとりもなおさず薬価の調査問題へもつながっていた。

階下の縁側に向かいあって腰をおろすと、笛子は小杉からみて気落ちのするほど幼なくて若い。これで充分話ができるだろうかと危惧されたが、しゃべりはじめると意外としっかりしていた。

「私が第一にお尋ねしたいのは、あの晩の姉の様子におかしいところはなかったかということです。あの朝、姉は高知駅へ電話をして宇和島からの接続列車が高知着になる時間をメモしていました。きっと課長さんをいく度も駅へお迎えに出たのでしょう。そんなにしてお迎えした課長さんにやっと会えたのに、そのあとすぐ死んじゃうなんて、私にはどうしてもうなずけません。もし自殺だとすると、課長さんとお話しているあいだに、当然その素振りがあっていいのじゃないでしょうか」

「しかし僕は、あの晩お目にかかったのが最初の最後で、平生の瑞代さんという方を存じませんからね。でも僕に対していた時間だけは死を決意しているひとのようにみえなかったのは確かです。むしろ、旺盛な生活力があるような印象でした」

小杉は自分の言葉につれ、磯崎の説明を思いおこしていた。県下三百軒の薬局業者をあわてさせるほど瑞代という女は敏腕な事業家だったはずだ。だからこそあの夜、誰よりも早く小杉を駅頭でつかまえる必要があったのだろう。

そういうやり方は又業者からの嫉視をよぶことが考えられ、笛子のいう他殺説を小杉も一応肯定してみてもいいようにさえ考えられる。しかし小杉は、ここで笛子を相手に不用意な言葉を吐いてはならない自分の立場はわきまえていた。

「じゃ課長さんも姉は自殺じゃないとおっしゃって下さるんですね」

笛子が救われたようにそういうのへ、

「いや、僕は単なる印象ですから、それを根拠にされるのは困ります。たかだか二時間のおつきあいでしかないし、しかも名前も明かさず、話の内容といえば高知の名所名物などを僕に説明してくれただけでしたからね。それよりも僕の方こそ、あなたにいろいろとお聞きしたいくらいです。一体瑞代さんは何故組合を脱退されたのでしょう」

「それは……」

笛子は庭ともよべぬ一坪ほどの土に、ゆきのしたの葉に似た花が揺れているのに目を投げた。その横顔がひどく悲しそうにまたたいている。

「私は、姉の仕事のことは何にもわかりません。姉も又、私には仕事のことについて話しもしませんでした。でも私には何となくわかるんです。警察の方はうちの経営が苦しかったっていいますけど、そんなふうはちっともみえませんでした。姉はふだんからわりと贅沢なほうで、とくに煙草は東京三越からセーラムというフィルター付きのを取り寄せて喫っていました。きっと死ぬ前日か、前々日くらいに、その二ダース包みがお葬式の翌々日、小包みで届いたんです。こんなことってあるでしょうか。経営がくるしくて自殺しようとするひとが贅沢な煙草をかなり沢山注文するなんてことが……」

笛子は腹立たしそうにいってのけてから、ふっと肩をおとし、

「私には経営のことがなにひとつわからないのが今、一番はがゆいことなんです。姉の死んだあと、帳簿をひっくり返してみましたがまるきり摑めません。もっとも姉は、仕事に関しては仙人堂のおじさんに万事相談していたようですけれど……」

「その仙人堂さんですが……」

小杉は、折角〝すべてを話してやる〟という言質をとりつけながらその日を未だ指定してこない仙人堂の間遠さに、すこしイライラしてきていた。もうあれから旬日を

経ている。

もしここで、笛子が仙人堂への橋渡しをしてくれたなら小杉の仕事はどれだけ容易になるか……そう希(ねが)いながら同時に、その方法を潔(いさぎよ)しとしないものが小杉の気持にブレーキをかけるようだ。

相手が瑞代の妹、ということ以外に、まだ世間馴れのしない少女であることがひっかかっている。

利用価値の流通は、もはや現代の常識なのだろうが、小杉はそこまで踏みこめなかった。仙人堂の聞込みはやはり、小杉独自の立場でやるほうが無難であるようだ。

笛子は、いいさして口を閉ざした小杉のためらいに気付くふうもなく、

「じゃ、課長さんとご一緒だったあいだ、姉にはおかしい様子はなかったわけですね」

と気張った調子で念を押し、もう間もなく立上って帰りそうな気配を示している。

小杉はふと、笛子に対照される自分の年齢の量で、この一本気な少女に何かいってやりたい気がした。明らかに無理な背伸びが感じられる少女の行動力だけで、今後、どれだけの成果が挙げ得られるだろうか。しかもことが空転したあとにくる、しらじらしい虚脱感こそ恐ろしいのだ……。しかし、なまじな警告は少女の意欲をそぎおと

すだけにしか役立たない……。

小杉は笛子に真似(まね)ていっとき庭のゆきのしたに目を放ってから、

「笛子さん、余計なお節介ですが、瑞代さんが他殺だと頭からキメてかかるのは危険ですよ。疑うのはいいですけれど、社会的にも影響の大きい問題ですからね。慎重におやりなさい」

笛子は驚いたように目を見張って小杉をみつめた。そのかぼそい首に長い髪がかげろうのように揺れてまといついている。

笛子と会った翌日、小杉は課へ出るなりワクチン購入について、用度課との折衝問題が待っていて、昼過ぎまでその仕事に追われた。

やっと自分の席に帰り、立ったまま生ぬるくなった牛乳をあおると、自分で総務係の机にあった電話帳を取寄せた。

仙人堂の番号を調べるつもりだった。電話普及度の低い高知の番号簿はうすくて、ものの五秒とたたないうちセ行に該当番号が見当らないことがわかってしまう。

もっとも小杉は大した期待をかけて探しているわけではない。変りものの仙人堂のことだから電話などひいてはいないだろうという予想は持っている。又自分で探さな

くとも、課員のひとりに、

「仙人堂、電話があるの」

と一言問えば即座に答えは出してくれるはずだった。しかし小杉は例の理事会以来、西谷補佐の視線にはかなり注意を払っている。

もの静かに執務しているようでいても、その実小杉の言動を監視しているのかも知れない……そんな妄想も湧くのをときに自嘲もしながら、決して気はゆるしていなかった。

番号簿をめくった小杉は、帳末の職業別の欄にも仙人堂の名が無いのをたしかめて帳簿をもと通りに戻した。

その夜、小杉は近くの食堂で夕飯をすましてのち、八時頃家を出た。ともかく仙人堂に会いたかった。一緒に生活していた笛子でさえ明神薬局の経営問題について何にも知らないというのなら、今は仙人堂以外に鍵を握るものはいない。いく度でも足を運んで、組合脱退について説明を求めるよりほか手はないのだ。

町には白い浴衣やノースリーブの服装があふれていた。いずれもすれ違いに湯上りの清潔な石けんの香を漂わせ、群れつどって或る方向へ流れていく。何か催し物でもあるのだろう。

小杉は人波にさからって電車に乗り、六丁目の電停で下りた。

この前、仙人堂について尋ねた角の煙草屋はもう閉っている。

「盛り場ではないから、店じまいも早いのだな」

と考えながらその店の前を素通りし、覚えた道をたどっていくと、仙人堂の軒にはすでにむささびの毛皮は取り下ろされ、古い板の雨戸がおろされてあった。

正面に立つと、雨戸の隙間から内側の灯が洩れてくる。どことなく大ぜいの気配がしてざわめいているようだ。小杉は、

「話は夜のほうがええ。夜来なさい。わしの強精酒をご馳走しよう」

といった仙人堂の言葉を思い出した。将棋とガラガラ蛇の話だったら機嫌がいいという仙人堂のことだから、大ぜいにその強精酒とやらをふるまっているのかも知れないし、或は仲間を集めて将棋大会でもしているのかも知れない。

だとするとこみ入った話などはむろん出来はしないだろう。

小杉は雨戸をみつめたままでむなしく引返そうとしたとき、ガタガタときしんだ音をさせて内側から戸が少し空き、やや背のかがんだ初老の婦人がそそくさと出てきた。角の煙草屋のおばさんだった。小杉は急いで馳け寄り、

「おばさん、仙人堂さん、いますか？」

と問いかけると、おばさんはせわしげに、

「おるどころか、おおごとよね」

「おおごとって一体なんでしょうか？」

小杉がすがりつくように聞くのへ、おばさんは一寸目をしばたたいて、

「仙人堂さんが倒れなさったよ。気の毒に」

「え？　倒れられた？　それはご病気でしょうか？　それとも？」

小杉のうわずった声のなまりに気付いたのか、おばさんは首をふりながら、

「ああ、あんたはこの前のお客さんよねえ。仙人堂さんはふだんから血圧の高いひとじゃったが、今朝のこと、便所のなかで知らんようなってしもうて」

脳溢血か！　小杉は固い唾をのみこんだ。

「変りもんで人とのつきあいもなかったからねえ。将棋友達の鍼師の甚作さんがみつけなんだら、あんた、今でも便所でそのままよね」

「助かりそうですか」

望みをかけて聞いた小杉の言葉におばさんは力なく首を振った。

「便所の中で倒れたら見込みがないと昔からいう通り、お医者もそういう。ま、もっともまだいびきはかきよるがね。身寄りもないひとじゃきに、ともかく近所のものが

集まって相談しよるところ。なんならあんたも上ってみるかね」

今度は小杉のほうが力なく首を振る番だった。

もう一度医者へ電話をかけにいくという煙草屋のおばさんと別れ、小杉はあてもなく電車通りに出て港のほうへ歩いていった。心の底を絞られるような口惜しさがある。

なんという運の悪さだ！

それは誰に向ってぶっつけていいかわからない腹立たしさだった。

暗い港に碇泊(ていはく)している船の赤いランプがいくつか浮いてみえる。小杉は次第に落ち込んでいく自分の気持をもてあましながら、桟橋への白い舗装道路をいく度かゆき戻りした。

これからさきの方針よりも、仙人堂に倒れられたショックのほうが大きかった。もう少し早く、小杉が仙人堂を訪ねていればこんな挫折(ざせつ)には会わなかったろう。

小杉には前回仙人堂に会ってから今日までの日数が、この上もなくもったいなくおもわれた。その、むなしく流れ去った半月足らずの月日のなかに、内原野の窯(かま)を訪ねた日曜日もはいっている。

瞬間、小杉の胸を強烈に熱いものが流れ、一種の郷愁に似たなつかしさが小杉の躰(からだ)のなかへ拡(ひろ)がっていくようだった。

それは決して悔いではなく、内原野で再会したひとのかぼそい立ち姿だった。

小杉は岸壁のそばで立止り、黒々と四国山脈の迫る夜の高知市を振返ってみた。西洋菓子のように鮮やかなネオンの光芒がさし交わしている一角をのぞくと、もう家並の殆どは夜の安らぎの中に静まっているかのようにみえる。

〝あの家々のどこかに、あのひともいる〟

と思うだけで小杉は今の気持が支えられそうだった。小杉はゆっくりと歩を廻し、電車通りのほうへ引返した。もう、しっかりした足どりだった。

もう汗ばむほどの強い午すぎの陽ざしを浴びて、笛子は急ぎ足で鏡川べりを中の橋筋にむかって歩いている。

目的はバー〝霞〟のマダムが住む、小町荘というアパートだった。

姉の葬式後、まっさきに訪ねた薬事課長の話では何の得るところもなく、逆にいろいろと忠告され、その戻りみち、笛子は中央公民館前のベンチに腰をおろして休んでいると何とはなしに涙が出てきた。

張りつめた風船玉のような緊張のあとのせいか、頭の芯がずきずきと痛む。いつもはお姉ちゃんと呼ぶのを、〝姉〟と大人ぶって装っていたことや、ぎこちなく肩を張って相対していた疲れが、このひよわな少女を堪え難くさびしい思いにさせている。むしょうに誰かと話したかった。いたわって欲しかった。

笛子は足を引摺るようにして少し歩き、電話ボックスの重い扉をあけた。

涙ぐんだ目でダイヤルをいじっているうち、そらんじていたソネカメラの番号を自然にまわしてしまい、自分でも驚いたときには受話器の向うで曽根の太い声が響いている。

「おじさん? あたし笛子。何にも用はないの。ただちょっとさびしかったから……」

「ふうむ」

曽根は笛子の湿った声に気が付いたらしく、

「気を落しなさんな。しっかりするんだよ。あ、そうそう、いつかのお姉さんの写真できてる。取りにきなさい。今日は忙しいからつぎに又ね」

曽根はやさしい声音を笛子の耳に残して電話を切ってしまったが、〝しっかりするんだよ〟という励ましの言葉は笛子の疲れをふっとばす効果は充分にあったようだ。

「しっかりしなきゃいけない」

と自分を叱り叱り、今日もうちから出てきたところだった。

鏡川はもうボートがいくつか浮かび、水が涼しそうに太陽を撥ねかえして光っている。〝ことしは泳ぎにいけそうもないな〟と笛子は考えながら片町にはいり家並の標札を一軒一軒なぞっていった。

〝小町荘〟というのはブロックの建物で、胴体に黒くペンキでその名を記されている。通りに向って開きっぱなしのドアの前に立って暗い内部をうかがうと、通路をはさんで両側に部屋が並んでいるらしい。階段は一番奥にみえる。

入口のすぐわきに張り出してある部屋割をみると八号室は二階、奥の南側だった。さして高級ともみえぬこんなアパートに、小さいながらも自分の店をもつひとが住んでいるのをふしんに思う世間智は笛子には無い。

ただもの珍らしくきょろきょろとあたりをみまわしながら二階に上り、八号室に近づいてそのドアの前に立った。

小さく、森川、と白い標札が出ている。

笛子がかるくドアをノックすると、室内では暫く人の気配がし、大分長い間そのまま待たされた。

やがて内側から黄色いガウンを着た丸顔の女が首だけ出し、笛子の顔をまじまじとみつめていて、

「あんた、明神薬局の娘さんね？」

と声を掛けた。

「おばさん、私が明神だということ、どうしてわかるの？」

「おばさんとは失礼ね。何か用なの？」

「ええ。私をお部屋に入れて下さらない？　お聞きしたいことがあるの」

笛子は部屋の中をのぞきこむようにしていった。派手な色の調度の奥で、金具を振るような音がしている。それは男がズボンを穿くときのバンドの音だとわかったのは声が聞えてからだった。

「入れてやれよ。俺はもう帰る」

声の主は開衿シャツにズボンをつけた姿であらわれ、笛子のわきをすりぬけるようにして大股で階段を下りていった。

〝どこかで見たような顔だ！〟

笛子は瞬間、遠い記憶を手繰ってみたが、黄色く陽灼けしたような皮膚をもつその中年男の横顔からは何の関連事項も浮かばなかった。

「今の方、どなた？」

笛子は図々しいのを承知で霞に問いかけると、室内に彼女を招じ入れようとしてい

た霞は不意に敵意に満ちた目で笛子を見返して、

「あんた一体何の用なのさ？　人の寝込みをおそったり、身許調べしたり……。刑事じゃあるまいし、そんな用件ならお断わりよ」

室内はなるほど寝散らかしている。ひと間きりのお方を占めるダブルベッドの上には、脱ぎすてられたままの男ものの寝まきや華やかな下着が乱雑に重なりあい、部屋の隅におかれた三面鏡とともに霞の平生の生活を物語るようだ。

笛子はひるみもせず、するりと室内に上って、勝手にベッドの端に腰をおろした。小杉課長を訪ねたときとちがって気軽に、むしろ挑戦的に言葉のやりとりができる気強さがあった。

「私とお姉ちゃんとは全然似てもいないのに、おばさんは私のこと、どうしてわかりましたの？」

頬のあたりにまだ産毛ののこっている笛子をみて、霞は大人気ないと思ったのかいくらか機嫌をなおしたようだった。

「そりゃあ、わかるわよ。あんたの態度には、私を詰問しようとする気構えがあるもの。でもお生憎よ。瑞代さんが変死だからって、私に疑いの目を向けるのはよして頂戴ね」

霞は笛子と向きあいもせず、三面鏡の前に坐り、ナイロンのネグリジェをはだけて肌いちめんコールドクリームを塗りはじめた。

「私、べつにおばさんを疑っているわけじゃないんです。お姉ちゃんがおばさんのお店でお酒呑んでいたのが、生きてるときの最後だったからもう一度くわしくお聞きしたいと思って」

「それはあなた、警察の方がよくよく教えてくれたでしょう。今さら私に聞かなくても」

鏡の三方に写っている霞の顔はコールドクリームでギラギラ輝いている。話しながら平然とマッサージの手を休めもしない。

「でも、お姉ちゃんはお酒強いけど、おばさんの店の常連じゃないんですよね。それがあの晩に限ってどうして万竜であれだけ呑んだ上に、馴れないお店にいったか……」

霞はそれを聞くと、眉をあげてふりむいた。

霞は強い口調で、

「あんた、そんなせんさく子供だてらにやめたらどう? 瑞代さんにはね、あんたにわからない商売の苦労がたくさんあったのよ。あの晩だってうちを出てから県交通の電光ニュースで福重丸の遭難を知ったからなの。福重丸は室戸の漁船でそれには明神薬局が薬を入れてたからね。丸損なのよ。何百万もの」

「福重丸ですって？　それもっとくわしく教えて」

笛子がベッドからとび下りて鏡の中の霞に近付くと、霞は唇を吊るようにして笑い、

「ほらね。あんたは何にも知っちゃいないだろ？　だからよしなさいっていうのよ。瑞代さんには瑞代さんなりに悩みもあったわけだから……」

「でも私、それをとっても知りたいんです。とっても。私だってもう高校を出てるんだし、話してくれればわからないことないと思うけど」

鏡の中の笛子の瞳は霞の心の中まで突き刺すように迫ってくる。

「つまりね」

霞は投げやりな口調でいった。いくらかは説明してやらなければ帰りそうもないと思ったのだろう。

「あんた、明神薬局が高知の薬屋の組合から脱退したの知ってるわね。脱退させられたっていういい方がいいかも知れない。瑞代さんは勝気で我儘だったからね。そこで自分なりにいろいろな手段を講じて薬を売り拡めることにつとめたわけよ。医者の乗らない漁船へ薬を積込んで委託販売することも、薬屋としては一応考えることだけれ

ど、危くてね。高知では誰もようしなかったのを瑞代さんはどんどんやってたからね。儲けもしただろうけれど、福重丸のようにごっそり沈んじまうとショックも大きかったということよ。わかった？」

指だけは間断なくマッサージしていたのを、最後にぱんぱんと頬に叩きつけて霞は振むいた。

「福重丸が何故沈んだかは新聞を見ることね。さあ帰って頂戴。これだけわかれば納得するでしょ」

「だけど……」

笛子は催促されても動く気はなかった。疑問なふしはまだいっぱいある。

第一に組合を脱退してよけい積極的になったという瑞代が、漁船の一隻沈んだ位ですぐ毒を呷るような絶望にとりつかれるだろうか？

それに、瑞代の商売の立入ったことまで、何故職業の異る霞がこうも知っているのだろう？

「じゃおばさんは、お姉ちゃんがどうしても自殺だったといいきるのね」

「そう、そう」

霞はめんどくさそうに首を振った。

「決っているじゃないの。いろんなこと知るとあんたまで毒を飲みたくなる。さ、いい加減で帰りなさい」

業を煮やした霞は立上って笛子をドアのほうへ追立てるようにした。

「じゃおばさん、もう一つだけ教えて」

追立てられながらも笛子は執拗に言葉を返した。

「ね、おばさん、おばさんとお姉ちゃんとはどういうお知合？　どうしてそんなにうちの商売のこと知ってるの？　又どうしてあの晩お姉ちゃんはおばさんのバーに行ったのかしら。ふだん行きつけないのに」

聞くなり霞は眉尻をぴりりと上げて叫んだ。

「いい加減におし！　この小娘が。瑞代のやつが死んだと思えばこそ親切にもしてやりゃ、つけあがって！　私だって客商売なら出入の薬屋からそれだけの情報は入るさね。さ、お帰り。今度来たら、塩を撒くよ」

怒声と共にドアが今にもこわれそうな音をたてて内側から締められた。部屋の中では焦立って衣類など振るうような騒々しい音がしている。

笛子は暫く廊下に立って中の気配をうかがっていたが、やがてもの音が静まり再び化粧瓶の音がしはじめると、きゅっと首をすくめてドアの前を離れた。

ふしぎと失礼なことをしたという悔いはなかった。それどころかかえって霞に対する謎が深まっている。

笛子は階段を下りて一階の通路を見まわした。暗くて狭いコンクリートの通路には、電気製品の枠組の木やダンボールの空箱や石油缶など、各室からハミ出した荷物が雑然と置かれている。そのうち、一号室とドアにナンバーのある入口に近い部屋の前だけはキチンと片付いており、小さい花模様のある乳母車がほろを畳んでぽつんと置かれてあるのがひどく親しい感じで笛子の目に入った。

笛子は近付いてドアをすこし控えめにノックした。

「はい、どなた？」

ドアは内側から開いて頭にクリップを巻きネットをかぶった三十がらみの女が顔を出した。洗いたてのホームドレスを清潔に着ている。

「あの、一寸お尋ねしたいのですが……」

笛子はできるだけおとなしそうな声で問いかけた。

「二階八号室の森川霞さんのことですが……」

「さあ」

女はすぐ首を振った。関係ないといったしらけた表情をしている。

「お二階のひとたちのことは私ども何にも知りませんのよ。夜の遅い商売の方たちですからね。おかげでこのアパートをお妾アパートなんていうひとがあって、私ども階下の部屋のひとたちはみんな迷惑していますから」

なるほど部屋の中は片付き、斜めに吊ったハンモックには赤ん坊が寝ていて、ここには脂粉の香なぞ全くない堅気の風景だった。

「じゃ、お二階はみんなバーへおつとめの方ばかりですね」

「大体そうです。階下は違いますけどね」

女は二階と階下の人種の違いを強調したいらしい。

「では霞さんのお部屋に今さっきまでいらした男の方のこともご存知ないのですね？」

「男の方？」

女は蔑んだような笑いを唇もとに浮べて笛子を見た。

「こんなこと、あなたにいっていいかどうか知りませんけどね。男の方の出入りはしょっちゅうですよ。ご商売柄それは仕方ないとしてもですよ。二階は八室でしょ。でも顔を見覚えた男の方は十人以上ありますからね。誰かが一人以上……ね？」

と意味ありげに笛子を見て笑った。無関心を装ってはいるものの、かなり二階の人種には興味をもっているらしい。

笛子は知らん顔して、

「じゃ、霞さんのお部屋の方は何人？」

「さあそれは一向に。この階段を上ったら何号室に入るやら階下では一切わかりませんからね。でも、八号室のマダムはここでは一番古くて姐御株ですから、男といわずお客さんはしょっちゅうらしいですよ。一日に何人も出入りする日があるそうですが

……」

「まあ、そんなに？」

女は赤ん坊が目を覚まして泣き声を挙げたのを機に、部屋の中に引返した。

笛子は女に礼を述べてドアを自分で閉めた。霞についてもっともっと知りたいという欲が胸の中にふくれあがっている。

しかし〝今度来たら塩を撒くよ〟とたんかを切っていたとおり、今更引返したところで会ってはくれないだろう。まだ大人になれない年齢の若さを、笛子は涙のにじむほどの口惜しさで自覚していた。小杉にしろ霞にしろ、応対の態度こそ違え、〝子供にはわかるまい〟という大人たちの秘密めかした意地悪さがある。ときにそれがはがねのように強い障壁となって笛子の行動を阻む場合もあれば、逆に、是が非でもそれ

をつき破りたいという向うみずなファイトとなる場合もある。

しかし笛子は、自分の力の限界を殆ど知りかけていた。どんなに闘志だけは盛でも、店の帳簿ひとつ理解できないような幼なさで、姉の死因を知ろうとするは困難きわまりない作業だ。考えると目の前が暗くなるほどの重さだった。

「だけど……」

笛子は唇を嚙んだ。まだ投げ出すのは早すぎる。霞に対する疑惑を一つ一つ手繰っていけば、あるいは何らかの手掛りが摑めるかも知れない。元気を出そう！

そう決心してもう一度小町荘を振返ったとき、笛子はもう少しで声を挙げるところだった。

開きっぱなしの小町荘の入口に霞が立っている。あらい立縞のすっぽんドレスを着てバッグをかかえていた。どこかへ外出するらしい。クリームいろのパラソルの開き具合が悪いのか、いく度もさしなおしているようだ。

笛子は急いであたりを見廻した。道の傍らに洋裁学校の三角の立看板が立っている。そのかげにかくれて霞をやりすごし、あとをつけてみるつもりだった。

心臓が咽喉もとからとび出しそうに鳴っている。尾行という生れてはじめての経験が笛子を極度に緊張させていた。わり合と人通りの少ない中の橋筋を電車通りに向って、霞のハイヒールの音はせかせかと近付いてくる。

やがて笛子の立っている看板すれすれに立縞のドレスはあらわれた。

驚いて身を退いた笛子の鼻先を、霞のパラソルの柄を握った右手がかすめるように通っていく。

その左手薬指にはめられた指環に視線を当てた瞬間、笛子は危く声を挙げかけた。まわりに屑ダイヤをちりばめたカボッション型の猫眼石は、姉瑞代のもっているそれにひどく似ていたからである。

笛子は気取られるのもかまわず、霞のうしろ姿へ思わず三、四歩追いすがった。霞の指の甲から盛上ってみえるそれは、鈍く高貴に光るプラチナ台といい、光線の加減で黄にも真紅にも見える石といい、姉が時折指にはめていたものと寸分違わぬしろものだ。

しかし、と笛子は立止った。同じものを偶然に霞が持っているということがあり得るだろうか？

その猫眼石のことを、笛子はいまでもはっきり覚えている。

妻に先立たれ、喘息の持病と闘い続けた父の死と入れ替りに、薬大を出た瑞代が東京から戻って家を継ぐことになった春のことだった。

家のなかのおぐらい個所で、猫の目に似た光を放つまるいカボッション型の指環が姉の中指にはめられているのをみて、当時中学生だった笛子は大仰な声を挙げてそれをねだった。

「まあきれい！　私にちょうだい！」

そのとき何故(なぜ)か瑞代がふっと眉根(まゆね)を寄せた表情まで、笛子は今でも思い出すことができる。

「あんたにあげてもいいくらいだけど、まあ頂きものだから……」

いいながら、瑞代はその指環を外して笛子の指にはめたが、まだ小さな笛子の指にはとてもあわず、石の重みでするりと脱けおちてしまうのだった。

「じゃ私にもこれと同じものを買って！　お揃(そろ)いでしたいもの」

せいぜいで二、三百円のガラス玉と思っている笛子の言葉に、瑞代は眉を開いて笑った。

「宝石といえば笛ちゃんたち、一番ダイヤが高いものと思っているんでしょ。ほんとうはね。一番高いものはこの猫眼石(キャッツ・アイ)なのよ。これ、よくみてごらん」

蛍光灯にかざして瑞代はその石を説明した。

「光が玉の内部で一本の直線状になっているでしょう？　これは猫眼石の柱へ入りこ

んでいる繊維状の結晶を直角に切って磨かないとこんなふうにはならないの。猫眼石もいい品なのよね。このまわりは屑ダイヤ。むろん、インドからの輸入品でしょうね」

「ほんと？　じゃ、これほんものなのね。いくらぐらいするの？」

「さあ、一カラットで何万もするのもあるから一概にはいえないけどね」

「でもこれ模造じゃないから、十万円はするんでしょう？　ねえ？」

笛子はそのとき、姉にしつこく指環の値段を尋ねたが、何故か、

「どなたに頂いたの？」

という質問はできなかった。

その頃の姉は輝くように美しかったし、こんな姉に高価な指環をプレゼントする立派な恋人がいても決しておかしくはないという合点と、そのくせ奇妙な嫉妬(しっと)の入りまじった思いでその質問をのみくだしていたのだった。

その猫眼石はまもなく姉の指からみえなくなっていた。

「指環どうしたの？」

思い出しては笛子が問うと、

「あるわよ」

と気が無さそうに答えていたが、それが嘘でなかった証拠に最近になって又、ときどき瑞代の指に見るようになっていた。

ひょっとすると霞の指にあるそれは瑞代のものと同一の品ではないだろうか？　そう思いつくと笛子は素早く身をひるがえして自分の家の方向へ走り出している。もう尾行などどうでもよかった。幸か不幸か、笛子にはまるきり気付かなかった霞はせかせかした足どりで、もう大分前方を歩いていく。

笛子は走りながら姉の死体に確かに指環のなかったことを思い出していた。中の橋筋からほど遠くない八百形町まで駈けとおし、いまだに半分シャッターをおろしたままの店へとびこむと、祖母の驚くのもかまわず二階の姉の部屋の襖を乱暴にあけた。

姉の部屋の姉の匂い……生きているときそのままに保っている瑞代の小机のわきに、朱塗りの手文庫があり、宝石箱はその中に収められている。

笛子は何も彼も蹴散らすほどの勢でその手文庫にとびつき、オルゴールのついた蒔絵の宝石箱の蓋をあけた。ガラスや練りや木彫りなどのネックレスや、目もあやなブローチなどと一しょに指環のケースがいくつかある。一つ一つそのバネをあけていく笛子の指はふるえていた。小粒の真珠、安もののめのう、白珊瑚、と瑞代が自分で買い求めたものはそのままケースにはいっている。最後の黒いビロードのバネをあけた

とき、

「やっぱり！」

笛子は大声を挙げた。指環の型通りに白絹をかぶせたケースの内側には、猫眼石のかげさえなかったからである。霞のはめていたものはやはり瑞代のものと断定していいようだ。

しかし、瑞代はいったいいつからどんな方法でそれを霞に譲渡したのだろう？　頂きものだからといって笛子にもくれなかったものを、日頃そう親しくもない霞に渡すには何か退引ならぬ理由がありそうに思われる。それは何だろうか。

笛子はいら立たしく、あの日の記憶を呼び戻そうとしていた。それが姉の死装束となるのも知らず、うっかり見すごしてしまった真紅のスーツに、アクセサリーはどんなものを使っていただろう？　バッグは？　靴は？　そして指環は？　笛子は考えていくうち、ふと気が付いて指環のケースをもう一度全部開いてみた。模造品も含めてケースは五つある。そのうち四つまではキチンと指環が収まっており、足りないのは猫眼石一つだけだ。

だからもし、あの日瑞代が指環をはめていたとすれば、この猫眼石以外にはないはずだった。

笛子は立上って階下へ下りていった。電話で小杉課長に聞いてみるつもりだった。薬事課長といえば何かなしの気分の抵抗はある。

笛子はしかし、いま逸りたっていた。ダイヤルをまわす指に力がはいっている。

「もしもし」

と呼びかけた受話器のむこうで冷静な小杉の声が、笛子にはこの上もなく非情な響きで聞えてきた。

「そういうことは僕の記憶には残っていません……」

小杉はあの夜の瑞代の服装をはっきり覚えていた。イヤリングも指環も同色に統一したしゃれ方がまず印象的だったからである。

しかし、笛子からの電話にその旨具体的に説明できるどころではなかった。まわりには聞耳を立てた課員が静かに執務している。

彼らにとって、若い課長がこの未知の土地でどんなふうに知人を作っていくか、興味をもって見守っているふしもあるようだ。小杉にとって外部からの、しかも仕事以外の電話に乗じられるのは絶対的なタブーだった。笛子に冷たい答をしたところで、小杉に悔いはないのである。

しかし笛子にはその斟酌は無い。勢い込んで取上げた受話器を力なくもとへ戻すと、やっぱり小杉課長を多少とも怨じたい気持になってしまうのだった。

笛子はいっときぼんやりと店のショーケースの上にもたれていた。こんなとき、次の手段を考えるよりも気持のたてなおしに時間がかかってしまう。笛子はなんとなく曽根の顔を思い浮かべた。

この前も小杉課長を訪うたあと、さびしくなってかけた電話で曽根は自分を励ましてくれた。今も又、しぜんに曽根が思い出されてくるのは姉のデスマスク撮影以来の甘えなのだろうか……。笛子はそう思いながらもやっぱり受話器を取上げずにはいられなかった。

しかし、ダイヤルをまわしているうち、笛子はふと思い付いた自分の案に、すっかりファイトを取り戻したようだった。運よく店にいた曽根に、笛子は張りのある声で話しかけた。

「おじさん？　あたし笛子です。この前お電話したとき、おじさん、お姉ちゃんの写真出来上ってるっておっしゃいましたわね。今、そこにありますか？」

「ああ、ありますよ。取りにくるっていうの？」

「え、あとで伺いますけど、大急ぎで見て頂きたいことがあるんです」

「そう、じゃ一寸待って」

曽根はガタガタいわせて写真をとり出しているようだった。笛子は期待で少し息苦しくなっている胸を無理に押し静めて、

「お姉ちゃん、胸の上で手、組んでいますね。その右手の薬指のつけねに指環のあとがすこし凹んでいませんか。それくわしく見て頂きたいんです」

「うん」

曽根は受話器を置き、写真をのぞきこんでいるらしい。その息づかいまで笛子の耳に伝わってくる。

「あ、ね、どうやらそのあとらしいものが見えるよ。すこし黒ずんでいて、割合大きい部分だが……」

「それ、それ、それなんです。猫眼石（キャッツ・アイ）の指環でした。ありがとうございました。今から頂きに行きます」

「何だ、取りにくるのだったの」

笛子は受話器を置くなり、又土間に下りてサンダルを突っかけた。

やはり姉は死の直前まで猫眼石をはめていたのだ。この頃、指が肥（ふと）ってすこしはまりにくいと瑞代がこぼしていたのを思い出した笛子も、それを撮（うつ）してくれていた曽根の親切も、これを証明するに役立ったようである。

笛子はソネカメラに向って駆けるように歩きながら、猫眼石の出所と姉と霞の関係を洗ってみせる、と、きおっていた。

第六章　フィルムの沈黙

潮江高見にある邑井教授の家は大そう閑静だった。

南に向って窓を開くと、澄んだ涼しい風が高見山の樹間をふきぬけてきて部屋中に満ちる。

晃子は台所の物置きから掃除機を取出し、華やいだ芽をふいて輝いている濃緑の芝生を渡って庭の一隅に建てられた茶室のにじり口の戸を開けた。

身をこごめて中にはいると、四帖半の室いっぱいに熱気が立ちこめている。

炉の富士釜の上にもうっすらと埃がつもっていた。

雨戸を繰って風を迎え入れ、掃除機で畳の埃を吸い取り、炉の灰をかきならしてのち、晃子は玄関わきにむせ返るほどの匂いを撒いている白いくちなしの大輪を折って床のつるくびに生けた。

澱んでいた茶室のなかに甘いくちなしの匂いが流れ、俄に生き生きと息づきはじめる。

晃子は火のない炉の前に坐っていっときぼんやりと目を放ってみた。今朝は久しぶりで一服点てようと鉄瓶に湯を沸らせたのに、茶室に風を通しただけでもう充分だった。

この茶室を建てるとき、晃子は贅に過ぎることを夫に指摘され自分でも省られたが、何か独りだけの安らぎの場がどうしても欲しい気持だった。五年ほど前のことである。当時はまだ健在だった江川崎の父が晃子の支持をしてくれて、

「晃子には子供もないけんの。ひとつ位は楽しみがなけりゃやれまい」

と持ち山の木を切り、建築費の大部分を引き受けてくれた。

晃子は若い日、京都に遊学していてずいぶんあちこちの寺を出歩いたのだが、その中でもとりわけ大徳寺聚光院の閑隠席の作りが気に適っていた。典型的な利休式だというこの三帖で庵主さんに茶を招ばれるとき、将来こんな茶室を自分でも持てたら、といく度思ったことだろう。

しかし現実には夫への気兼ねや父への遠慮もあり、単に草庵ふうという外形だけをととのえたものだった。

それでも父の配慮で天井にはすだれを張り、壁を土壁のままにしたわびの味は保ち

得ている。

ときどき晃子はこの炉の前に来て座るだけで、いまはこころ安らかな満足感があるのだった。

結婚してもう十年を数える夫は一にも二にもまず大学教授としての体面を重んじるひとで、それは晃子の行動にも大きな制約をもたらしている。茶の世界にひとり沈潜していくようになったのも、世間との交渉を極度に嫌う夫の意志もあるけれど、晃子にとってそういう夫からの唯一(ゆいいつ)の逃避の場であった。

そのとき、芝生のなかの飛石を渡ってくるかすかな足音がして、にじり口の障子の外から、

「奥さま」

という声がした。昼間だけ通ってもらっている家政婦のとめさんだった。

「旦那様が急にお帰りでございます。御用があるそうですから居間のほうへおいで下さいますようにって」

「はい」

晃子は返事をしてすぐ立上った。

晃子が台所口から上って居間にはいると夫はとめさんの作ったトマトジュースを飲

んでいるところだった。

「お帰りなさい。早うございましたのね」

「うむ」

夫はコップをテーブルの上におくと晃子のほうを向いて、

「君、すぐ旅行の支度をしてくれないか。今日の二便の飛行機で東京へ発つ」

「まあ、ずい分急ですのね」

「うむ。急な用件ができたのでね」

夫は立上り、二階の書斎へ上るべくもう背を向けている。いつになく急いだ動作だった。

「あの、何日くらいの予定でしょうか」

着換えの枚数を心つもりで晃子はうしろから声をかけた。

ドアのノブに手を触れていた夫はふと思い出したのか、引返してきて、

「君にはこの際、話しておいたほうがいいだろう」

いいながらもまだ立ったままだった。

「以前から東京N大の学部長にという要請があってね。今日、学校のほうへ連絡があったんだよ、上京というのはその打合わせだ。多分一週間くらいで帰れると思う」

それだけいいすてると夫はさっさと二階へ上っていった。

晃子は夫が以前から東京へ戻りたがっているのを知っていた。両親は既に他界しているが、東京には多くの友人知己、それに兄夫婦がいる。

しかし、夫が東京に戻りたいのはそんな人間関係をなつかしがっているのではなく、もっと彼自身のためのものであることが晃子にはわかっている。どんなに勢力を拡げようと、しょせんは田舎侍に過ぎぬ地方大学から結局足を洗いたいのだ。

土佐の女を妻に迎え、土佐の地に家を建てて半永住のかたちをととのえているにせよ、或は又、仕事の上の話など妻にはその片鱗さえ洩らすまいと用心しているにせよ、折ふしの言動のはしに「地方蔑視」の強い考え方がはっきりと表われるのを、晃子はいつもかなしい思いで受け取っているのだった。

夫が出張のたび、心理学会の権威や先輩有力者の家をさりげなく訪問しているのを知ると、晃子は今日ある日を心ひそかに覚悟していた。

表面、行い澄ましたような端正な仮面の下に、醜い欲望があるのを十年も共に過した妻ならこそよく知悉している。

まもなく二階から下りてきた夫は、手に二、三冊の書類を抱えていた。手早く晃子のさし出す下着からワイシャツまで着換えながら、

「N大の話はおそらく決定だろうが、君は当分、こちらにいたほうがいいね。折角、この家を建てたところだし、それに東京では暫くの間、兄貴の家の二階住まいだからね」

「はい」

と晃子は素直にうなずいた。

覚悟はしていたものの、君も一緒に、といわれたところで晃子には生まれ故郷への執着はなかなかに強い。

今、高知の家をたたみ東京の喧騒のなかで送る夫との日々は、想像しただけで晃子にはおそろしく思えてくる。都会生活を経験しないわけではないのに、住み馴れた土佐の風土は晃子の躰臭にまで染みついているようだ。

旅行鞄のファスナーまで閉め終って、

「日章まで私もお送り致しましょうか」

と晃子が問うと、

「いや、いい。車を呼んでくれ給え」

感情をあらわさぬ冷やかな表情でそう命じ、車が来るまでの時間無言で新聞に目を落している。

いつものことながら晃子にはそんな夫に取りつくしまもなくて、そっと玄関へ靴をととのえに立つ。

やがて車の音が門前で止まると、夫は晃子の手から受取った靴べらを使いながら、

「滞在が一週間以上になるときは連絡する。留守のあいだ、誰も書斎へは入れないように」

いつものいいつけを忘れなかった。そしてかるく、

「じゃ」

といっただけで門の前に駐車していた車のドアに吸いこまれていった。

晃子が門まで見送りに立つ間もなく、一瞬にして走り去った車のなかで夫はもう上京しての仕事の手筈(てはず)でも考えているのだろう。

半開きになった玄関のドアをそのままにして、晃子はぼんやりと暫く突立っていた。奇妙な解放感が胸のなかに小さなつむじ風のように起きている。明けても暮れても夫の方針に規制される生活。茶室に逃れたところでせいぜい二、三時間のあと、又、挙措進退すべて神経を払わねばならぬ大学教授夫人の生活のレールにひき戻される。

それをべつにくるしいと思うでもなく、長い生活習慣として晃子みずからも馴れきってしまっていたのに、夫が出たあとのこの心のそよぎはいったいどういうわけなの

か……晃子は片手をかるく帯の上に当ててみた。

左乳の下で正確に、しかしかなり高く動悸がしている。かつて夫の出張のあと一度も感じられなかったこの動揺は、やはりまもなくやってくる夫との別居生活への不安なのだ……晃子はそう思おうとし、自分の躰を支えるように帯の上の手をきつく押した。

しかし一方、心の底のどこかで微かにもはげしく〝不安なんかではない〟と反撥する声がある。晃子にとって今、心のなかのそれをみつめるのはおそろしいことだった。非常におそろしいことだった。

晃子は息苦しくなって唇を半ば開き、ほっと息をついた。今から始まる一週間の孤独とすこしばかりな自由も結局晃子の生活に何の変化ももたらしはしないのだ……晃子は居間へ引返そうとして玄関のドアを閉めに三和土へ下りた。

そのとき、斜めに開いたドアから玄関の西洋八つ手のかげに、リズミカルに歩いてくる白いブラウスの人影が見え、急ぎ足の靴音が近づいてドアが向うから元気よく引あけられた。

「ごめん下さい。あ、よかった。奥さんいらして」

「まあ」

客は学生の矢尾品子だった。

矢尾品子は片手で額の汗を拭い(ぬぐ)ながら、

「お電話でご都合をきいてからにしようと思ったんですけど、もう先に来てしまいました」

すこし固くなって挨拶(あいさつ)した。肩まで垂れたカールの髪が風になぶられている。

晃子はそのいい笑いを誘われながら愛想よく矢尾品子を応接間へ招じ入れた。

「それともお茶さし上げましょうか。今日はお茶室、風を通していますのよ」

「いいえ、今日はお茶室でないほうがいいんです。すこしお願いがあってお伺いしたんですから」

健康な若い瞳(ひとみ)が緊張で輝いている。晃子はそれをほほえましく眺めながら、

「そう？　何でしょうね。今日は矢尾さん、ゆっくりしていらっしゃいね。何かご馳走いたしましょうか？」

と立上りかけた。

考えてみれば、晃子の世間との通風孔は茶の師匠を除いてはこの矢尾品子という女子学生しかいない。品子も最近になって二、三度訪ねてきただけでそう親しいことは

ないけれど、若い活動的な学生は、晃子にとって眩しいほどの羨望を感じさせてしまう。

閉鎖的な晃子の日頃は、品子を迎えただけで華やかに色めく感じだった。

「今日はほんとにいいんです。品子を迎えただけで華やかに色めく感じだった。」

品子はぐっと唾をのみこむようにして晃子の衿もとをみつめた。納戸の単衣に白い衿が匂いたつように清楚で美しい。品子は、

「その写真家は凄い熱意なんだ。是非とも成功するよう、頼むよ」

といった坂田のことばを思い出した。写真家ならずともこの奥さんの魅力にはあてられる……品子は微かな嫉ましさが胸を刺すのを覚えながら視線を衿もとに釘付けにしたまま、

「是非、オーケーして頂きたいことなんです。とてもいいことですからきっと喜んで頂けるとは思うんですが……」

と念入りな前置きをしてから、

「あるとても腕のいいポートレートカメラマンが奥さんに是非ともモデルになって頂きたいというんです。そのカメラマンは日本的にも有名なひとで、奥さんをモデルにした写真集を出したいといっています。写真集はそのカメラマンの自費出版で、東京

を中心に全国にバラ撒くそうですがきっと何かの賞を貰えるのだろうと期待しているファンたちもあるそうです。この二、三年前、東京のあるカメラマンがある作家をモデルにして〝薔薇刑〟という写真集を出しましたね。あれもよかったけれど、奥さんをモデルにしたのはそれ以上のものができるだろうといっています。モデルとしても一躍有名になれるというわけです」

品子は意見発表のときのようにそこまで一気にしゃべって、晃子の表情をうかがった。

晃子は唇もとに笑いをいっぱいたたえ、窓の外を向いて遠い目つきをしている。

「素晴らしいお話ではないでしょうか。一躍有名になれるなんて」

品子がうながすと、晃子は微かだったが声をたてて笑った。かるく唇もとをおおった手は指環のない清潔さだった。

「夢のようなたのしいお話ね。ちょっと待ってくださいね」

晃子はすらりと立つと、静かに応接間のドアを開いて出ていった。品子はもう一度汗をぬぐい、晃子に問いつめられたときどんなふうにいいぬけて、坂田の名を隠しおおそうかと考えている。

「できるだけ僕の名を出さないでくださいよ」

と頼まれたとき、「大丈夫」と答えた手前、今さら坂田の名は絶対に出せない。品子は気持を落着けるために立上って室の中を歩いたり、窓から外を眺めたりした。

「たのしいお話ね」といったからには、まさか拒否するとは考えられない。

まもなくドアがノックされ、晃子が手に早生作りの西瓜を持ってあらわれた。

「もっと美味しいものがあるつもりでしたけど西瓜しかなかったの。ごめんなさいね」

テーブルに置いた盆には赤ん坊の顔ほどのよく熟れた西瓜が真二つに割られ、ほぐした果肉と氷片が涼しく交りあっている。

「これに、あうかしら」

ホワイトホースのマークがついた英字の瓶の蓋をとり、その赤い果肉の山にしたたらす。

品子はすすめられるままに、ウィスキーのこくと果物の甘みが溶けあって、何ともいえないうまさを出している冷えた果実を口に運ぶ。

「矢尾さんのお故郷は幡多のどちら？　海岸のほうですか？」

「はい、私は小筑紫ですから」

「ああ、とても景色のいいところですね。私など江川崎の山ですから海は今でも珍らしいという感じですのよ」

テーブルに躰を乗出すようにして銀のスプーンをつかいながら、品子はあらためて晃子の顔を見た。品子からすれば重大な意味をもつ話を、たったいま打明けられたひとのようでもなく、晃子は落ち着いている。その静かさに品子はにわかな不安を覚えてきて、スプーンを置いた。

「さっきのお話、オーケーして頂けますでしょうか？　でないと、私とても困るんですけど」

つきつめた品子の視線をかるく外して、晃子は又、手の甲を唇に当てた。

「冗談なのだと思いますわ、そんなお話。さ、もっとお上り下さい」

「いいえ、ほんとうなんです」

品子は自分の真剣さを茶化されているようで、すこし口惜しくなりながら、それでもしつこく、

「そのカメラマンは本当に奥さんのこと、熱望しているんです。私、今日是非ともオーケーを頂いて帰らなきゃなりませんから」

強引な品子に、晃子の目はまだ笑っていた。

「私などで、できるわけもありませんし……」

ここで坂田の名を出せば真実性ができる、そう思いながらも口に出せないもどかしさで、品子はもう瞼の裏を熱くしている。しょせん品子の話では冗談としか受取ってはもらえないだろう……。

それは梅雨の上った、よく風の流れる土曜日だった。白い舗道がめらめらと燃えたつような県庁前の銀杏並木を、晃子はパラソルを傾けて歩いている。

雲の一ひらもない南国の空は、地上からの熱気で春のもやのように霞んでいた。こんな暑さに、晃子はきりりと帯を締めて和服でいるのが好きだった。張りのある白い小千谷縮みをさわやかに着て、独鈷の帯を下目に締めると、袂をふくらませて風が吹きぬけていく。

下手な洋服でいるよりはいっそ涼しい。

それに今日の晃子には、なんとなく華やいだ気分が心の片隅に座を占めている。何故なのだろう？　晃子はちょっと立止って考えた。

夫が出張中だという一種の解放感なのだろうか？　もしそうだとすればあと二、三日でおしまいになるはずの解放感だった。

晃子は首を振って又歩き出した。夫の留守に解放感を覚える妻は却ってくるしい。夫の帰郷を早く願いこそすれ、解放感など覚えるのは間違っている……晃子は自分を叱りつけるようにして足を早めた。

しかし、人に誘われてもめったに外出したことのない晃子が、市役所へ税を払い込む、たったそれだけの雑事にわざわざ家を出てくるのは珍らしいことだった。

出しなに家政婦のとめさんが、

「まあ、私が参りますのに」

と驚いて目をみひらいていた表情を思い出しながら、晃子はパラソルを畳んで市役所の玄関ホールへ入った。陽のささないここは、地下からの風が吹き上ってとても涼しい。

陽ざかりを歩いてきた汗がすうーとひっこむまで、いっときそこにたたずんでから晃子は玄関のガラス戸を押した。

金庫は階段の右斜め横にある。

無表情に坐っている係員のひとりへ、令書に添えて金を渡すと一瞬にして晃子の用件は終ってしまう。

仕方なしゆっくりと玄関前のホールに引返した晃子は、いま、せつないほど自分自身に決断を迫られていた。

目を伏せて歩いてきたものの、白い舗道の突きあたり、城山を圧して聳える巨大なビルのなかに、内原野で黒茶碗を贈ったそのひとがいる。それは枷のように晃子の意識を縛りつけていた。

いまここで十円玉を入れ、ダイヤルを廻すとそのひとの声が聞ける、ひょっとすると会えるかもしれない……その期待は晃子をひどく息苦しくさせる。同時に又、夫の留守を狙ってそんな行為を企む自分の不貞を憎んでもいた。

考えてみれば市役所への用件を思い立ったそのときから、いや、或は夫の出張したその瞬間から、晃子は小杉に会うことを希っていたのかも知れない、と思う。

「いいえ」

晃子はちいさく心のなかで呟いた。

「内原野でお会いしたときからだった」

あのとき、ためらいながらも再会を約すことを忘れなかった自分の心の熱さを、晃子はかなしく思い出している。

「でも……」

晃子はバッグから出した十円玉を掌の上でころがしながら、まだ迷いつづけていた。

梅雨明けのその土曜日、庁内にはさわやかな空気が朝から流れている。小杉の課でも、午後中央公民館で行われる名画の試写会の話など、仕事のあいまにちょいちょい耳に届いてくる。

サラリーマンにとって、天気のいい土曜日の勤めほど快適なものはない。始終陰気な西谷補佐でさえ、珍しく小杉にむかって、

「課長は休日をどうお過ごしですか」

などと仕事以外の口をきく。

「そうだね。山か、海へでも行くか」

小杉が無責任な返答をすると、

「では観光地図でも取寄せましょうか」

と、ほん気で親切を示し始める。

実際には、小杉にとって土曜日は嬉しい日ではなかった。

一週間、自分を鎧い、張りつめていた仕事への気魄が、土曜日は半日限りでかたっと外される。予定を持たないそのあと半日を、小杉はいつも持てあますのだった。

昼近くなって浮足立った課員の表情に目をやりながら、ぼんやりと小杉は今日の午

後を資料読みにでも過ごそうかと考えている。

彼は庁内食堂から運ばれてきた重詰弁当を機械的に食べおえ、四階にある資料室に行こうとして席を立上ったとき、総務係の机の上にある電話に出た薬剤技師のひとりが、

「課長にお電話です」

と振返った。

幕切れ間際（まぎわ）だな。チラと時計に目をやりながら小杉が替って受話器を取ると、思いがけない声がそのむこうから流れてきた。

「この間は失礼申上げました。内原野でお目にかかりました晃子でございます」

「ああ」

あき子、という名だったのか……小杉はふと心の隅で、この電話がいつかはかかってくることを、ほとんど正確に予測していた自分を感じている。

そのくせ、不意をくらった驚きで暫（しば）らくは声も出ないようだ。

受話器の向うも一瞬途切れ、やがて遠慮深そうに、

「お仕事中、お邪魔ではございませんでしたかしら？　市役所まで用たしに参りましたもので、ちょっとお電話申上げてみましたけれど……」

「いや」

　小杉は唾をのみこんで姿勢をたてなおした。

「仕事をおえたところでした。じゃ今、あなたは市役所にいらっしゃるんですね」

「はい、市役所東玄関前の公衆電話からでございます」

　小杉は晃子に、その場所で待っていてくれるようにいって受話器を置いた。

　脇の下に汗がにじんでいる。

　あたりをみまわすともう殆どの課員が退庁していて、小杉の電話に気を付けていたものはいないようだった。西谷補佐の椅子も空席になっている。

　小杉は上衣をかかえ、汗を拭きながら課を出た。

　胸の底に嬉しさがわだかまっている。しかし、晃子が内原野で身分を明かそうとしなかったことで、小杉の気持はかなり屈折していた。

　こちらからは問うまい、というかたくなな決心は、いっそう小杉をくるしい立場へ追いやるようだった。

　県民ホールの斜め前に、夫婦だけでやっているちいさな喫茶店がある。五、六人もはいれば店はもう満員だが、主人がひとつひとつ心をこめて、丁寧に入れてくれるコーヒーの味が好きで、ほんのときたま、小杉はここを訪れることにしていた。

電話ボックスの前にたたずむ晃子の姿に大股(おおまた)で近づいていきながら、小杉はこの喫茶店に彼女を案内したいと考えている。

傘のかげで、晃子はすずしく微笑して小杉を待っていた。

「よくお電話下さいました」

陽の下で向きあうと、縞小千谷(しまおぢや)のかぼそい姿がいっそう痩(や)せた感じに受取れる。

――このひとはいつもどこか翳(かげ)りを感じさせる――小杉はそう思いながら、

「お茶でも飲みますか」

といたわるように誘いかけた。

黙ってうなずいた晃子と肩を並べ、小杉は県庁前をゆっくりと南へ歩いてゆく。

梅雨明けから一足飛びに盛夏へ移った土曜日の午後の街は、油絵のようにみずみずしい新鮮な夏の服装であふれている。白い舗道も緑の並木も強烈な太陽をはじき返して輝いていた。

予想はしていたものの、今日この時間、晃子のほうから電話をくれたという事実は小杉にとって素朴な感動だった。

内原野で別れて以来、二階の居間に飾った黒茶碗に目をあてるとき、時折燃え上るような感情があったのを、小杉は歩きながら思いおこしている。

しかし今、小杉は三たびこのひとに会えたことの感動を胸の下で押し殺そうとしていた。

又、会えた……ただそれだけの意味でいいのだ……と無理に自分を納得させたがっている。

さもなければ、今日を境に堰を切ったようにこのひとを求めたくなるに決まっている。追い放てば、自分でもはかりしれないほど転がっていきそうだった。

県外人の孤独というは、裏返すと無限にひろがる人恋しさの感情に他ならないのだ。

黙ったまま、ふたりはいつのまにかその喫茶店の前に来ていた。

「コーヒーお嫌いでは?」

「いえ、とても美味しく頂きます」

花の終ったバラの鉢をいくつか並べてある狭い入口の小さいドアを押すと、店には誰もいなかった。

「今日はヒマなの?」

コック帽を被ったおやじに話しかけると、

「へえ、土曜の午後は閑でさ。お勤め人はみな、下のほうへ行ってしまいますもんで」

「なるほどね」

狭い店の空いた時間、客はこみ入った話などできるものではない。しかしそれは小杉にとっていっそ気楽だった。晃子とあたりさわりのない話をしてこの幸福な時間を過ごす……それはいかにも自分の決心に似つかわしい気がした。おやじのたててくれたコーヒーを静かにすすっている晃子の横顔にも、おだやかな笑いが浮んでいる。

「その後、内原野へはよくいらっしゃるのですか？」

なにげなしに問いかけた小杉の言葉に、晃子はカップを下において小杉のほうへ向いた。その瞳（ひとみ）にどこやら光りがこもっている。

「あのとき、小杉さんがお帰りになってからわたくし、小さい砧（きぬた）の型を真似（まね）て粘土をこねました。その窯（かま）が次の次の週の土曜日に開くのだそうでございます。ですからそのあくる日曜日にはわたくし行ってみるつもりにしています」

「次の次の週の日曜日ね」

小杉はおうむ返しにその日をなぞって、ふっと口をつぐんだ。

あの内原野の貯水池周辺の緑の景色が、鮮やかに目に浮かび上ってきたからだった。

同時にその帰り、素姓を明かされなかったいら立たしさから、バーでしたたかに酔ったくるしさまで思い返される。あの日のことはどんな小さなことまでも、一つ残らず小杉の頭に鮮烈に灼きついていた。

あの場所でこのひとにもう一度会いたい……その思いはほとんど郷愁のような堪え難いなつかしさで小杉を揺すぶる。

しかし小杉はさきほど、会うことの感動を押し殺したように、今もそれを言葉にすることを避けようとした。

もし、ひと気のないあの貯水池でふたりだけの時間をもつことができたとしたら、今度こそためらいもなくこのひとを引っさらってしまいそうなせつなさが躰のなかで渦巻いている。

小杉はそれでも表面平静にコーヒーをすすり、さりげなくおやじと天候の話など交わす。

「ご馳走さまでした」

白い茶碗を置いて、晃子はカウンターの中へともなく小杉へともなく、軽く頭を下げた。ちらと腕時計を見てから、

「そろそろ失礼いたしますわ」

「そう」

強いて止めるでもなく、小杉も一緒に立上る。

「どちらへ帰られますか？」

「久しぶりのお天気だから、ぶらぶらと歩いて帰ろうと思いますの」

「じゃ僕はどのあたりまでお送りできるのでしょう？」

高見山の麓だという晃子の家を聞いても、小杉には皆目見当がつかない。

晃子は笑いながら、

「では、天神橋のたもとまで送って頂きましょうか。川風が涼しゅうございますから」

二人は小さなドアを開いて外に出た。

旧山内邸の前の楠の大樹がくっきりと濃いかげを落している。そのかいわいは陽ざかりのせいかしんと静まり返って人影も無い。

「市内でもここいらは静かですね」

「県民ホールに派手な催しもののないときには、いい散歩道ですわ」

二人は並んで山内神社の坂を上っていった。

坂を上りつめると、銀いろに輝いている鏡川から光るような涼しい風が吹き上げてきた。晃子の単衣の袂が風をはらんでまるくふくらむ。思わずおくれ毛に手をやった袖口からレースの涼しさがこぼれた。

小杉は、さらい週の内原野行きについてまだひどくこだわっている自分の未練を、心で叱りつけながら、晃子をかばうようにしてその坂でいっときたたずんでいた。

坂田はその日、愛用のカメラを肩に登山帽を頭にのっけて自転車で家を出た。

このところはっきりしない梅雨空の連続だったから、こんないい天気を〝風景写真屋〟の坂田が見のがすわけがない。

彼のイメージのなかに、いつのころからか水の飛沫をファンタジックに組立てた構図があり、それをフィルムの上にどう定置させるかが目下の課題だった。

坂田は大学裏から鴨部の大黒さまへぬけ、そのかたわらから鏡川の堤へ上った。

予想通り、川水は強い太陽の光りを浴びて宝石のようにきらめいている。

坂田は自転車を堤にもたせ、カメラを抱えて川瀬のほうへ下りていった。

気の早い河童たちが深みを選んでもう裸身をくぐらせている。

岸辺で靴を脱ぎ、浅瀬に入って坂田は腰をかがめながら、いく枚も水のきらめきをカメラにおさめた。

しかし、なにやら、満足感がなかった。対象物を思い通りに狙い撮ったあとの、あの一秒も早く暗室へ駆けこみたい気持ちのはやりがない。

どうやらこの鏡川下の堰(せき)は落差が少なく、思うように飛沫が上っていないことが原因のように思われた。

坂田はまた自転車にまたがると、川面をみつめながら次第に下流へと下っていった。川面にはボートも浮いている。坂田は川に沿ったり迂回(うかい)したりしながらも、とうとう沈下橋の辺りまで下りてきていた。

沈下橋下の堰はおあつらえ向きの高さにあって、澄んだ水をたたえた堰の水はいっきに落下して八方にしぶいている。

坂田は自転車をはやめて沈下橋を渡り、山内神社下の石垣に自転車をもたせると、その堰の水をめがけて走っていった。

ピントを合わせる手つきもふるえるほど心がはやっている。

最初フィルターをかけ、絞り八にしてシャッタースピードを二五〇分の一に合わせ、角度を変えてとりまくった。

次にフィルターを除いて、露出を合わせなおし、なおいく枚かを撮る。夢中でシャッターを押しまくってほっと一息ついたとき、彼は全身びっしょりの汗だった。

坂田は汗をぬぐって自転車のほうへ引返した。躰中がひどく疲れている。しかし、満足な仕事をおえたあとの充実感で疲れはすこしも気にかからなかった。

山内神社下の石垣の自転車をおこし、鍵を外してそれにまたがろうとして、坂田はもう一度自転車を突き放した。

すぐ右手にある山内邸前の坂を、ゆっくりと上ってくる美しいカップルを認めたからである。

長身の男は、陽をはじくほど白いワイシャツに垂れたダークグリーンのネクタイに、大粒の真珠のタイタックがひどく印象的にみえる。

女は白麻のパラソルを傾けて男に何か話しかけているようだ。すらりとした白い和服に、独鈷の帯を粋でない程度にすずしく結んでいる。

一度しまいかけたケースから、再びカメラをとりだしながら、坂田の指はおそろしいほどふるえていた。

何やらたのしげに談笑しながらゆっくりと坂を上りつめたアベックに対し、坂田がシャッターを押したのを故意ではない、といいわけしても誰もみとめないかもしれない。

何故なら、女は紛れもなく邑井教授夫人晃子であることを、坂田はとうに確認していたからである。

しかし又、坂田の指が驚きのあまり無意識にシャッターを押してしまったといっても、決して間違いではなかった。

坂の上で晃子とその連れが立止って風を入れてのち、ゆっくりと川沿いを下っていってしまったあとでも、坂田の動悸は容易におさまらなかった。

ファインダーがとらえたふたりは、何か通いあうものをもつ間柄なのだと坂田には直感されている。

第一、つつしみ深い邑井夫人が男とふたり、川沿いの道を歩いていたなどとは考えられもしないことだ。

坂田は、殆ど無意識のうちに収めてしまったカメラを今度はひどく鈍い動作でケースに収め、のろのろと自転車にまたがってもとの道を引返していった。

彼のこころのなかは、たった今のスナップ写真の衝撃でさまざまに入り乱れていた。

何という偶然！　という驚き以前に、あの邑井夫人が！　という瞠目があり、それに絡んで能面のような邑井教授への残忍な優越感も、極めて些少ながら同時に存在しているようだ。反面、何故、撮ってしまったのだ、という重い悔いもないではない。

驚きにふるえながらも彼の目は、いったんしまいかけたカメラで着実にあのアベックを狙っていたのだ……。

それにしても俺は何という目撃者なのだろう！

坂田の大学時代、よく遊ぶ友人がいて、つねづねこんなことをよく口にしていたのが思い出される。

「都市の形成は三十万が一つの単位だね。人間の行動や生活にはある一定の法則があって、三十万を基準にしてそれが環流状をなしているそうだ。だから地方都市では知った顔によく出会うというのも、この法則通りなんだよ。平たくいえばね。田舎が口うるさいというのも目撃される事柄と、そこから推測される行動の範囲がほぼ決まっているということなんだ。俺はだから三十万人以下の都市には就職しない。何故なら一生、秘密や情事をたのしみたいからだ。人にみつかる率の極めて少ない大都市に仕事をみつけるつもりだよ……」

なるほど、それも一理あるかもしれない……坂田は今にして思えるのだった。

彼の言に随(したが)えば、これはあり得べからざる偶然ではなく、人口二十万の地方都市高知にはあり勝ちな話題の一つなのだろう……。

坂田は出発のときとはまるきりちがった心の重さで、ようようにペダルを踏み、家へ帰りついたのは陽ざしがやや西に傾いた頃合だった。

それでも坂田は家に帰りつくなり真直に二階の書斎に上り、その押入にしつらえた暗室にはいりこんだ。

戻り道、多少の悔いに責められもしたのに、一秒でも早く獲物をものにしたい心のはやりがそれを追い越している。

そして又、あれだけ念願をこめて撮り上げた水の飛沫よりは、やはり晃子のスナップのほうにより強く好奇心を動かされるのだった。

彼のズボンのポケットをふくらませていたフィルムの最初の二本はそのまま暗室の隅におき、カメラの中に納まっている終りの一本をまきもどしてパトローネから外した。

現像タンクへ入れたり、定着液のバットへ浸したり、いつもやり馴れている手順を、坂田はこの日どんなにもどかしく感じたことだろう。

液のしたたるフィルムを提げて下りてゆき、洗面所で水洗いするあいだ、彼はその前にじっとがんばって目も離さなかった。

カメラが機械的に捉えたあのふたりのスナップがどれほど貴重なものか、いま頃になってずしりと腹へこたえてくるようだ。

「パパあ、いいお写真撮れたの？」

台所との境の戸をあけ、幼稚園に通っている睦子が声をかけたが、坂田は振向きもせず不機嫌に叱（しか）った。

「ここへくるんじゃない」

正確に二十分水洗いすると坂田はその長いフィルムをもって二階へ上った。陽にすかすと、終りの五、六枚目ごろから二つの男女の映像が黒白を反対にして浮かび上る。

坂を上ってくる二人。男のほうを向いて首をかしげて笑っている晃子。何やら指さして説明している晃子。少し向きを変えて坂をおりようと歩き出した姿。仲むつまじげなうしろ姿のスナップ。

坂田はフィルムの水気をスポンジで拭（ふ）きとり、自分の机の上にそれをおいて眺めた。一種の困惑にたち迷っている心のなかには残忍な笑いがある。いま、坂田がこのフィルムをどう料理しようと意のままだ。大きく引き伸ばそうと、小さくいく枚もいく十枚も焼いてビラのように撒（ま）こうと全く坂田の自由なのだ。

それは、邑井教授への潜在的な嫉妬（しっと）と反感が機を得てにわかに歯をむきだしたようなものだった。

道徳的以上に、より道徳的な雰囲気を身辺に漂わすあの邑井教授の夫人にして、こんなひそかな時間をもつ、その齟齬（そご）の発見は坂田にとって確かに形を変えた優越感にちがいなかった。

しかし同時に、親友曽根のことを考えると坂田は複雑な感慨にひきこまれてしまう。その後曽根には会っていないが、矢尾晶子からの報告は坂田のもとまで届いていた。晶子の話をはぐらかした晃子の態度が故意かそれとも真意かはわからないが、少くとも簡単にオーケーのとれる様子でないことは確かだ。

このネガを曽根に見せるのは残酷だが、考えようによっては晃子を諦(あきら)めさせる手段となるのかもしれない……。

坂田は机の引出しから大学名のはいったハトロン紙の封筒を出し、そのフィルムを大切にしまいこんだ。

第七章　花の匂(にお)い

ソネカメラは葛島(かずらしま)付近に大きなカラーフィルムの処理工場を持っている。これまでカラーのＤＰＥはいちいち東京まで送らねばならなかったのだが、この工場ができてカラー写真家にはぐんと便利になった。それだけにソネカメラではいっそう忙しい。

曽根は今日午後出かけることになっていたその工場行きを取りやめ、二階の社長室から工場主任に電話で仕事の要点を指図した。

坂田からのちほどこちらに来るという電話があったからだった。

坂田との無目的なおしゃべりでなら大切な工場行きをとりやめる曽根ではないが、今日の話はかなり時間がかかるとみていた。

無精者の坂田がわざわざやってくるというのは、例のモデル依頼の件について返答を持ってきてくれるに決まっている。

つごうで坂田同道の上、今日のことにも当の晃子に会えるかもしれない……そんな予想で曽根の心はしだいにふくらんでいくようだ。口笛でも吹きたくなるほどの気持の軽さだった。

曽根は工場への電話を切ると、部屋の隅のクーラーの風の具合を直したり、窓のブラインドを引上げたりした。

椅子にじっと座るのももどかしく、又立って戸棚のガラス戸を開ける。戸棚の下段、隅のほうになめし皮のケースにつつまれたリンホフがある。

曽根は皮ケースの上からかるくリンホフを撫でた。

——これであのひとと対決する——そう思っただけで指先がふるえてくるほどの興奮がある。長い間狙っていた獲物を目前にした心のはやりで、ほとんど息苦しいほどだった。

曽根は気分を落着け、写真集のコンテを頭に描こうとした。

たたなわる北幡の山系を垂直に映している四万十川の流れ、白く陽を照りかえしている河原石の洲、それらにオーバーラップして浮き上ってくる細面の女の顔……。

しかし曽根はやっぱり落ち着かず、立って階下の売場へ下りていった。

坂田の来訪がこの上もなく待ちどおしく思われるのだった。

「君！」

手持無沙汰にぼんやり立っていた女店員のひとりに近付いて曽根は声をかけた。

「僕を訪ねて誰かこなかったかね？　男のお客さんだが」

「は？」

目を挙げて女店員は問いかえした。

「いや、まだならいいんだ。まもなく来るはずになっているから二階の部屋に通してくれ給え。いいね」

そういっておきながら、曽根はやはり二階の社長室へ戻ってじっと待っているのはやりきれなかった。

そのまま、商品をひとつひとつ点検するふりをして外をうかがっている。

とうとう待ち切れなくなって曽根はドアの外に出た。

この暑さにもはりまや橋付近は熱気をふきとばすエネルギーで活動している。車、車、車の流れ、人、人、人の渦、地底から湧いてくるような騒音、排気ガスのむせ返る匂い。

そのなかを泳ぐようにして坂田がこちらへ歩いてきていた。

曽根は坂田をみると小走りに近寄っていって、

「暑かったろう？　待ち兼ねたよ。冷たいものでも飲みにいくか」

近所の喫茶店を目で指す。坂田は首を振りながら、

「いや、君の部屋へ行こう。君の部屋のほうがいい」

「そうするか。じゃ」

曽根は先に立って階段を上る。

「学校のほうは？　今日はもう講義終ったの？」

「いや、もう夏休みになっている」

「そうだったね。夏は先生方にとって最良の季節だ」

曽根はたてつづけに機嫌よくしゃべり、やっと落着いて肘掛椅子(ひじかけいす)に深く腰をおろして足を組んだ。

「ほんとに暫(しばら)くぶりだな。朝倉まで商用でちょいちょい出掛けることはあったんだが、何だか君に催促がましくてね。寄れなかったんだよ」

「実はそのことなんだが……」

坂田は椅子の端に腰をおろし、指を組んで頭を垂れた。

煙草(たばこ)もまだ取り出していない。曽根は沈みこんだ坂田のようすに胸を衝(つ)かれ、取り出しかけた煙草をテーブルに戻した。

「どうしたんだ。うまくいかなかったのか」

「うむ……。なあ曽根。君の折角の熱意だが、あれだけはあきらめないか」

「どうしたんだ。詳しく話してくれ。君は晃子さんに会ったのか」

「いや」

坂田は重たく首を振って指を組みなおした。

どう説明すれば曽根の気持を傷つけずにこの話をあきらめさせられるか……。これまでいく度考えてもいい知恵が浮ばないままに坂田は絶望的な気持で口をきった。

「僕にはうまくいえないがね曽根。その、つまり写真とかコメントとか、マスコミすべてをひどく忌避する人種がいるね。晃子さんはそんなひとなんだよ。いや、忌避という言葉じゃあなかった。あのひとにその必要が無い、というほうが正しいだろう。モデルにならなくても結構満足した日を過していることだ」

坂田は一寸(ちょっと)言葉を切って息をした。曽根は固く黙りこんでいる。

「なあ曽根。他人を自分の意志にしたがわせるのはたいそう困難なことだよ。君の熱意の一かけらも通じない、別世界のような人間もいるんだ。しかしそれを責める権利も資格もわれわれには何にもない。人間の認識ってやつは数え切れないほどたくさん分類があって、それが交わったり交わらなかったり、うまく平衡のとれているのが世間なんだ。君と晃子さんの世界は永久に平行線で、接点が無いんだよ」

「わけのわからないりくつはよしてくれ。僕は学生じゃない」

突然曽根はいらだたしく椅子カバーのレースを叩いて坂田の言葉をさえぎった。

そのこめかみに怒気が青くふくれ上っている。

曽根はつとめて声を押し殺しているものの、おおうべくもない怒りで表情が歪んでいる。

「要するにどうなんだ。君は晃子さんに会ったのか、会わないのか」

「いや」

坂田は視線を落して首を振った。

矢尾品子の話の結果を伝えたなら、曽根はきっと激怒するか、あるいは歎き悲しむかであろうことは坂田にとって予想されていたことだ。だからこそここへ来るのも足が重くなかなか決心がつかなかった。

それに坂田は例の鏡川でのスナップをキャビネに焼き、今日胸ポケットに入れて持ってきている。

真先にこれを見せれば、なにを説明しなくてもわかってもらえるだろうと考えながら来たのだが、曽根の顔をみてはそれも出し兼ねた。

煮えきらない坂田を見て曽根はいっそういら立ち、

「会ってもないのにいきなりあきらめろとはどういうわけなのだ？　え？　詳しく聞きたい」

「その、つまり、僕よりも晃子さんと親しい学生がいてね。それに打診させてみたんだ。邑井教授からのルートよりもずっと効果があると考えられたからだが……」

「じゃやっぱり君は晃子さんに直接会ってはいないんだな」

曽根は坂田に念を押して立上り、室内を歩きはじめた。

「人を介するつもりならなにも最初から君に頼みはしない。邑井教授を通じた上で、君自身が晃子さんに会って説得してくれるものだと僕は信じていた。何故なら写真に対する僕の熱意は、君以外の人間には理解されるはずがないと考えたからだ。その学生が晃子さんとどれほどの間柄かは知らないが、単に話を伝えてもらうだけなら君をもその学生をもわずらわす必要はない。邑井家に出入りする牛乳屋だって八百屋だっていい。僕の欲しいのは伝言じゃない。説得だ。君の説得だ」

「そういわれれば、全く申しわけないが……」

坂田はした手に出ながらも曽根に通じないもどかしさを感じていた。どんなに説得しても応じないという人間について、曽根はなぜ理解を持とうとしないのだろう……金に不自由ないカメラ店の一人息子のわがままから、人間すべて自分の意に従わせることができるという驕り高ぶった錯覚をもってでもいるのだろうか。

もっとも、坂田はそれを言葉にはできなかった。晃子に会っていないことが今の場合、何よりも曽根に対する坂田の率直な進言を阻んでいる。いい方によってはとんだ誤解を生むかもしれなかった。

曽根は暫く窓のほうを向いて立っていた。怒りを鎮めているらしく、肩が波うっている。

しかしこちらを向いた顔は落着いていた。

「なあ坂田。くどいようだが、君自身にもう一度だけ頼めないだろうか。君が説得してなおそれで駄目ならばいさぎよくあきらめよう。頼む。もう一度だけだ」

もう一度、と曽根にいわれてみても、坂田は考えなおす気にはならなかった。可能性の云々よりも、邑井教授の住む世界には世間的通念の入りこむ隙間はないのだ。曽根の執念はみとめるものの、閉ざされた邑井家の門を開くために坂田は自分までスポイルされたくはなかった。

怒りを収め、膝を屈している曽根の願いを斥けるのはつらい。いやだといえばこの上とも怒り、曽根は坂田の友情をまで疑うだろう。

しかし、この場限りの引きうけ方はなおさらできなかった。

坂田は力なく首を振って答えた。

「どんなに手を尽したって晃子さんは引受けることをしないよ。せめてご主人の邑井さんでもそういうことに理解があればいいんだが、これはまるきり別世界の人間だからね。君にはすまないとは思うけれど、ほんとうのところ僕には自信がないよ」

「自信がないということと、やる気がないということとは別だと思う。自信がなくても僕のためにやってくれるという気はないだろうか」

坂田は長い沈黙ののち、やはりもう一度首を振らねばならなかった。

「ゆるしてくれ、曽根。僕にはやりようがないのだ」

「そうか」

意外に静かな声だった。

猛り狂うかと思っていた曽根は立ったまま、床に視線を落している。

一、二日あたらないのか、すこしのびた頬髯のあたりに、くるしさがにじみ出ているようだ。それがどこか曽根のやもめ暮らしのわびしさにまでつながっていくようで、坂田のほうもやりきれないつらさだった。

――時間が経てば曽根の苦しさもうすらぐにちがいない――坂田はそう念じながら帰ろうとして、胸ポケットからキャビネの写真をそっと取り出した。

うちしおれて押し黙ってしまった曽根にとって、この写真は手痛いだろうが同時に又、晃子をあきらめるには恰好(かっこう)の薬になるだろう。

しかし坂田はもう正面きって曽根にそれをつきつける勇気はなかった。勇気というよりは曽根に対するいたわりだったろう。

紙袋に入れた写真を、坂田はそっと肘掛椅子の背にもたせかけた。あとで見ろよ、というほどの含みだった。

「じゃ曽根。僕はこれで帰る。お役に立たなくて申しわけなかった。力を落さずにな」

「ああ」

曽根はものうく返事してうなずいた。

どこやら遠い目つきをしている。しかし、目のなかにすでに怒りのいろは消えていた。

坂田はドアを開け、まだぼんやり突立っている曽根の姿を目のはしに入れたまま、二階を下りた。

店を出ると、とたんに昼下りの熱気がかっとてりつける。いっぺんに噴き出た汗をぬぐいながら、坂田は歩道を堀詰のほうに向って歩き出した。

重い気持だった。

一片のかげもない熱い舗道を、坂田は汗をふきふき歩いている。べつにどこへ行くというあてはないのに、後から追い立てられるようにだんだん急ぎ足になっていくのだった。

ひどく動悸がしている。

坂田は立止り、あたりを見廻した。いつのまにか電車通りをグランド前まで来ていた。

「やっぱり引返すべきだ」

坂田は自分にいい聞かせるように心の中でそう叫んだ。

曽根の店を出たのち、ふときざした悔いが、いまは胸のうちいっぱいに拡がっている。

晃子のスナップを、なぜあんな方法で曽根に示したか……曽根に対するいたわりだと信じてそうしたものの、考えようによってはひどく男らしくないやり方だ。何の説明も加えず、これみよがしに椅子の上におくなどとは何と卑怯な手段だろう。

結局、あの写真に対する曽根の反応を見とどけるだけの勇気が足りなかったのだ。曽根が怒り狂い、或は苦悶し、或は悲しみに打ちひしがれるさまを受止めてやるだけの胸板の厚さに欠けていたのだ。そうならいっそそのまま取って帰るべきだったのに、お為ごかしの理由をつけたとは何といやらしいやつ……。

坂田はそういう自分が唾棄すべき低劣な人間のように思えるのだった。邑井教授に対する敵愾心も、カメラで盗み撮りする陰険さも、しょせんは自分自身の臆病さに原因がある……。その上、坂田はあのスナップの効果にさえ、自信を失いかけていた。アベック必ずしも恋人同志とは限らないのだ。げんにたった今、坂田とすれちがった一対も、感激のない目をして声高に商売の話をしていた中年の男女だった。晃子とその相手を、〝心が通いあった仲〟とみたは坂田の潜在的な嫉妬だったかもしれない……。

坂田は頭の中で、ぼんやりと目を放っていた曽根の立ち姿を思いうかべた。あの室を坂田が出てからまだ二十分とは経っていない。

そのままの状態で曽根がまだ考えこんでいるとしたら、大急ぎで引返せば写真は取り戻せる。

早く、と心が急いていた。

どうせ写真を見せるなら、あれを撮った前後の事情を詳しく話して曽根をこそ説得すべきだ。

坂田はそう決心するとすぐ踵を返した。もう汗を拭う余裕もなかった。ときには妻以上に親しい曽根に、卑怯で男らしくないやつ、とさげすまれるのは坂田にとって堪え難い屈辱だ。

晃子のオーケーを取れなかったことについてはこちらにも一理はあるが、この方法でそのいいわけをするのは間違いだ、と坂田は考えている。

彼は馳けるように舗道の上を歩いた。ところどころ信号でひっかかるのがひどくもどかしい。

やっとソネカメラの前に辿りつくと、坂田は大きく息を吸いこんだ。店のドアをひらき、店員のひとりに、

「ちょっと忘れものだから」

と告げて、二階へ馳け上る。

閉ざされたドアにむかって坂田はさすがに小さくノックした。

答はない。もう一度ノック。やっぱり答はなかった。

ドアに耳をつけるとクーラーの送風音だけは聞える。

曽根はいるか、いないか。

坂田がノブに手をかけるとドアは簡単に開いた。

瞬間、視線が素早く室内を撫でる。

曽根は、いなかった。

写真の袋も消えている。

坂田は思わずこめかみに汗がにじみ出るのを覚えながら、念のため他の椅子を見渡した。クッションと肘掛椅子のあいだへも掌をつっこんだ。椅子の下をものぞきこんだ。

しかしいくら探しても、それが目的でわざわざ引返してきた写真の袋は、この室内のどこにも見当らなかった。

曽根はやっぱり、写真を見たのだ。たぶん、写真をもったまま、この部屋から出ていったのだろう。だとすると、いっこくも早く曽根に会って話しあわなければならない……。すでに手遅れになった事態の収拾はむずかしいだろうが、これからさき曽根の誤解と蔑みに満ちた視線で自分を扱われるのは、いかにもつらい。坂田はいら立ってくる気分を無理におししずめながら下へおりていった。

「社長はどちらへおでかけですか?」

「ちょっとお待ち下さい」

坂田が話しかけた身だしなみのいい男の店員は、振返って女の店員にたずねている。

「たった今おでかけでしたよ。どこともおっしゃらずに」

「どこともいわなかったの？　おかしいな」

男の店員は首をかしげ、なおのび上ってガラス越しに外を見ていたが、

「車も無いようですね。ひょっとしたら葛島の工場かもしれない。調べてみましょう」

いうより早く指はもうダイヤルを廻している。

「あのね、社長そちらじゃない？　お客様だけど。そう？　行ってない。どうもありがとう」

彼はつづけざまに二、三心あたりへダイヤルしたのち、すまなさそうに坂田に頭を下げた。

「まことに申しわけございません。社長は几帳面でいつも行き先を必ず知らせてでかけるのですが……。ひょっとしたら出先から電話があるかもしれません。少しお待ち下さいましたら？」

「そうですね」

坂田の胸に不安が次第に募ってきていた。写真をもったまま出た曽根はいったいどこにいるのか……。ひょっとしたら喫茶店の片隅で考えこんでいるのかもしれない、

という希望をつないで、坂田は店の電話を借りて例のウイローへかけてもみたが、取次いだウエイトレスの答はむなしかった。

曽根と話しあうまでの時間が長びけば長びくほど、坂田は自分との裂けめがひどくなっていくような気がした。

しかし手がかりのない曽根をこれ以上ここで待つのもやりきれないいら立たしさだ。それに坂田はすっかり疲れてもいた。

改めて出直すことにして腕を上げ、すまながる店員たちに手を振って店を出る。躰の芯を引きぬかれたようにふらふらだった。

急に歩き出す元気も出ないまま店のはずれで立止っている坂田のわきを、二、三人の若い女の群れが通っていく。

ふとその中から、聞きおぼえのある声があがった。

「坂田先生！」

振向くと、声の主は矢尾品子だった。唇もとにさざめきが残っている陽気な表情で、

「先生どうかなすったんですか。お顔いろが悪いですよ」

と坂田の顔をのぞきこむ。

「いや、大したことはない。それよりも君、夏休みはうちに帰らないの？」

「ええ、この夏はアルバイトしながら生活をエンジョイする方針です。田舎へ帰るよりそのほうが楽しいんですもの」

「そりゃあそうだろう」

品子はたたずんで待っている連れに気兼ねしながらももう一足坂田に近付いて、

「先生、邑井先生の奥さんのお話、残念でしたね。とうとう望みが切れてしまって」

「うん」

坂田は生返事した。

先達ての首尾を品子がもう一度繰返しているのだと思ったからだった。今、その話題は坂田にとってつとめて避けていたいのだ。

「あら、先生ご存知ないんですか？　まだ」

「何だね、一体」

「邑井先生ご夫妻はこの秋に、東京へ替られるそうですよ。東京N大の学部長ですって」

「ふむ。君はそれを誰に聞いたのですか？」

坂田にとってそれは全く新らしいニュースだった。夏休みにはいる前のセミナーで邑井教授と顔を合わせたときもそんなそぶりはみじんもなかったし、秋からの研究計画について何くれと彼は積極的な意見をのべていたのだった。

「事務の小川さんです。後任は国文の深尾先生が昇格に決まったんですって。邑井先生のご推挽で……」

品子はその言葉が坂田にどんな衝撃を与えるか考えたこともないような朗らかな顔つきで、

「だから、例のカメラマンは永久にチャンスを逸したというわけですね」

そこまでいうと品子はかるく手を上げ、又、連れと街なかへ消えていった。

事務の小川、とはっきり品子がいったからにはまさかデマではないだろう。坂田の胸のなかに黒い憤懣が次第に渦を巻いてきていた。邑井教授の東京転出、これはいい。むしろ坂田の望むところだ。

しかし、助教授連がそれを切望している教授への昇格に、邑井教授は何故、深尾氏を推したのか。

何故、同じ心理学の坂田を推さなかったのか。

坂田の頭のなかを、過去にある教授とのいくつかの静かな葛藤の場面がめまぐるしく渦巻いていった。あの際、あの場合、坂田が表面立って邑井教授に抗しきれなかったのは、いつの日か教授に昇格する望みがあったからこそだ。牙をむくのは結局、自分が損をするという潜在的な打算があったからこそだ。

しかも、深尾という助教授は坂田と年齢的にはほとんど違わず、同じ文学部だとはいえ、母校が同じだという以外、邑井教授とは格別深い関係もない。

これが老年の助教授の、終身雇用型といわれる教授陣への引上げならまだ話はわかる。しかし若い深尾助教授を推挽するのは、邑井教授の坂田に対するあきらかな、ある意志にちがいない……坂田は躰のなかの渦が次第に大きく拡がっていくのを感じた。

夏の陽が沈みかけていた。

曽根の黒いライトバンは制限速度すれすれにスピードを上げ、高見山の麓(ふもと)を走っている。

車の窓から斜めに射(さ)しこんだ夕陽を片頬に受け、曽根の顔は今にも泣き出しそうに歪(ゆが)んでいた。

これみよがしに坂田が置いていった袋を開けたとき、曽根はハンマーで頭をなぐられたほどのショックだった。

しかしそれは、坂田が勝手に想像したような、〝男と歩いている晃子〟を見た心の動揺ではなく、カメラマンが友人に出しぬかれたいまいましさだった。

じっと眺め入ると、おそらくかくし撮りのようなかたちで瞬間的にシャッターを切ったものと思われるのに、すこしの手ブレもなく像がキマっていて構図もいい。何よりも、曽根が心を燃やしている晃子を、風景専門の坂田が一足先に捉えたというこのまぎれもない事実が曽根には我慢ならないことだった。

それに、この写真には曽根のイメージにある晃子とは違ったなまめいた美しさがある。それを見た坂田に対する強い嫉ましさもあって、曽根は複雑な激情で躰までふるえてくるのだった。

写真を見た瞬間、怒りでそれを引き裂こうとし、次にそういう自分をなだめ、そしてその次には写真を摑んだまま、店をとび出していた。

曽根が、自分で晃子を訪問しようと決心したのは、暫くあてもなく車を乗りまわしてのちだった。

坂田がこのスナップを撮ったいきさつを曽根は知るよしもないが、坂田がやれることを自分がやれないことはない、というカメラマンとしての自負がある。又、坂田が遂にかなわなかった晃子への説得も、ともかくぶつかってみようと曽根はファイトを燃やしていた。

〝これを見たら曽根は晃子をあきらめるかもしれない〟という坂田の予測は、全く逆の効果を招いたようだ。

曽根は高見、と聞いていただけの晃子の家を探してものの二十分も潮江周辺をまわり、やっと牛乳小売店で教えてもらって今、そこを目ざしているのだった。

やがて、親切な牛乳屋のおばさんがいったように、右側に小さな祠(ほこら)のある神社を過ぎると、白い道の曲り角に黒い張り石の塀がみえてきた。曽根はその塀のかたえに駐車し、邑井、と横に書かれた門を入ろうとしてふと目をとめた。

ハンドルを門柱の一つにもたせるようにして、青いスクーターが止まっている。

「来客なのだな」

と思い、曽根は暫く門の前でたたずんでいた。陽はもう山に入ったらしいが、余映で家並はまだ午(ひる)さがりのように明るい。

曽根はそのまま、十分も待ったろうか。やがて玄関の開く音がし、とび石を伝ってくる靴音が近づいて中年の男が出てきた。どこか疲れたような、黄色い皮膚をしている。

男は曽根に視線を投げたがべつに頭を下げるでもなく、カギを戻してスクーターのエンジンをかけ、梅ノ辻の方角へ去っていった。

男が風を起して立去りざま、ぷん、と鼻をくすぐるいい匂(にお)いが曽根のほうへ流れてきた。

甘い、花のような匂いだった。

何かの集金人なのだろう。と曽根は気にもとめず、門の前で息をととのえると玄関へのとび石を渡っていった。

もうたそがれがあたりを包もうというのに、家の中には灯が点(つ)いていない。

曽根はふしぎに思いながら指先で呼鈴を控えめに押した。

たったいま、スクーターの男が出ていったばかりだから留守のはずはない、とおもうのに、家のなかには人の気配が感じられない。

曽根はもう一度、今度は長めに強く釦(ボタン)を押す。

すると庭とおもわれる方角に灯がともり、暫くして玄関の灯がともり、内側からドアが開いた。

晃子が立っていた。

ひどく蒼(あお)い顔をしている。

曽根は念願だった晃子に今ここで会えた感動よりも、相手の様子が気にかかり思わず、

「どこかお加減でも悪いのですか？」

と問わざるを得なかった。

晃子はしかし意外と口調はしっかりしていて、

「いいえ、べつに」

ときっぱりいってから、

「どなたさまでいらっしゃいますか」

「私は曽根と申します。実はぜひ、あなたにお願いしたいことがあってお伺いしたのですが……」

「わたくしに？　それは、どのようなご用件でございましょうか」

晃子はあきらかにこの初対面の訪問客を警戒しているふうにみえる。警戒、というよりも迷惑そうだった。

曽根はひるみそうになる自分を励まして、

「もしよかったら二、三十分のあいだ、お邪魔してお話申上げたいんですが……」

「三十分ほどでございますか。ではどうぞお上りくださいまし」

晃子はちょっと考えているふうだったが、思い直したように曽根を応接間にいざなう。

そのうしろ姿の首すじに、髪がいく筋も乱れて絡（から）みついているのが曽根の目についた。

晃子は曽根を室内に入れると、

「暫くお待ちください」

としとやかに頭を下げて去っていった。

曽根は悪い時間に来たことをすこし悔いた。加減はわるくないというものの、顔いろといい衣紋の乱れといい、たった今まで臥っていたと思われるふしが多い。

「焦ってはいけない」

と曽根は首を振った。

「今日は話をするだけでいい。いく度でも来るはずだった」

しかし、再び茶をもってあらわれた晃子は髪を梳きつけ、きちんと身づくろいをしていた。テーブルの上にかがんで、冷たいコップを曽根の前にすすめる。

その衿もとが曽根の顔に近づいたとき、ふといいようのない高い香りが流れた。

「おや」

花のような甘い匂い……。

さっき門柱ですれちがったスクーターの男が残していった匂いと全く同じじゃないか……。

疑惑が、曽根の胸のなかで火花のように鋭く明滅した。

こんなことがあっていいものだろうか？

しかし、この美しいひととあの黄色い皮膚の中年男とはたった今まで、人の気配もしない夕暮のこの家に居たことはたしかだ。しかも晃子のうつり香をこもらせて男はゆうゆうと去っていった……。

しかし、そんな疑惑をもちながらも曽根はしゃべっていた。しゃべってでもいなければ、あの黄色い皮膚の男の印象が目の前の晃子の顔にダブって、果てもなくいまわしい妄想が拡がっていきそうだ。

あの、集金人のような感じの男が、このかぼそい晃子の肌の香をむさぼる……それを考えただけで曽根は気が狂ってしまいそうだった。

曽根の話を、晃子は静かにうなずきながら聞いている。ときどき相槌をうったり、矢尾品子の名を出したり、それでいて曽根の誘いにはなかなか乗ってこない利巧な用心深さがある。

曽根は話しながら次第に晃子を信じはじめていた。

これはきっと何かの間違いだ……このつつましい女性が家に男をひき入れてそんなことをするわけがない……曽根が全く妄想をふり切ろうとしたとき、晃子はふと立っ

て、

「夕凪(ゆうな)ぎでございますね」

と部屋の隅の扇風機にスイッチを入れた。

それは、消えようとしていた曽根の感情をあおり上げるきっかけを作ったようなものだった。

ゆるい風に乗って、風上にいる晃子の匂いが曽根のほうに流れてくる。いやでも、忘れかけていた門前の男の印象が又みだらに思い出されてくるのだった。

話のきれめの沈黙がいっそう曽根を妄想の世界へ追いやろうとするかのようだ。

ふいに、曽根は椅子(いす)から立上った。目が燃えている。こころも燃えていた。

二人の他に、全く人気の感じられない夕暮の家の中。甘く、風に乗って流れてくる女の躰臭(たいしゅう)。

しかも、曽根があれだけ執心していた晃子は、手のとどくそこにじっと坐(すわ)っているのだ。

曽根は、目の前の晃子をこなごなに砕いてしまいたいほどの狂熱的な欲情が自分をとりこにしているのを感じながらも、今さらどう制御しようもなかった。男の直情は一瞬、人間を動物に変えてしまう。

「晃子さん！」

曽根はあえぐように叫ぶと、一歩、晃子の躰に近付いた。

晃子もいつのまにか立上っていた。上下に大きくみひらかれた瞳が曽根の視線をはじき返している。瞳のなかには、青い炎が強い拒否のいろで揺れているようだ。

壁を背にした防禦の姿勢をとりながら、低いけれどしっかりした声で、

「いや。お帰りください」

その声を聞くと、ふっと曽根は坂田のスナップ写真が頭に浮んだ。ああ、このひとは愛してならないひとだった……常日頃からモデルに対する曽根のタブーが、水のように冷たい理性を呼びもどす。

「おゆるし下さい」

曽根は頭を垂れた。

「今さっき、お宅の門ですれちがった男の方が、あなたと同じ匂いをもっていました。何かの偶然だったでしょうが、僕にはやり切れない嫉ましさだったんです」

曽根のそのいいわけを聞くと、突然晃子はおこりのついたように唇をふるわせ、やがてみひらかれた瞳のなかにみるみる涙が盛上ってきて、かたわらの椅子の上に泣き伏してしまった……。

第八章　雨の内原野

小杉は小脇に上衣を抱えたまま戻ると、玄関の鍵を開ける前に郵便受けをまさぐった。

赴任以来、その動作はもう自然な習慣になっている。小杉自身は筆不精でほとんど手紙を書かないのに、友人や両親や、ときには許婚者のしず子からの便りは孤独な毎日の一つの慰めとなっていた。

その日の郵便受けの中は、東京から定期的に送られてくる母校の新聞と、ハトロン紙の封書一通だった。

小杉はそれを階下のテーブルの上に置き、二階で着換えをすますと椅子に腰をおろして手に取上げてみた。

封書には武張った字で小杉啓殿と表書があり、差出人の名前はない。粗末なハトロン紙の封筒を使ってあるところから、どうせどこかからの公文書だろうと小杉は興味を失って又、テーブルに戻した。役所から疲れて帰ってのちまでも、味気ない公用文に目を通すのはやりきれないことだ。

小杉は背伸びをし、左手の腕時計を見た。夕飯をとりに出る時刻にはまだすこし早い。

小杉は所在なく新聞の帯封を外し、ざっと目を通してから仕方なく又封書をとり上げ、その上のほうを指で引き裂いた。

中から出てきたのは予想していたような公用の罫紙(けいし)などではなく、個人用の便箋(びんせん)だった。

表書とおなじ筆蹟(ひっせき)で、大きめの文字が紙の上に躍っている。

高知県薬事課長、小杉啓氏に告ぐ。

赴任以来、貴下の偏向行政が取沙汰されている折柄、予はぜひとも貴下と面談の上、貴下の置かれている危険な立場について警告致したく、左記のとおり、会談の日時場所を指定する。もし貴下がこの会談を拒否されんか、危険は直ちに貴下の身辺に及ぶことを予は確信をもって予告するものである。

記

日時　七月〇〇日（金）
　明神瑞代の死亡せる時刻、午前零時

場所　同じく明神瑞代の死亡せる中央公園の東側ベンチ

手紙はそれだけだった。

読みおえて小杉は笑おうとした。

「古くさい脅迫法だ」

しかし、短かいながらも手紙の文字は小杉を不安にひきずりこむだけの内容を持っていた。

偏向行政、危険な立場、明神瑞代の死亡せる時刻場所、の文字が黒くふくれ上って小杉の胸を圧してくる。

いったい、この封書の差出人は誰なのか？

封書の左肩には〝高知〟のスタンプがある。文字は左手でも使ったようにいかつい。

小杉は知っている顔をつぎつぎに思い浮かべた。過日招ばれた薬局業者の会、バーで会った得体の知れぬ中年男、西谷課長補佐……なかでも一番小杉の疑いを深めたのは、磯崎と名乗る薬局業者組合の副会長だ。

「課長と明神瑞代とのことは全部知っている」

と小杉の耳にささやいたあの日の奇妙な言動が生々しく思い出される。

小杉はその手紙をもう一度繰返して読んでみた。

文面には〝面談〟とある。

堂々と会って話すというからには、小杉は何も差出人を憶測する必要はあるまい。それに、貴下の危険な立場についての警告、とあるからには、若干の好意を感じてもいいのではないか……。

小杉は決心した。

「ともかく〝面談〟に応じよう。あとはそれからのことだ」

万一危害を加えられるような状態に追い込まれたとしても、そのときはそのときで考えればいい……こんなとき、土着の老練な課長であったらどう処理するだろう？ ふと、そんな考えが浮かんだが小杉はすぐうち消した。

「自分は自分流でやることだ」

それは赴任の夜、車窓から遠く高知城をのぞんだときの緊張感にも似て、久しぶりの戦闘意識だった。

指定されたその日、小杉は夕食のあと家に帰り、すこしばかり酒を呑んだ。酒に強い体質の小杉は、少々アルコールをいれるとちょうどいいコンディションになる。誰が、どんなふうに指定の場所にあらわれるか全く予想もたたぬだけに、小杉は自分を身心共に最上の状態においておきたかった。

小杉はそれから二階の書斎に上り、書棚から古い薬学理論の一冊を取出してひらいた。めんどうな用語、むずかしい方程式の並んだ頁が難なく理解されていく。きっかり十一時半、小杉は本を閉じて書棚へ戻した。少しも取乱していない自分に満足し、ネクタイを結びなおして家を出た。

月はないが、満天の星だった。

小杉はもうこの頃、高知の街の地理にはかなり馴れてきている。昼間の熱気がさめかけた夜の街を歩いてみるのも快いもので、小杉は暗い追手門をぬけ、帯屋町筋をゆっくりとしも手へくだっていった。

大戸をおろした商店街は嘘のように静かで、小杉の靴音を驚くほど大きく反響させる。

中央公園には水銀灯が青くところどころに灯っていた。その灯のとどく範囲にある樹木は夢幻的な緑色を拡げているのに、灯のとどかない茂みには不気味な暗黒がある。

小杉は入口にたたずんで公園内部を見渡した。

明神瑞代が倒れていたベンチというのを正確には知らないが、東側とあるからには、がくあじさいの植込みがある柵の前らしい。

中央噴水のそばに寄って小杉はその水銀灯で時計を見た。

十一時四十五分だった。

約束の午前零時にはあと十五分ある。

小杉はベンチのひとつに腰をおろして煙草をとり出した。

ここで三月前、明神瑞代が死んだ、その実感はふしぎと小杉には迫ってこない。むしろ、今から起る未知の事態への好奇心と緊張が小杉をとらえているようだ。もしあの手紙の主が、この場所を指定して小杉の心理的な怯れを狙おうとしたのだったら完全な失敗だったな、と煙草をふかしながら小杉は考えた。

石のベンチは腰の下から冷酷な冷えを浸みこませてくる。

小杉が二本目の煙草を捨てたとき、ふいに目の前に黒い人影が来た。

小杉の前の黒い人影は声をあげた。

「小杉課長さん！」

小杉のほうもその声を聞いてもっと驚いた。

「なんだ君だったの！」

人影は明神笛子だった。

「課長さんはどうしてここにいらっしゃるんですか？」

この笛子がまさか手紙の主ではあるまいと思いながら小杉は反問した。

「君こそどうして？　こんな時刻に」

笛子は小杉と並んで腰をおろしながら、

「あたし、お向かいの県交通ビルの電光ニュースを見に来たんです。お姉ちゃんの死んだ時間にニュースを流してるかどうかを確かめに」

いくら仲のよかった姉妹とはいえ、深夜、姉の死んだ場所へやってくるのはよくよくの度胸だ。

小杉はそんな笛子にふっと胸打たれるものを感じながら、

「電光ニュースがお姉さんの死とどんな関係があるの？」

「お姉ちゃんがバー霞（かすみ）を出てここで休んでいるとき、室戸の漁船福重丸が沈んだという電光ニュースを見、絶望して薬を飲んだと霞のマダムがいうんです」

笛子はひとりで小町荘をたずねたことを小杉に詳しく話した。

小町荘で会った男のこと、霞が薬局業者についてよく知っていること、訪問客が多いこと、そして猫眼石（キャッツ・アイ）のこと……。

聞きながら小杉は、小娘だとあなどっていた笛子が、それなりにすこしずつでも糸を手繰っているのに感心しないわけにはいかなかった。中でも漁船へ薬品を積込んで委託販売をしていたというのは、小杉にとって全く耳新らしい事実だった。

ここで、小杉が余分な体面上の思惑を捨てて笛子と協力しあったら、薬価問題も案外簡単にほぐれて結論が出るかもしれない……。

「笛子さん。どうだろうね。あなたのお店の帳簿類など全部、誰か経理に明るいひとにでもみてもらったら？　そしたらほんとうに経営が苦しかったかどうかわかるでしょう。今まで僕やあなたが聞いたのは単なる噂（うわさ）にすぎなかったのだから」

笛子はそういわれるとたんにとび上るようにして、

「あっそうだ。何故（なぜ）そんな一番大切なことに気がつかなかったんでしょう。うちへは通いの事務員さんがずっと来ていたのに。課長さん、あたしそのひとに帳簿や何か全部、も一度見てもらいます。お店の整理は一番あとと考えていたのがいけなかったんです」

笛子は立上った。思いついたら一秒でも早く家に帰って帳簿に触れてみたい気持なのだろう。

小杉は小杉ですこしいら立ってきていた。笛子の話に身を入れて聞きすぎたのか思わず時間を過している。手紙の主は一向あらわれるふうもないのだ。

「気をつけて帰りなさいよ」

送り届けてやれない代り、よく注意して笛子を帰したあと、小杉も立上り、背を伸ばして空を仰いだ。

星座がずっと移動していた。

もう午前二時近くだろう。

あくる日、寝不足で重い頭を抱えて小杉は課に出た。登庁の道すがら、ふっと内原野の窯開け（かまあ）の日が思い出された。

明、日曜のその日、晃子は又、ひとりであの静かな貯水池のほとりを歩くことだろう。緑に取り巻かれた山のベンチで憩（いこ）うかもしれない……しかしすぐ、小杉は頭を振ってその思いを打消した。課のなかへ未練がましい感情をもちこむのはいやだった。

机にむかって書類に目を通しているとまもなく、部長室からの電話で小杉は呼ばれた。

三階南側の部長室には、部長のほかには誰もいなかった。

「呼びつけてすまなかった」

瀬田部長は口ではかるくそういって小杉に椅子をすすめたが、顔つきにどこかきびしさがみなぎっている。

「早速だが……」

煙草もとりあげず、部長は話を始めた。

「僕は率直にいう。君は、赴任した日、明神瑞代という女の薬局業者に饗応(きょうおう)を受けた事実があるのかね?」

小杉は虚をつかれたかたちで一瞬沈黙した。部長はそれを肯定と受けとったのか。

「前に君と話し合った薬価問題だがね。君がその明神瑞代のやり方を支持しているために、高知の業者たちがひどく迷惑しているというのだ。もっとも、当の明神瑞代はすでに死んでいる。しかし、君が明神瑞代から赴任早々にふきこまれた業界の予備知識が、君の偏見となっているために薬価問題の解決がつかないというのはうなずけるような気がするんだ。聞けばその明神薬局というのは高知でただひとつの非組合員で、組合の共同体制をいつも切り崩しにかかっていたそうじゃないか。僕は前に君にいったろう。薬事行政というのは技術を要する専門的な仕事だ。だから門外漢の僕などが本来、立入るべきすじのものじゃない。しかしもう問題は君の手もとで処理できる段階ではなくなっているようだね」

部長のややはげしくなっている語気を聞きながら、小杉は案外落ちついていた。赴任以来、身辺に何か得体のしれぬものがうごめいている感じだったのが、とうとう牙（きば）をむいて来たという感じだった。

「ともかく」

部長はやっと煙草をとり上げた。

「事情はともあれ、君が赴任早々明神瑞代の饗応を受けたことはよくなかった。饗応ばかりではない。君が彼女と特別な関係を結んだ証拠もある、というんだよ」

「いったい、それはどこからの情報なのですか。部長は誰にお聞きになりました？」

「投書だよ。陳情書といったほうがいいかもしれない。無署名だがね」

「投書？」

あいつだ！　僕を深夜中央公園へ呼びだしたあいつだ！

何者ともしれないその投書の主に、小杉は怒気がむらむらとこみあげてくるようだった。

小杉は目に見えない投書の主にむかって抗議するような調子で口をひらいた。

「たしかに薬価問題に対する調査はおくれています。しかしこれにはいろいろ事情もあることですから、今暫く待って頂けないでしょうか。又、明神瑞代の件は、確かに赴任の夜食事は一緒にしましたが、彼女は僕に身分さえ明かさなかったほどですから、業者に関する話は全然しませんでした。これは信じて頂きたいと思います」

「しかし」

部長は静かに煙草の輪を吐いた。

「君は県議会というもののこわさを知らない。この投書は一応僕あてになっていて、他へは送られたようすがないから今のところいいようなものの、決して油断はならないんだ。議員の中には執行部の連中のスキャンダルをあばくのが好きなひともいてね。それが事実無根であったにせよ、議会でともかく取上げられるということは決していい結果にならない。君は独身だし若いし、恋人がいたって何もおかしいことはないんだが、薬屋の娘というのはよくなかった。誤解を生みやすいからね」

「部長」

小杉は堪えがたい腹立たしさを押えていった。

「投書の主は、やはり薬業者なのですね。僕が薬価統一にオーケーを出さないからといって、そんなふうな圧力をかけるというのは逆に彼らのほうに何かの弱味があるからじゃないですか。調査をすすめようとしても、どこかで必ず詰まってしまうんです」

「そんなふうに考えてはいけない」

部長は手を挙げて小杉を制した。

「こんなことはいうまいと思っていたがね。君は課内のチームワークをもっと考えてはどうだろう。薬価調査など、君ひとりでやろうと思うからこそ行き詰まる。みんなでやれば簡単に結論が出るのじゃないかね。管理職というのは人をうまくつかうことだよ。自分が動いては部下は批判的になる」

西谷課長補佐の顔が瞬間、小杉の胸の隅で黒く盛上ってくる。

こんな課内のことまで部長は知っているのだ。課内の誰かが告げ口してでもいるのだろうか。

「要するに、誤解があるとするならそれを解くだけの証拠が揃(そろ)っていればいいわけでしょう。薬価問題についても早急に答えを出すということですね」

「小杉君。何度もいうけれど、君は若い。将来のあるひとだ。僕はこんなことでつまずかしたくはないと思っているんだよ。万一議会で問題になれば、君ひとりだけでなく、責任は知事までにも及ぶからね」

「わかりました」

小杉は頭を下げて立上ろうとした。

帰ろうとする小杉を部長はもう一度呼びとめた。

「君、いいかね。くどいようだが、大多数の中小企業者のことを一番先に考えてやり給えよ。土佐の地域性だからね。それと、結論のほうは是非とも九月県会までに、業者を鎮圧させておかなければどこで火をつけられるかもしれない危険性がある」

小杉は黙ってうなずいた。

先晩、自宅に訪うたときとはちがい、今日の部長はひどく神経質に尖っているようだ。議会をおそれる気持はわからないではないが、小杉はやはり不満だった。

業者が自分たちの利益のためにある議員に頼みこむ、議員は選挙というキーポイントを握られているから組織には弱い、だから議会という公けの場を利用して執行部へ圧力をかける、執行部はそれがこわさに事前に業者たちの利益をはかる……こんな悪循環を土佐の地域性というなら、そんな地域性をこそ排除するのが輸入ものの自分に課せられた任務ではないか……小杉は一瞬、孤独である自分がひどく誇らしく思えるのだった。

しかし、事態は迫っている。部長があんな語気で部下をなじったのはよくよくのことだ。投書にはもっとひどい脅迫的な言葉が書かれてあったかもしれない。

それにしても、高知署員に簡単に事情を聞かれただけで終ったと思っていた明神瑞代の件が、今頃むし返されて小杉の首を締めてくるとは堪らない口惜しさだった。土佐の歓迎方式なのだろうと浅く解釈して瑞代の誘いに乗ったうかつさが、今さらのように悔まれる。

何としてでもこの冤罪をそそぎたいものだ。

かといって小杉には今、何の方策もなかった。部長の前できっぱりいってのけたものの、何から手をつけていいのか全くわからなかった。

いっそ、西谷補佐に打ち明けて相談してみようかとも思う。

しかし、それには心のどこかではげしく反対する声があるようだ。

部長にいわれるまでもなく、課の仕事なら当然、補佐である西谷の力をかりたほうがいいのに、何かしら小杉は本能的に危険を感じてしまうのだった。

「やはり、どうにもならなくなるまではひとりでやってみよう」

小杉は力なく椅子から立上り、退庁時間のとっくにすぎた土曜日の庁舎を出た。

心も躰もひどく重かった。部長の言葉が両肩にずっしりと載っている感じだった。

責任は知事にまで及ぶ、といわれたことは小杉にとって何としても手痛い。

ともかく、あの一人住居の殺風景な家に寝ころんでゆっくり考えてみることだ……

小杉は足をはやめて追手門をぬけ、五号官舎の玄関に立った。

鍵をあける前に、郵便受けに手をさしいれるいつもの習慣。

それをひき出したとたん、小杉はあっと声を挙げた。

いかつい筆蹟のハトロン紙の封筒。差出人の書いてない裏側。

あいつだ！

又しても！　小杉は舌打ちしたいほどの気持で玄関に立ったまま、その封筒の封を引き裂いた。

差出人のない封書の封を引き裂きながら、小杉の肚は決まっていた。

敵は姿を見せないままで小杉に対しはげしい戦いを挑んできている。封書の中身はどうあれ、当然応戦するつもりの小杉はもう決して退くまいと思う。

しかし、小杉は開いた封筒の中身を見て、全身電撃的なショックを受けないわけにはいかなかった。

ハトロン紙の封筒に入れられてあったものは手紙ではなく、晃子といつか歩いた鏡川畔でのふたりのスナップ写真だったからだ。

いつ、誰に、これを写されていたか？　小杉は写真を手にしたまま、忙しくあの風光る日を思い起してみたが、うかつにも全くその覚えはなかった。

写真のなかの晃子は無心に微笑んでいる。それをみつめていると、小杉は自分ばかりでなく、晃子にまで卑劣な敵の手が伸びていそうで、気が気ではない焦りが出てくる。

小杉は封書をもったまま、二階に上り、前回の投書の上書きを机の上に置いて比較してみた。

あるいはひょっと、呼出状を書いた敵と、写真の送り主とが全く別な人間ではないかという疑いも生まれたからだった。

ふたつの封筒は、どちらもハトロン紙だが大きさが違う。いっぽうはキャビネの写真を折らずに入れてあった大きさだし、いっぽうは普通の規格だ。紙質も違っていた。両者の相似点といえばどちらもブルーブラックのふつうのインクをつかってあることと、それに筆蹟はひどく似ている。

同一人と思えば思えないことはないが、両者ともやや不自然ないかつさから、左手で書いたための相似性だとも受取れないことはない。

しかし、小杉が長い間それに眺め入ってみても結局は何の結論も出なかった。

それよりも小杉は晃子にかかってくる迷惑のほうがより強く、よりいら立たしく気にかかってくるのだ。

この送り主はどんな目的でふたりを写したものかよくわからないが、小杉に全然記憶のないところを考えると、あるいは晃子の知人だったのではないかと思われる。

盗み撮りめいたこのスナップがいい目的に使われることはまずあるまい。

そして又、晃子とは何の関係もない、と小杉がいいきったところで、明神瑞代との件を部長に疑われたように誤解とは果てもないものだ。

小杉は、手も足も出ないようにがんじがらめになっている自分を意識せざるを得なかった。

何かによって、誰かによって、次第に窮地へ追い込まれていくようだ。

小杉はふと、内原野の窯開け（かまあ）が今日であり、明日は晃子がそこを訪れることを思い出した。

そうだ。明日、内原野に行くべきだ。行って写真のことをただそう。そして彼女自身の身分も。

そう思うと、小杉の胸の中は突然安堵（あんど）が生まれ、そして彼女に会えることのよろこびが躰中にひろがってくるようだった。

その朝、晃子は茶室に敷いた寝床のなかで雨の音を聞いた。こめかみで強く脈が打っている。

きのうの朝刊の片隅に、台風10号発生とちいさく出ていたそのせいか、雨足はむらだがかなりはげしいようだ。

晃子は寝床に起上って息をととのえた。何故(なぜ)こんなに胸がさわぐのか。晃子はこわいものにでも触れるような気持でそれをみつめてみる。

今日は内原野行きの日曜日だった。……あのひとはそれを知っている……あの鏡川べりを送ってもらった日、窯開けの日を告げたその心の底には、もう一度内原野の貯水池のほとりで語りあいたいという、ひそかな希(ねが)いがあったのはたしかなことだ。

そのとき、晃子はご一緒に、と誘いはしなかったし、小杉も又、参りましょう、という約束もしなかった。ただ、二週間さきの日曜日ですね、となぞっただけだった。

あの日、天神橋のたもとで別れたあと、晃子は久しぶりに心みちた思いで戻ったのだが、日を経るにしたがい、小杉は内原野へきっと来てくれるのだという確信が生れるようになってきていた。

だから、今日の窯開けの日がつねになくたのしんで待たれたのも、小杉に会える、という期待があったからだった。

それにしてもしけ模様のこの雨では、小杉は馴れない土地のためにひょっとして困っているのではないだろうか？

手をのばして晃子は障子を開けた。雨はその空間からようしゃなく部屋の中にふきこんでくる。

晃子は心せいて急に立上り、寝床の始末にかかった。台所ではもうとめさんが来ているらしい。

夫の邑井は二、三日前、東京出張を終えて帰っていた。転任の話が予想以上に好条件だったらしいのは、自信にあふれたその態度から推して察せられた。

十年の余にわたる高知での生活に一応終止符を打つことになると、意外に身辺忙しいらしい。日も夜もほとんど出歩いていて、深夜帰宅すると二階の書斎にあるベッドに倒れこむようにして寝てしまうのだった。

それでなくてさえ、夫婦はこの二、三年来、二階の書斎と庭の茶室と別れ別れに夜を送っている。

女の晃子が、ときに躰の燃えるような夜があるのに、夫の邑井はいったいどんなふうに考えているのだろうと怨みたくなるときもある。

しかし、朝食の卓で顔が合うと夫婦は取り澄まし、晃子も又それを中年夫婦のものうい生活だとあきらめてしまうのだった。

晃子はひとりで朝食をすませ、あとをとめさんに頼んで家を出ようとした。ひどく気がせいている。

雨はときに止んだり、横なぐりに降ったりしてまだ続いている。

玄関のたたきに立って雨コートを羽織ろうとしているとき、ふいにスリッパの音が二階から下りてきて夫の邑井の声に呼びとめられた。

「晃子、ちょっと。話があるから書斎に上りなさい」

晃子は紐を結ぶ手をとめ、一瞬夫の眼を見返したが、又黙って紫の雨コートを脱いだ。

夫が晃子に用があるというのは珍らしいことだ。

晃子は脱いだ雨コートを、玄関の下駄箱の上において夫の書斎へ上っていった。

レースのカーテンが窓に揺れる夫の書斎からは高見の山肌がとても鮮明にみえる。

視界の端にある山の墓標の文字まで読みとれるのが、めったに書斎へ上ったことのない晃子にはへんに気味のわるい感じだった。

「そこへかけなさい」

邑井は机の傍のソファを指した。素肌に黒い上布を着ているその腹のあたり、中年者らしい肥(ふと)りが出てきている。ふだんから冷酷ともみえる無表情な目に、今日は沈んだ光がこもっているようだ。

「君、今日はどこかへ出かけるはずだったの?」

椅子に首を反らせ、邑井は晃子を見据えながら聞いた。きのう食事のとき、晃子がくわしく説明しておいたのに、邑井は新聞を読んで聞いていたから記憶に残っていなかったのかもしれない。

「きのう申上げましたわ。内原野へ。今日は窯をあけますから」

「ふうむ」

邑井は椅子をまわして窓のほうをむいた。煙草(たばこ)の煙を静かに流している。

「君一人でいくのかね」

「はい」

「いつもそうなのか」

「はい」

「君、嘘(うそ)はつかないだろうね」

晃子はハッとして邑井を見た。

夫はいったい何をいい出すのだろう。これまで晃子の外出は茶の師匠の家と、四十日に一度の内原野行きだけであったのを邑井は知っているはずだ。

「僕たちはこれから暫くのあいだ別居しなければならない。その間のお互の生活は自由だといえばそれまでだが、こんなことを原則として僕はゆるさないね」

煙草を唇の端にくわえたまま、煙に眉をよせながら邑井は机のなかからハトロン紙の封筒をとり出した。

「これを見給え。弁解できるなら聞こう」

晃子は受取った封筒の表書きをみつめた。べつに記憶のある筆蹟ではない。裏を返すとK大学のフルネームと所在が印刷されてある公用のものだ。

いくらか胸騒ぎを覚えながらも、公文書かと思いながら晃子がひき出した封筒の中身は、小杉との鏡川でのスナップ写真だった。

晃子は青ざめ、一瞥するなりすぐそれを膝に伏せた。

「相手は誰だ。弁解があるなら聞こうといっている」

晃子の表情をうかがっていた邑井はすぐさまたたみかけてくる。

晃子は黙って下唇を嚙んだ。鏡川原をほんの百メートル足らず歩いた、そのわずかの間を狙った誰かの悪意……しかも夫は弁解せよといいながらすでに自分を詰問しようとしている。

考えてみれば結婚以来何ひとつ夫の命令に叛いたことはなく、家に閉じこもりつづけていた生活。その自分がめぐりあわせたたった一つの偶然でさえ、夫はきびしい態度でのぞもうとする。

憤ろしい思いを抱いて黙りつづけている晃子に、夫は容赦なかった。

「いいなさい。その義務は君にあるはずだ」

まるで頭から晃子を疑っているような夫に、どう弁解したところで無駄にきまっている。おし黙っている晃子の態度がいら立たしいのか、邑井はいっそう声を鋭くした。

「いいなさい。弁解はできないのか」

「何にも、申し上げたくありません」

晃子はひどくかなしい思いでそういいきるとそっと立上った。

何としらじらしい夫婦。この写真をみて邑井が真先に考えたのは世間態ということだったろう。妻の心をのぞきこんでやるだけの愛情もない夫と、それを夫に訴える努力と熱意を失っている妻。

しかし邑井はドアの外へ出ようとする晃子をゆるさなかった。

「待ちなさい。今日の内原野行きはやめ給え」

いいながら邑井は椅子から立上っていた。

急に、威丈高な男の気魄が晃子にせまってくる。

「その写真は……」

晃子は振向き、ドアを背にして声を挙げた。

「何でもありません。どなたがいたずらされたかは知りませんが……」

「君が」

邑井は晃子のほうへ一歩ふみ出した。

「何でもなければ相手の名がいえるはずだ。いいなさい。誰だ。これは」

邑井が近よってくると、晃子は窓のほうへ身をかわした。

「あなたは……、この写真をごらんになって、わたくしのことよりも、まずご自分の名前のことをお考えになったでしょう。東京へ行くまえに、悪い噂をたてられるのがこわいんです。あなたは」

せいいっぱいの晃子の抗議を聞いて、邑井はうすく笑ったようだった。

「晃子」

ふいに邑井は窓ぎわの晃子に迫り、その右手首を摑んだ。

強い力がこもっている。

「どんな事情があろうと、君に不貞はゆるされないんだ。絶対に」

「不貞ですって」

晃子は叫び、握られた手首をふり払おうとしたが、とてもかなわぬ力だった。

反対に、晃子のかぼそい躰（からだ）は有無をいわさず引寄せられ、邑井の腕のなかに強く抑えこまれた。

瞬間、晃子は夫の目にざんにんな、非情な、みだらなけだものの欲情が走るのをみた。

「やめてください！」

晃子はもがき、突っぱね、身をよじって抵抗する。

息は切れ、汗が腋（わき）の下からしたたりおちた。

邑井はうすら笑いを浮べたまま晃子の躰をかかえ、余裕のある動作でソファの上に押し倒した。

それは、わなにかかった小動物をたのしんでもてあそぶ獰猛（どうもう）な禽獣（きんじゅう）のしぐさにも似て、ゆっくりと晃子の躰におそいかかってくる。

晃子は目をつぶり全身で夫を拒みながら、内原野の風光に重なって小杉のおもかげが胸のうちに拡がってくるのを、いまはどうしようもないやるせなさで思い出していた。

夫の躰が晃子から離れたとき、仰臥した晃子の目からふいに涙が一すじ糸を引いてソファの上に落ちた。

白昼、窓を開け払ったソファの上で妻を犯す、いまそこに立っている恥知らずの男が、晃子にはまるで見知らぬ他人のように思われてくる。

妻という名があるために、こんな屈辱にまで甘んじなければならないものだろうか。晃子は夫に対する嫌悪感でまだ躰中が小きざみにふるえていた。

邑井は机の前の廻転椅子に戻り、窓にむかって煙草をふかしている。その落着き払った横顔はいいようもないほどの冷酷さだ。

この邑井一郎という男にとって、妻とはしょせん、刑罰のために犯す、それだけの意味しか持たないのかも知れない。

晃子は衣紋の乱れをつくろい、目尻の涙を拭ってそっと立上った。いっときも早くひとりになりたかった。

邑井は振返りもせず、去ろうとする晃子の背に浴せかけるように最後の言葉をいいわたした。

「晃子。先達て僕が話した別居の件は今日限り、取り消す。君を東京につれていくのは僕にとって少なからず足手まといの感じだが、こういう事態ではやむを得ない。その写真を入れた封筒は大学の公用のものだ。投書の主はおおよそ見当はついている。余計な誤解を避けるためには、君をここに残すという方法はまずいのだ。君が僕に一言の弁解もすまいとする強情さはゆるせないが、この際、土佐とはもう一切縁を切ってしまうことだね。僕と一緒に上京する仕度をしなさい。発つのは九月中旬だ」

晃子はその宣告を聞いて、ものうく目を挙げただけだった。

一言も口を開かず、静かにドアを開き、静かに階段を下りる。

茶室に落着くと、どっと涙があふれ出た。

結婚以来、夫に逆らうことをゆるされなかった閉塞的な妻の座のかなしさがふき上ってくるようだ。

邑井一郎は輝かしい経歴をもち、美人の妻を得たことで最初はそこばくの満足は感じていたろう。しかしまもなく彼には小市民的な家庭生活に安住するよりも、栄誉を狙う隠微な野望へ自己を傾けていったようだ。邑井にとっては家庭も妻も極めて末梢的な存在としか考えられず、ときにはひどくわずらわしいものとさえ、考えているのだった。

晃子は十年のあいだ、夫に甘えたというたのしい記憶が一度もないのを、今、思い出していた。その心の底には、江川崎からの帰り自分を護るようにして殿りを歩いてくれた小杉の、さりげない親切がたまらないなつかしさで浮かび上る。

すると、内原野で今日、小杉が自分を待っているのがほとんど確信のような強さで思い返されてくるのだった。

何もかもすてて、今から内原野へ行くべきだ、と何ものかが晃子の胸をゆすぶっている。

迷わず、小杉の胸に飛びこみなさい……その声は泣き伏していた晃子を、坐り直させるだけの力をじゅうぶんに持っていた。

青い貯水池の水に、雨足の波紋がつぎからつぎへと拡がっていく。

夏になってとくに多くなったというハイカーたちも、このしけ模様の天候にはひとりの影もみえない。

見渡す限りの山の緑が時折の風に薙ぎ倒されるさまを、小杉自身も雨傘の柄をしっかり握ってその風に堪えながら見ていた。

晃子は今日、ここにきっと来る、小杉は固くそう信じている。粘土をこねる、という孤独な作業にひどく喜びを感じているらしいあのひとが、これくらいの風雨に怖じるはずはないのだ。

しかし、そうは思いながらも不安は小杉の心のなかに次第にひろがりつつある。腕時計はすでに午後二時を廻っていた。

もう四時間の余も、小杉はこの貯水池を見おろせるいつかのベンチに坐ったまま、窯場のほうからの足音に聞き耳をたてているのだ。

表面、身じろぎもせず池の面に目をおとしているものの、小杉の胸の中はいら立たしさが絶えまなく身を刺している。

部長に注意された言葉、得体の知れぬ投書、課のなかの湿っぽい空気、それらが目の前に壁のように立ちふさがり、その向う側に薬価の調査問題が登りもならない高さでそびえている。

小杉が内原野のベンチで晃子を待っているこんな時間にも、小杉の地位をおびやかす工作は何者とも知れぬ敵の手によってすすめられているかもしれないのだ。

しかし今は、晃子に対し単なる逢いたさばかりではなくなっていることが、小杉は自分への唯一の弁解となっていた。

何よりも写真のことを晃子と話し合いたい。善後策を講じたい。そして又、やっぱり小杉は晃子のことをもっともっと知りたいのだった。

時計が三時を指したとき、小杉はベンチから立上った。まだ風雨ははげしい。傘をつぼめて貯水池の下の道に目をやりながら、小杉は窯場へ上っていく。

一人で四時間以上も待つことは狂気にひきいれられそうなさびしさだ。窯場の番人を相手に世間話でもして待ったほうがいいと考えついたからだった。

「こりゃあいつぞのお客さん。たまるか濡れなさって」

今朝ここへ着いたときこの老爺はいなかったが、前の小杉を覚えていてくれたらしい。床を掃いていた手を休めて驚いたように声を出した。

「邑井の奥さんもこのお天気じゃからよう来まいに……まあまあ」

いいながら小杉の濡れたズボンなど乾かそうとまごまごする。小杉はそれを制して、

「晃子さんは邑井というのですか」

「ああ、大学の先生の奥さんよ。お子がないけん、たのしみにこんな土いじりをしなさるが、さびしいおひとのようじゃ」

やはり人妻だったのだ！　ここに来て待ち尽した挙句のこの発見は、鉛のような重さでいっそうくるしく小杉の胸にくい込んでくる。

「きっと来る！」

という小杉の確信はそれを聞いてぐらつきはじめていた。人妻なら、小杉のはかり知れないところで、行動の自由をその夫なるひとに握られているとも考えられるからだった。

第九章　人影

笛子は思い立ってある暑い日の午後、市内にある百貨店の貴金属売場へひとりででかけていった。

今一番知りたいことは、霞(かすみ)の指に見た猫眼石(キャッツ・アイ)の指環(ゆびわ)の買主のことだ。曽根に撮ってもらった姉のデスマスクには、死の直前までそれをはめていた跡があきらかだし、いったい誰が買って瑞代に贈り、又霞に渡ったのか……その買主の名でもわかれば瑞代の死に関する謎(なぞ)の一つはほぐれていきそうな気もする。

瑞代のいうダイヤよりも高いという良質の猫眼石なら、この百貨店の売場で扱った限りリストがあるだろうという見込みだった。

夏の混雑で冷房がほとんど利(き)かない明るい蛍光灯の店内をエスカレーターで三階に上り、笛子はまばゆい貴金属のショーケースの前に立って声をかけた。

「はい」

と愛想よく近寄って来た女店員は笛子から事情を聞くと、

「さあ、そういうことはわかりません」

とそっけなく答えた。

むろん笛子はそれで引下がるつもりはなく、逆にケースに身を乗出して、

「猫眼石ってのは高いんでしょう？　五十万位？」

「そう？　でもまわりに屑ダイヤを置いたプラチナ台なら？　四年ほど前におたくで売らなかった？」

「さあ？」

女店員は首をかしげた。四年前ならまだ勤めてはいなかっただろうと思われる若さだ。

それでも笛子の粘りに負けたのか、真向いの眼鏡売場に来ていた主任に笛子の質問を伝えにいってくれた。

いかにもショップマンらしく真白なワイシャツにきちんと蝶ネクタイをつけた中年の売場主任は、女店員に代って笛子の話をもう一度聞き、そして丁寧な口調で答えた。

「おっしゃるお品はうちで扱ったものかもしれませんが、実物を見ないことにはどう

とも申し上げられません。と申しますのは、只今非常に宝石の合成技術が進みまして、素人(しろうと)では人造石と天然石の見分けがつかないものもできております。猫眼石などは比較的合成のむずかしいものとされていますが、天然のものでそれ位のカボッション型なら五カラットから七カラット見当でしょうか。お値段にしますと、四、五十万でございますね。でございましたら、リストには載っておりません。リストと申しますのは大体二百万以上の名の通ったダイヤをお買上げ下さる方を、覚え書程度にメモしているだけのものでございます。此(こ)の頃では株に替って宝石投資をなさる方が増えまして、百万までなら店頭でそのまま指にはめていらっしゃる方が多うございます」

「まあ」

笛子は驚きながらも、礼儀正しいその売場主任に礼をのべて貴金属売場を離れた。

市内にはまだ、四、五軒、宝石を扱う店がある。

市内の宝石商というのは都会のそれのように宝石だけを扱うのではなく、いずれも時計と併せて売場をもっている。

磨き上げられたケースのなかの腕時計などのぞくふりをして笛子は店内をうかがい、主人らしいひとをみつけてはさきほどの百貨店のときと同じ質問を繰返す。しかし答はいずれも大同小異だった。なかには、

「宝石がブームになって来たのは、この一、二年ですからね。四、五年も昔にゃ五十万もする猫眼石などは資本の大きい百貨店さんでなけりゃ、どこもよう手を出しませんでしたよ」

と笛子をもとに逆戻りさせるような言葉もあったが、笛子はあきらめなかった。四軒目にほとんど素通りしようとした間口の小さい店があって、表に「大阪、真美堂連鎖店」という金文字が読まれる。

ここでさきほどの〝資本の大きい百貨店さん〟云々(うんぬん)の言葉を思い出さなかったら、笛子は通りすぎていたかもしれない。

「連鎖店」というからには、店構えが小さくても案外いいものを扱っているかもしれないという気で、笛子はその小さな店へつかつかとはいりこんでいった。

店の奥に、ガラス張りの時計修理台があり、片目にレンズをはめこんだ小さな老人が背をこごめて時計にピンセットを入れている。

「ごめん下さい」

と笛子が訪(おとな)うと、老人はレンズを外して顔をあげ、店に店員がいないか確かめるように首を伸ばした。笛子を客だと思ったらしい。

笛子は立ったまま、ガラス台の中をのぞきこむようにして早口で手短かに質問を繰返した。

老人は改めて眼鏡をかけ、笛子を頭からじろじろと眺めまわす。どこか薄気味わるい目だが、

「まあ、おかけなさい」

と傍の木の丸椅子(まるいす)をすすめる声は案外にやさしい。

「その、何かね？　猫眼石の指環をあんたの姉さんがはめとったって？」

「いえ」

マドロスパイプをくわえ、眼鏡ごしに笛子を観察する老人の目をおそれて、口から出まかせを並べたてた。

「姉が宝石マニアでして、お友だちのもっている猫眼石以上のものがぜひ欲しいというものですから……。私が代ってお聞きしに来たわけです」

「ふむ。宝石マニヤねえ。あんたのお姉さんは何というんだね？　家はどこ？」

老人は黙った笛子から聞こうとしたが、軽くあきらめて、

「いや、いいいい。此の頃は宝石マニヤってのも増えたからね。聞いてもわしの知らん方じゃろう。その猫眼石、ほんものとしたら、わし方で四年前確かに売りましたよ。注文だったからはっきり覚えています。大阪の本店から特別に取寄せた品じゃから」

「誰に売ったんですか？　誰に」

笛子はせきこんで聞いた。

「買った方かね」

老人はちょっともったいぶってパイプをくわえなおした。

「これは有名な、といっても業者のあいだでじゃが、宝石のコレクターでね。いや、宝石投資家というたほうがよかろう。金ができるといいものを買込むひとがある。ダイヤでもうちからは三カラットものまであそこへお世話した。もっともそれを今もって持っているかどうかはわからんが……。そのひとかね。この盛り場でバーを経営しているマダムで霞さんというお方じゃ」

「まあ」

笛子は思わず唾(つば)をのみこんだ。

「男じゃないんですか」

買主が霞とはいったいどういうことだ。笛子は呆気(あっけ)にとられた顔で老人をみつめた。

「装身具の高価なものを買うのは大体女ですよお嬢さん。男は安くて高そうに見えるものを選ぶ。これは大部分女へのプレゼントだから、いわば餌(えさ)なんだからでしょうな」

老人はパイプをくわえたままにやりとした。

しかし笛子はそれどころではない。顔の筋肉もゆるめず、

「で、その猫眼石は一体いくらしました？」

「値段かね。伝票があるにはあるが……」

老人は考えていたが、四年前の古い伝票を取出すめんどうさを感じたのだろう、笛子に、

「大体でいいじゃろう？」

と念を押し、

「あのマダムは凝り性でね。どれでも型を自分で指定しなさる。でき合いのでは気にいらん。カボッション型でまわりに屑ダイヤをちりばめたプラチナ台の特別あつらえなら、五十四、五万は下らんじゃろうな。質のいいものだったら六十万の上だったかもしれん」

「で、霞さんはその猫眼石をずうーっとご自分で使っていらっしゃいますか」

「さあ、それは知らんよ。転売することもあるしね」

「何とかしてわからないものでしょうか。もし転売なさったとしたら、どなたにお譲りしたかということも」

「さあそこまではねえ。大切なお客にいやなことを根問いしてわしも商売をしくじりたくはないからね。ただ、マダムはかなり商売人であることだけは確かですよ」

老人はパイプを置き、修理台の上の腕時計をとり上げた。仕事にかかろうとしている。

「ありがとうございました」

笛子は頭を下げて店を出た。

足が自然に中央公園の方を向いてゆく。姉の死んだベンチに腰をおろすとふしぎと落着いてきた。

霞の指にはめていた猫眼石が真美堂で買ったものとしたなら、姉の瑞代のもっていたものは又、別の猫眼石なのだろうか。

しかし、笛子は自分の見た二つの指環が全く同一のものであることを今もって信じている。だとすると第三者が介在し、それが霞と瑞代の間に立って受け渡ししたということが考えられなくもない。

それにしても、猫眼石の買主がわかったところで又いっそう謎は深まってくるようだ。

街角で矢尾品子に邑井教授転出と後任決定のニュースを聞いてからの坂田は、日も夜も絶えまなく教授に対する憎悪と憤懣の感情に心を嚙まれていた。

念のため、親しい同僚の二、三人に電話して聞いてみるといずれも異口同音に、

「君は今まで知らなかったのか」

と逆に呆れられる始末だった。

何故自分だけ知らされない立場に置かれねばならないのか……一旦それを疑いはじめると感情は荒れ狂い、何も彼もまるで手につかなくなる。

坂田がこれまであこがれきを堪え、そして異常なまでの情熱を燃やしてフルブライト留学を目指した努力も、すべて虚しいものとして流れ去るその原因のすべてが、あの能面のような無表情な男にある、そう思ったら居ても立ってもいられないのだ。気を鎮めて読書にかかっていても突然、部屋中の一切のものを叩きこわしたくなるほどの衝動に駆られてしまうのだった。

坂田が、かなわぬまでも邑井教授に一矢報いたいと思うようになったのは、当然すぎる位当然の感情なのだろう。

しかし現実に坂田は何をどうしているというわけではない。小心なものの常でひとり悶々とし、せいぜい酒場に入りびたるか、妻子に八つ当りするくらいのものだ。

ときにはその酒さえ苦かった。

酔えば忘れる、と思って飲んでも感情を燃え上らせるような逆効果を招く場合もある。

そんなとき、坂田はふらふらしながら自転車を押して盛り場をぬけ、天神橋を渡って潮江の邑井教授邸のまわりをうろつくくせになっていた。

正面切って抗議ができない弱いものの、せい一ぱいの反逆行為なのだった。

その夜も坂田はかなり酔っていた。かすんだ目にネオンのにじむのを覚えながら自転車を押して歩く。

高見山の麓(ふもと)の白い道は、夏でも十一時を過ぎればしんと押し静まっている。その道から望める邑井教授の二階の書斎は大ていおそくまで灯りがあって、ときにはレースのカーテン越しに横顔を捉(とら)えることもできる。坂田はいつもその横顔に向って、心のうちでありとあらゆる悪罵(あくば)を投げつけ、かなしい一人相撲のりゅういんを下げては戻ってくるのだった。

今夜もその書斎に灯りはついている。邑井教授の横顔も見える。

坂田などとうてい自分では買えない高価な原書が並んでいる書棚とおぼしいものも、灯の枠内に入っている。

自転車をとめ、坂田はそこをみあげながらふと、書斎に坐っている邑井教授を狙い撃ちすることを考えてみた。

もし自分が優秀な射撃の腕をもち、消音装置のついた精巧なライフルがあったら、今、ここでかれを撃つか？

それは坂田に異常な昂奮を沸き上らせる思いつきだった。優秀な腕をもたなくともライフルがなくとも、かれを殺すことはあながち不可能とはいいきれないのだ……。他に方法はある。完全犯罪もあり得る。

そこまで考えたとき、坂田はぎょっとして振向いた。忍びやかに足音が近づいて来たからだ。

邑井家の門は街路燈からは遠い。しかしその燈の見える位置にはある。

振向いた坂田の目に、小柄な女が靴音をしのばせるようにして近づいてくる。街路燈を背にしているので顔はよくわからないが、どうせ夜遊び帰りの女性だろうと思いそっぽむいた坂田へ、意外にも女は声をかけてきた。

「まあ、大学の坂田先生じゃありませんか」

ぎくりとして坂田は見返したが、その顔にはまるきり見覚えがない。首をかしげていると女はいっそう近寄ってきて、

「いやですねえ先生。もうお忘れになったんですか。あんなに仲よくつきあって頂いたのに」

そう馴れ馴れしくいわれても坂田にはてんで記憶が無いのだ。街路燈にすかしてみても相手は女子学生という年齢ではなし、いつどこでのつきあいだったか見当もつかない。

女は香料のついたハンカチで軽く坂田の腕を打って、

「いやあねほんとに。霞ですわよ。バーの」

そういわれても坂田はとっさに思い出せなかった。霞は不満そうに鼻を鳴らして、

「あの節はお写真をどうも。思い出しましたでしょう。あのバーよ。中央公園裏の」

「写真？」

坂田はハッとした。

矢尾品子に街で会ったそのあくる日、坂田は晃子のスナップを撮ったネガを取り出し暗室に入って一心に焼き付けた。大学内外の関係者にそれをバラ撒き、邑井夫人のスキャンダルとして拡めるつもりだった。

しかしものの二十枚と焼かないうち、坂田はその行為が次第にそらぞらしく思えはじめ、遂には中止して力なく暗室を出た。そのとき焼いたキャビネを坂田はズボンの

腰ポケットに入れ、盛り場へ飲みに出かけたように思う。

あの夜、坂田はいく軒かの酒場をまわり、泥酔して帰宅した。今思いかえしてみると全く意識を失っていたとは思わないのに、記憶がところどころ断絶している。バー霞に寄ったのもその夜だったのだろう。そこで自分はいったいどんなことをしたのか……素面(しらふ)のとき記憶にない酔った自分を思い出すのは一種の恐怖に近い。

しかし、これはなおざりにできる問題ではない。坂田は酔いもさめ果てて、

「写真を、僕があなたに差上げるといったのですか」

「いいえ」

霞はしなを作り、

「私がねだって頂いちゃいましたの。だってあの女のひと、この家の奥さんでしょ。いいとこ撮ってましたわねえ」

霞は目で邑井の家を指した。

「あなたはそれで、何枚取ったんですか?」

「あら一枚きりよ。それ以上は下さらなかったじゃありませんか」

「そうでしたか」

「あら、覚えてらっしゃらないんですか。私のベッドの上であれだけ可愛(かわい)がって下す

ったのに……」

聞くなり坂田の頬にみるみる血が上ってきた。とんでもないことをやらかしたものだ……。

テレてすべもなく突立っている坂田の腕へ、霞は大胆に自分の腕をからませた。

「ねえ」

見上げた目に媚が光っている。

「先生はこの家の奥さん、お好きなんでしょう？　ねえ？」

「いや」

坂田は絡まれた腕をさりげなくほどいて、

「その、あなたに差上げた写真、今もあなたが持っていらっしゃるのですか？」

写真が客商売のバーのマダムの手に渡れば、どんなふうに使われるのかはかりしれないものがある。写真そのものが人目にかかるのはいいが、このマダム必ず坂田が撮ったものだという口添えを忘れないだろう。そうなると世評は逆に坂田を責めてくるかもしれないのだ。

「私が持っていたとしたら？」

「返して頂きたいのです」

坂田はきっぱりした口調でいった。霞はぬらりと逃げて、

「今も持っているのか持っていないのか、ほんとうはよくわからないのよ。今から片町の私の家に来て下さる？ ご一緒に探して頂きたいわ。で、もしよかったらこの間のように泊って下すってもいいのよ。歓迎しますわ」

俺は……坂田は忙しく自問した。あの夜、この女の家でほんとうに泊っていったのか？

いや、そんなことは絶対ない。第一、目覚めによその家に居たという事実は結婚以来一度もないのだ。そういい切る自答の下で、自信はぐらぐらと揺れる。写真を渡した記憶すらないのに。女のベッドで眠りこんだとしても覚えているわけはないのだ。

しかしともかく、写真だけはとりかえさなければならない。

「泊るのは都合が悪いですが、ご一緒に探すことはできます。これからお供しましょうか」

坂田はハンドルに両手をかけた。酔いもさめているし、小柄な彼女ならうしろに乗せて走ることはできる。

霞はそれをみて手を振った。

「歩きましょうよ。私の家は天神橋を渡るとすぐなの。片町ですから」

うなずいて自転車を押しはじめる坂田に霞はくっつくようにして歩いていく。

「ねえ先生。この邑井の奥さんてひと、おきれいねえ。先生ほんとにイカれてるんじゃないですか」

「冗談でしょう。僕は何にも知りませんよ」

「嘘！　じゃなぜこんな夜ふけ、ぽかんとしてあのお家、眺めてたんですか？　何かでないことにはこういうことできませんでしょ」

「うむ……。じゃあなたの方はどういうわけでしょうか。家は片町だというのにここまで女一人出向くのは」

二人の声が小さい祠をすぎたとき、そのおぐらい茂みから人影がぴょんとおどり出た。

笛子だ。

顔を見られないために広いつばのおしゃれ帽をかぶっている。足音をしのばせ、笛子は二人のあとをつけはじめた。

宝石商で猫眼石の買主が霞であることを聞いてから、笛子は執拗に霞を尾行していた。

いつか霞が笛子に教えた県交通ビルの電光ニュースも、調べてみると午後十時限りでスイッチを切っているという。してみると、十二時過ぎに中央公園にいた瑞代が電光ニュースで福重丸の遭難を知るわけもないのに何故霞は嘘をつくのだろう？　いや、嘘をついてまで瑞代が自殺であることを霞はいいたいのだ。

霞は何か知っている。少くとも瑞代の死について全く無関係ではあり得ない。その確信が笛子をいっそう行動的にしていた。

坂田と霞は、その笛子があとをつけているとも知らず、深夜の路上に靴音を響かせながらゆっくり歩いていく。

「先生、私あてましょうか。先生があそこにいたわけを」

「待って下さい」

坂田にしてみれば今夜初対面の女から親しげに先生呼ばわりされるのはうす気味がわるい。一体どの程度、この女は自分について知っているのだろう。

「僕が坂田ということをあなたはどうしてご存知なんですか？」

「あら、お店へいらしてすぐ、僕は万年助教授の坂田です、っておっしゃったじゃありませんか」

「それだけでしょうか。他に何もしゃべらなかったでしょうか」

「そうよ。それだけよ」

霞は又、腕を絡ませてきた。

「男と女が寝るのにどうして名前や経歴が要るの？　お互い躰(からだ)だけあれば充分よ。ね」

霞はくく、と笑った。

「ね、先生。邑井先生も同じ大学でしょ。先生が邑井先生のお宅へ出入りしているうち、美人の奥さんを見染めて横恋慕した、でもあの奥さんお澄ましやだからなかなかウンといわない。そこで坂田先生はやるせなく、深夜、彼女のお宅のまわりをうろつくってわけ。ね、図星でしょ。そうでしょ」

彼女がそう思っていればそう思わせておくほうが今の場合都合はいい。坂田はあいまいな返事をした。

「あの奥さん、美人は美人だけど瘦(や)せっぽちでちっとも魅力ないと私は思うんだけど、どうしてかなあ」

霞は歩きながら独りごちて、

「あき子っていうのね。私はあき子、嫌い。大嫌い。憎い。とっても。殺してやりたいくらいよ」

「え？」

坂田は聞き返した。

霞は一度口にした言葉を隠そうともせず、

「この世に犯人が絶対にわからない人殺しの方法があるなら、お金はいくら出してもいいから教えて欲しいと思うの。今夜もね。あいつが憎くて眠られそうもないからちょっと、私もうろつきに来たところだったのよ」

「ふむ、おだやかならないことをいいますね」

道はもう片町に来ている。アパートのみえる位置まで来て、霞はふいにあっと声を上げた。

部屋に灯りがともっている。

霞は口の中でちいさく舌打ちして立止った。

坂田はもとより霞の住居も部屋の位置も知らない。

「先生、ごめんなさい。ほんとにごめんなさい。私、今、思い出しちゃったの。あの写真の行方を。私のお部屋にあるっていったけど、あの晩、先生と奪い合いしているうち破ってしまったんです。こなごなに」

「ほんとですか？」

ようやく坂田はこの女のいい加減さに気がついてきていた。

「怒らないで、先生。あの晩、私のベッドの上でほら、ね。こまかく千切って屑かごに入れてしまったじゃない？」

霞は鼻にかかった声で坂田の顔をのぞきこみながら、盛上ったドレスの胸を押しつけてくる。

坂田はじゃけんにその肩を押し戻した。

「いい加減にして下さい。あなたのいうことはどれがいったいほんとうなんですか。なぜ僕をそんなにほんろうするんです？」

「あら、私が嘘をついていると思って？」

坂田の怒気を感じるといっそう霞は媚びる目つきをした。

「これが嘘だったら、先生のポケットへしまいこんでた写真のことなど私が知るわけないでしょう。ひどいわ」

「じゃ、もう何でもいいから写真だけ返して下さい。あれを取られると困るんだ」

「それは破ってしまいましたって。もう無いのよ」

「じゃ、あなたの家を僕に家探しさせてくれますか。今から行こう」

坂田はハンドルを押そうとした。霞はすばやくその前に立ち塞がり、

「いらしてもうちには何にもありません。屑かごの塵は毎日捨ててますからね。ねえ

先生。私を信用して。うっかりここまでお連れしたのとてもわるかったけど、又、何かでお返ししますから」

「いや」

坂田は強情だった。

「僕は納得できないんです。あなたの家を見ないことには。あなただって僕を誘っておいて今更卑怯じゃないですか。連れてって下さい」

「そう」

霞は戦法を変えてひややかにいった。

「じゃお連れしますけどね。私、うちのお客様たちにいいますわよ。大学の坂田先生が邑井先生の奥さんに会いたくて夜、うろついていたって。写真まで撮って大切に抱いているって」

坂田は押し黙った。

霞はそれを見越していたように、「ここでこのままお別れしましょうね。お店のほうへは又いらして頂戴」

完全に霞に引きずりまわされた坂田は自転車にまたがるより他、もう仕方なかった。

霞は更けた路上に立って坂田の自転車を見送ると、ハイヒールの踵をけりつけるようにして小町荘に戻ってきた。

階段を駆(か)け上り、八号室のドアを勢よく開ける。

予想通り部屋のダブルベッドには薬屋の磯崎が寝酒をなめながら横たわっていた。

霞はその足もとへハンドバッグを叩(たた)きつけるように放って、

「困るじゃないのさ。突然来たりなんかして。おかげでこっちの計画はすっかりおじゃんよ。こんなに約束破るようじゃ、今後あんたには何にも協力しませんからね」

ぽんぽんいう。いいながらドレスをたくしあげて脱ぎ、ガーターを外している。

それをベッドの上から目を細めて眺めながら、磯崎はにたりとしただけだ。

「あんたには小杉課長が来た晩の情報を入れたり、写真を盗んでやったり、投書の代筆してやったり、これでも精いっぱいの義理立てはしているのよ。あんたがここへ来るのは月、金、の夜だけという契約、いまさら忘れたんじゃないでしょうね。今日は水曜日よ」

「ああ」

磯崎はグラスを挙げた。

霞はもうシュミーズひとつになって扇風機の風を入れている。その若い娘のようなつややかな肌は、男を受けいれるのを決して拒んではいないのだ。

しかし霞の機嫌は容易になおらず、風に向ってぴたぴたとご自慢の肌を叩きながら磯崎のほうを振返りもしない。

「お前、まさかあの写真を盗んだ大学の教師に惚れたんじゃないだろうね」

酒のまわっている声で磯崎がいうのへ、霞ははき出すように、

「馬鹿にしないでよ。私しゃね。金のないやつは大っ嫌いさ。うちの一晩の売上げと大して違わないぐらいの月給のくせにいやにブッてる万年助教授など、まちがっても恋人にしやしないわよ。お生憎さまね。でもあんた、今晩まさかやきもち焼いてここへ来たんじゃないだろうね。私しゃ貧乏が嫌いと同様やきもちやきの男も大嫌いだから、人のことかんぐって偵察に出てきたりなんかするとたちまち契約解消よ」

「そんなことはないよ」

磯崎はグラスを置いてベッドの上に身を起した。浴衣の胸がはだけ、てらてらと肥った腹がせり出している。頭の禿げた具合から推すともう六十は越しているだろう。

「夕方、間違って精力剤飲んだせいやろ。わしもまだ若いからあんな薬飲んでそのまま寝つかれんからね」

「また薬！」

霞は呆れたように磯崎の顔を見た。待ち切れなくなったのか磯崎は片手でもう霞の

肩を抱いている。

「薬の力をかりなきゃ私を抱けないなんてなさけない男！」

「ふふ……」

磯崎は笑って霞を抱いた手にいっそう力を入れる。

「わしを笑うが、お前のこの肌は何のおかげやね？　この肌は」

唇をゆるませていっそう近寄ってくる磯崎の胸に掌でつっかえ棒をしながら霞は、

「ちょっと待って待って。今日は契約日以外だから特別手当はあるだろうねえ」

と念を押すのを忘れない。

「相変らずがめついよ。お前は」

「だって私しゃあんたの女房でも何でもないんだから無料奉仕はお断りよ」

「どっちが奉仕しているんだかね」

にやりとする磯崎に霞はちょっと怨（うら）みがましく、

「でもお手当を見ないことにはその気にならないんだもの」

磯崎は霞の首をかかえて器用にキスすると、かがんでベッドの下からダンボールの箱をひっぱり出した。箱の表には有名女優をカバーガールに使ったビタミンC剤の宣伝文句が刷られてある。

霞は片方だけ蓋(ふた)をひらいて一べつすると、

「まあ二ダースも！ すごい」

と声を上げた。その目もとがもうとろんとゆるんでいる。

「あんた、ケチだと思っていたのに、案外なところはあるわね」

今度は自分から磯崎のほうへしなだれかかっていく。

その部屋の廊下で、笛子は辛抱づよく立っていた。

深夜だと思ってか、霞も相手の男もべつに声をひそめず話しているのが逐一聞きとれる。

しかし、笛子にはその内容がよくのみこめない。瑞代の〝み〟の字も出てこないばかりか、写真だの大学教授だの、バーにも薬屋にも関係のないことばかり出てくる。

笛子は退屈し、音をたてないよういく度もあくびをした。長時間神経を緊張させているせいで疲れてもいる。

笛子が立ち聞きをあきらめて帰ろうとしたとき、部屋のなかの会話に思いがけず薬事課長の名前が出てきたのでぎょっとして足をとめた。

「融通の利(き)かん堅物だ。青二才のくせに」

「私が左手で書いた投書はちっと利きめはあったかしらね」

「さあ。よそめは平静でいるらしいが……もう一度、中央公園へ招び出しておどすか」

「駄目よ。あの笛子って子がうろついてるから又邪魔をするかもしれないし……。あの子っていやな子だ、ほんとに。ここへも来たのよ。瑞代の亡霊みたいに私を詰問しにね」

「ふむ、そうか」

話し声はそこでぐっと低くなった。笛子は胸をどきどきさせながらドアにくっつく。

ときどき、

「軟派作戦と変えるか」

とか、

「誘惑できるなら」

とかの言葉は洩れる。

前後の事情はよくわからないながら、とにかく部屋の中でいま並んで寝ている薬屋と霞は、瑞代の死に絡んで小杉課長を窮地におとしいれようとしていることはたしかだ。

笛子は音をたてないようそっとその場をはなれた。

立ち聞きも尾行も、もうずい分と巧(うま)くなってきている。

第十章　道修町（どしょうまち）

久しぶりにシャッターを上まであげた明神薬局の内部で、人影がしきりに動いている。

笛子と事務員の橋本さんだ。

そのまわりで笛子の祖母も何くれとなく世話を焼いている。

店の全商品には布で覆（おお）いがかけられてあるのを笛子はいちいちめくり、品の数を調べ帳簿を持っている橋本さんに報告する。

「〇〇綿業カット綿五十グラム包装は一ダース。百グラムは一ダースと七個」

橋本さんは笛子の現品報告を聞き、棚卸表、補助簿などと首っぴきでてらしあわす。整理のための在庫調査だ。

商売の金というのはいつも回転していて手もとに無いことが多いが、年に一、二度棚卸しをしてみると収支がハッキリとわかる。

明神薬局は今、瑞代の死によってストップされたままになっている経営の状態を確かな数字にして摑もうと大わらわだった。

一口に棚卸しといっても商品の数は二千種からある。純粋に薬品といえるものから、歯磨歯刷子、化粧品のたぐいに至るまで扱っているからだ。

汗だくになってやっている二人のそばで祖母は、

「今度はこっちかい？　ここへこれを並べようかね？」

と手助けしたがるのを、笛子は一ぱし大人ぶって、

「お祖母ちゃんはいいからさ。邪魔にならないようにあっちへ行っててよ。手伝うよりもあたし達にジュースでも作ってくれたほうがありがたいわ」

叱りつけるようにいう。

この頃、目に見えてしっかりしてきたそんな笛子を、祖母は頼もしげに目を細めて、それでもやっぱり奥へはひっこまないのだった。

いく月ぶりかで店の開いている明神薬局を見て、斜め向かいのそばやの板前が高足駄でやってきた。

「おっ笛ちゃん。縁起なおしで開店かね。開店祝にサロンパス買うよ。実は俺肩凝ってしようがねえんだ」

白い割烹着(かっぽうぎ)の板前がそういうと、橋本さんは覚えのある棚の覆いをとり、

「五十円、百円、二百円、いくらのにしましょう?」

と振返った。ポケットをまさぐって小銭をじゃらじゃらいわせながら、板前は、

「五十円のでいいや」

橋本さんが差し出したサロンパスの小箱を笛子が受け取り、それを板前の手に渡してから、

「おじさん、これあげる。お金いりません」

「え? 何だって? 開店早々つけはいけねえ。縁起なおしだから俺、やっぱり五十円払うよ」

「要りませんたら」

笛子は真顔でその金を押し戻した。

「薬は薬剤師の免許もっているひとがお店にいなければ売ってはいけないんです。うちは今の所、誰も無免許で薬屋の資格を取上げられてるようなものですから、おじさんからお金頂くと違法になります」

「なあるほど」

板前はねじ鉢巻の上から頭をかいた。

「笛ちゃんて、しっかりしてるんだねえ」

高知公園の音楽サイレンが夜の九時を報じてまもなくのことだ。二階の窓から風を入れて涼んでいた小杉は、けたたましい階下の呼鈴にあわてて下りていった。

玄関に息をはずませた笛子が立っている。

「課長さん、わかりました。全部わかりました。これでお姉ちゃんは自殺じゃないということがはっきりいえます。絶対です」

「いったいそれは何のことですか」

たてつづけにしゃべる笛子を見て小杉が問うと、

「課長さんに教えて頂いたうちの経営状態のことです。事務員の橋本さんに来てもらって三日がかりで在庫しらべをし、今、やっとすんだところです。走ってきました」

よほど早く知らせたい結果が出たのだろう。

小杉は夜、少女をこの家に招きいれる後めたさに一瞬こだわったが、これは玄関先ですむ話ではない。

「お上りなさい。二階が涼しいですから」

「かまいませんか?」

いうなり笛子はどんどん階段を上る。最初この家を訪れた笛子は悲しみと暗さを重たく背負っている少女だったのに、今は別人のような元気さだ。

本来十八歳とはこんなこだわりのなさが身上なのだろう。二階の椅子に坐るなり、笛子はあっといって飛びあがりワンピースのポケットをごそごそと探している。

「どうかしたのですか」

小杉がたずねると、笛子は人さし指で自分の眉間をつんつん叩きながら、

「やっぱりダメなんだなあ、私って。帳簿を調べた結果のメモをうちへ忘れてきたんです。あんまり嬉しかったものだから。でも大体覚えています」

笛子は優秀な答案でも読みあげるように胸を張って小杉に説明をはじめる。

「うちのむずかしい帳簿は橋本さんがやってくれていましたが、お姉ちゃんは金銭出納簿と売掛帳をもっていました。それが全然、死ぬ日にも締切られていないんです。棚卸しは去年の暮にやったそうですが、それ以後だらだらと毎日の売上や集金や支出などつけっ放しです。つまりお姉ちゃんには店を整理する必要なんかなかったということが一つ。次にはその売掛金に対して最近全然請求したことがないというのがその二つ。掛売は主に栄養剤でオフィスのひととか、バーやのみ屋関係ですが、念の為橋

本さんに電話してもらったら、〝ああそうでしたっけ。お宅は請求しないものだから忘れていましたよ〟なんてのが多かったんです。もちろん、この中に福重丸の船主さんのもありましたが、他にも永楽丸や栄丸などにも委託で薬を積込んでいますから、とくに福重丸の分がパアになったからって自殺するほどの痛手じゃないと思います。掛の中では一番金額は大きかったんですけれども」

聞きながら小杉は舌を捲いた。短期間ながら、この笛子の成長ぶりはどうだ。姉を思う一念がこれほどこの少女に飛躍を遂げさせるなら、小杉などまだまだ熱意が足りないとけなされても仕方あるまい。

目をみはっている小杉の前で笛子は自信ありげに続ける。

「むろん借金もありました。これは橋本さんもいってましたが、銀行の手形貸付もいく枚か出て来たんです。仕入れがおお方現金だったから、お金をつくることには苦労していたということでした。そんなところから経営が苦しいという噂が立っていたのでしょう。でも、課長さん、嬉しいことには全部ひきあわしてみたら決してお店は赤字じゃなかったんです。赤字どころか、在庫品の八割以上がうちの財産として残るという結果でした。これでもお姉ちゃんは経営が苦しくて死んだなどといえるでしょうか」

笛子は涙をうかべている。

「逆にいえば、掛金の請求をしなかったり、たびたび在庫調査をしなかったりしたのは、商売に熱心でなかったともいえるかもしれませんが、うちのお姉ちゃんに限ってそんな投げやりなことは絶対にありません。橋本さんとも話したことですが、これだけ多額の売掛金の請求をしなかったというのは、きっとお姉ちゃんに何かの考えがあってのことだと思います」

「ふーむ」

小杉は笛子の話のうち、ふとある一点に気付いて反問した。

「笛子さん、あなた今、問屋はほとんど現金払いだったから瑞代さんが資金繰りに苦労していたんだといいましたね。先だって僕が出席した薬屋さんの会合で、瑞代さんが非常なダンピングをして市内の薬価を混乱させたという説明を受けましたが、僕はその現金仕入と薬価とが結びついているような気がします。その仕入先というのはどこですか。何という問屋でしょう？」

「ええと」

笛子は考えこんだ。

「高知ですか？」

「ちがいます。あ、わかった。大阪です。大阪でした」

「なるほど。大阪の道修町(どしょうまち)は薬種問屋の古い町ですから」

小杉はふと、衛生研究所時代の薬品室の戸棚を思い浮かべた。あの実験用の薬品から工業用まで、大手の薬品会社はほとんど関西に根拠をおいている。道修町が今なお、日本の薬品の集散地として衰えないのも全く地の利を得ているせいにある。

「そういえば課長さん。問屋の仕切り別に分けている補助簿にはほとんど一軒の問屋名しか載っていないようでした」

「そう。じゃ笛子さん。その問屋名と所在地を調べて僕に知らせてくれませんか。ついでに、売掛帳の値段が一つの品目について皆同一であるかどうかということ、つまりみんなに同じ値段で掛売しているかどうかということも調べて欲しいのですが

……」

「はい」

笛子は目を輝かした。

小杉は笛子の話を聞いて肚(はら)を決めていた。明神瑞代がほとんどそこばかりでとりつけていたという道修町の問屋をみずから訪ねてみるということだ。

あんなにも危なっかしく思われた笛子がぐんぐんと新らしい端緒を引き出してゆく。

その気魄に気圧されたせいもあるが、より以上に小杉は晃子の身の上へ心づかいしている。

人妻だとわかった以上、あの写真を送ってよこした主にからまる謎を解くのが小杉が今、晃子に対し得る最高の愛情だといっていいだろう。

電話で笛子から問屋名と売掛帳の返事を受取ると、小杉は大阪までの時間表を調べてみた。

土曜の夜、こちらを発てば日曜の朝は大阪に着く。問屋のあるじに会って話をゆっくり聞いたところで、その夜の夜行で月曜の朝は高知へ帰り着けるはずだ。だとすると勤めを休まず、誰にも知られずに大阪行きは決行できる。

これを公務出張にしてウィークデーにゆっくり日程をとったところで別に不思議はないが、やはり小杉はプライベートにすすめていくという方針を変えたくなかった。

この場合、道中はうまくいっても問題は大阪の問屋だ。

万一、小杉に会ってくれないかも知れないし、会ってくれても何も話してくれないかも知れない。話そうにも何にも知らないのかも知れないし、事実をまげて話されるかも知れない。

その不安は小杉の決心に暗いかげを投げたけれど、今、さしあたってはこうするより他、方法はみつからないのだ。

もしこれが徒労に終る見込みが濃いとしても、最終的に小杉はやはり大阪行きをやめはしなかったろう。何かにむかっての闘志は湧きあがっていた。

大阪市東区道修町　中川薬品株式会社、と手帳にメモしたその問屋名ももう覚えてしまっている。先方へ訪問する旨をあらかじめ通知しておくべきかそれとも突然訪ねるべきかを、小杉は出発を前にしてずい分と考えた。

できるなら、小杉は自分の身分は伏せておきたい。薬事課長が大阪まで出向いて問屋の内情を探りに来たと警戒されるおそれがある。

しかし又、身分を明かさなかったら訪問を断られる危惧はあるのだ。やはりこの際は明神薬局のつてをたよって一応、笛子に打診してもらう方が賢明のようだった。

小杉は課からでなく、わざと街なかの公衆電話をかりてその旨、笛子に電話した。

「課長さんが？　ご自分でいらっしゃるんですか？」

笛子はけげんそうにいく度も聞き返してから、

「じゃその電話のそばで待っていて下さい。今から一所懸命、大阪へ電話をかけてみますから」

世馴れない笛子が、前後の事情を話し小杉のことを紹介するのはなかなかの大仕事だろう。小杉は小娘の笛子を頼るうしろめたさを充分に感じながら、その赤電話の前で煙草(たばこ)をふかして待っている。ものの十分とたたないうち、電話のベルがなり笛子の声が受話器のむこうからハネ返ってきた。

「もしもし、すべてオーケーです。そのかわり、私も一しょに連れてって下さいね」

そういわれて、小杉は言下に、

「それは駄目です」

といい切った。

笛子に電話するのさえ気をつかっているのに、この上同行するなど誤解を上塗りするような行為はおそろしい。敵にネタを与えるようなものだ。

そのいきさつを知らない笛子は意気込んでいた声も萎(な)えて、

「そうですか」

と力なく電話を切ってしまった。

その週末、小杉はバッグのひとつも持たない軽装ではりまや橋から岸壁行きのバスに乗った。

考えてみると往復とも夜行列車は疲れる。片方だけでも寝てゆかれる船を利用すれば、月曜日の出勤もさほどこたえなくとも済む。

笛子を通じての先方への連絡は午前十時お伺いする、としてあったから、船で行ってもそれを狂わす心配はない。

夏のせいか船は空いているようだった。すぐに買えた一等船室の切符を胸ポケットに入れたまま、小杉は岸壁に着くとそのあたりをぶらぶらと歩いてみた。

ここはかつて、仙人堂の倒れた夜、行き場のない無念さを抱いてさまよったところだ。あのとき、盛り場のネオンを眺めながら、せつなく晃子のおもかげを思い出したそのことまで、小杉ははっきり思い出している。

ほんとをいえば、この出発の時間まで、小杉はいく度電話帳をめくったことだろう。ム行にある邑井一郎の活字を穴のあくほどみつめ、その番号をいく度ダイヤルしようと思ったことだろう。

しかし、そのたびに、最初江川崎からのバスで会った晃子の翳り（かげり）の深い表情がうかび、それがいっそう悲しそうに眉（まゆ）を寄せて小杉の行為を阻（はば）んでしまうのだった。

人妻だからといって小杉はべつにおそれはしない。とはっきりいってしまえば一種の虚勢とも受取られるけれども、小杉の気持の上に何の変化ももたらしはしないのだ。

逆に、身分をかくそうとするその態度から推して、彼女の結婚生活が明るく幸福にみちているものとは感じられぬことで、同情めいたいとしささえ湧いている。

ドラが鳴ってのち、小杉は船に乗りこんだ。乗船客も見送人もまばらだった。それでもマイクは土佐の唄を高らかに鳴らし、船のスクリューは濁って汚物の浮いた水をかきまぜて岸壁をはなれる。

小杉はすぐ上甲板に上ってベンチに腰をおろした。四国山脈が迫ったてのひらほどの平地に、ちまちまとかたまっている高知市がしだいに目の前から遠ざかる。

ふいに旅人のうらぶれた詩情が鋭く小杉のこころを突き刺した。晃子のこと、仕事のことが涙のにじむような感傷を誘ってくる。

小杉が浦戸湾（うらどわん）の岸に意味もなく目を投げているとき、上甲板の手すりにもたれていた白いつば広の帽子がくるりとこちらを向いて片目をつぶった。

笛子だ。

白い手袋などはめて別人のようにおしゃれしている。澄ましかえって小杉のほうに近づいてくると小さな声でささやいて、さっとベンチのわきをすりぬけていく。

「天保山（てんぽうざん）へ着いたら、私を待っててくださいね」

船の中は暑い。とてもカーテンを垂れて寝るどころではないので、小杉は長い間甲板にいた。

笛子は自分の船室へ下りていったのかもう甲板には見えなかった。何といってもたくましい行動力だ。小杉にどんなに断られても、笛子にすればどうしても行きたいところだったろう。

船は機関の音のために絶えず震動し、うねりに乗って傾いた。陸沿いの航路なのか、黒い闇(やみ)のむこうに灯が連なっている。

夜更(よふ)けて小杉は船室に入り、浴衣(ゆかた)に着かえてベッドに横になった。四人室だが同室者はいない。

頭のなかで小杉はあれこれと謎解きの方法を考えているうち、いつのまにか眠ったようだ。

目覚めたのは神戸だった。積荷をおろす一時間、船は震動をとめている。大阪へは予定通り七時四十分に着いた。

相変らず天保山の桟橋は古くて汚ない。人ごみに混って暗い建物の中をぬけ外に出ると、太陽はもうかっと照りつけている。

小杉は大阪にはあまり馴れていなかった。学校時代、休暇のいき戻り大阪で下りて遊んだ経験はあるものの、一人で案内なしに市電、市バスを利用できるほどではない。バス乗場までずっと並んだみやげもの屋や食堂から、客引きが大阪弁で呼んでいる。

「朝のお支度できてまっせ。おはいりやす。おはいりやす」

小杉はあたりを見まわした。タクシー駐車場に笛子の白い帽子がみえる。船での同行者の目を振切ったら、笛子とふたりでも小杉は一向かまわないわけだ。下船者の群をやりすごしてのち、小杉は笛子のそばへ寄っていった。

「まだ早いから梅田へ出て朝食でも喰いますか」

笛子は元気そうだった。

ふたりはタクシーで大阪駅に出て、駅のなかの名店街のはずれにある食堂に腰をおろした。一般食堂が開店していない早朝の駅の食堂は人いきれでむんむんしている。小杉も笛子ももう汗をにじませながら黙って朝飯をかきこむ。真夏の旅行というのは、よほどのデラックス日程でない限りまるで重労働だ。

小杉は笛子をつれてそこを出、阪神百貨店裏でようやっとモーニングサービスをやっている喫茶店を探しあてて落着いた。

ここなら十時の約束時間まで休んでいられる。やっと煙草に火をつける気分になった小杉の前で、ボストンバッグの中身をかきまわしていた笛子は一枚の紙をとり出して小杉に見せた。

「課長さん、お姉ちゃんの書類のなかにこんなものがありました。宛名（あてな）が課長さんの名前になっているから持ってきたんです」

それは、すこし色褪せて古びた用紙だった。受取って目をあてるなり、小杉はぎょっとした。用紙は印刷文字の誓約書だったからだ。

誓約書

私儀、薬局経営につきましては県当局の定めた協定薬価を固く守ります。万一、乱売などしました節には営業許可取消の処分を受けても異議はありません。右、誓約いたします。

誓約書の末尾に明神瑞代の署名捺印があり、宛名はなるほど薬事課長殿となっている。

ただ、日付は昭和三十四年だった。むろん小杉は関係なく前課長の時代だ。

この誓約書というのはいったい、どういう趣旨で書いたものだろう。文意からみれば県側が業者に圧力をかけているように受取れるものの、業者は薬価について県に圧力をかけられる理由はない。

県がこの種の誓約書を県職員以外からとる場合は、県営あるいはそれに類似した県関係の事業担当者に限っているからだ。つまり、大きくいえば県民の生活に迷惑を及ぼさないための配慮として誓約書をとっているということだ。

だから、乱売しないことを業者が県に誓ったりする必要はすこしもない。これが反対に、定価以上に高く売っているのを県に注意されるなら話はわかる。その場合でも営業許可権を県が取上げるほどの強い措置に出なければならぬほどの問題とは思われぬ。

誓約書をみて顔いろを変えた小杉に笛子はいった。

「課長さん、それに関係があるかどうか知りませんが薬屋さんの中にも一人、とてもあやしいひとがいます。私、このあいだからずっと霞さんのあとを尾（つ）けていました」

笛子は先晩、高見の「邑井」と表札のある家の前で目撃した事実と、霞のアパートで立ち聞きした内容を詳しく小杉に話した。

邑井という名前が出てくると小杉はどきりとした。大学の助教授がその家をうかがっていたというからには、内原野の老爺（ろうや）に聞いた晃子の家のことにちがいない。せまい高知とはいえ、笛子の口から邑井家に関する話を聞こうとは全く意外だ。それにしても、霞の部屋にいたその薬屋はいったい誰だろう。

「笛子さん。確かに霞さんは投書の代筆とか、写真を盗むとかいったのですね」

「はい。まちがいありません。課長さんの名前も出して、赴任の夜のことも教えてあげたとかいっていました」

「赴任の夜のこと？」

ああ、小杉は四月のあの日、薬局業者の会に呼ばれたその帰りのことを思い出した。磯崎という副会長が小杉をビルの入口まで送ってきて、

「私は課長と明神瑞代とのことを全部知っています」

とほのめかし、お為ごかしに、

「誰にもいいはしませんから」

と恩を売りつけたその言葉だ。その磯崎が霞のパトロンならすべて納得はいく。今、小杉を取巻いている黒いもやは二人が共謀して撒き散らしているものなのだ。

しかし、小杉は心のうちでやっぱり首をかしげていた。二人のしわざとすれば何かもう一つ、決定的な動機と理由が足りないような気もする。ふしぎだ。しかしここまでほぐれたのは笛子の力というより他ない。

「笛子さん、とても感謝しますよ。ありがとう。おかげで大分謎は解けたけれど又わからないことがいっぱいふえた感じもしますね。とにかく、大阪では中川薬品から聞

けるだけのことを聞いていきましょう。そしたら帰って一挙にかたがつきそうな気もしますから」

腕時計はもう十時十分前を指していた。

小杉が祈るような思いをこめて喫茶店内の電話をとりあげたそのむこうで、取次にかわって出た中川薬品のあるじの声は明るかった。

「ああ小杉課長はんでっか。高知の明神はんからお話お聞きしてましまして、お待ち申上げてましてんわ。さあさあお越しやす。何もおかまいでけしめへんけど」

小杉は重ねてその笛子が同伴している旨（むね）を告げると、

「これはこれは。こいさんまでおいではりましたんでっか。恐縮でんなあ」

あるじはそれから道修町への道すじをこまかく教えて電話を切った。耳ざわりのよい大阪弁をつかうからには、あるじはもうよほどの年配なのだろう。

小杉は笛子をうながして梅田からタクシーを拾い、教えられたとおり運転手にいった。

「内平野町の信号まで」

車は騒々しく埃（ほこり）っぽいうん気のたつ街角をくぐり、天神橋を渡って玩具の卸で名高い松屋町筋（まつやまちすじ）にはいる。プラタナスのかげの電話ボックスの前で車をおりると右に折れて平野橋を渡った。

もうここから日本一の薬問屋の町、道修町がはじまる。日本の製薬、製剤メーカーの代理店が見上げるほどの高いビルを並べているその谷間に、昔ながらののれんを誇る古い薬種商もある。

そのいずれも道路にまで薬のダンボール箱をはみ出し、車をつかっての積込みに大わらわだ。汗を流しながら人は働き、排気ガスは狭い道路にあふれ、薬は忙しく往来する。

〝道修町へ行けば薬が現金同様に飛び交っている〟

という言葉を思い出し、小杉も笛子も活気のあるその風景にあっけにとられながら、車のあいまを縫っていった。

中川薬品はシオノイ薬品総代理店のとなりにある三階建てのビルだった。店の前でモーターバイクに積荷をしている若い男に声をかけると、

「へえ、私が中川でございます」

といわれ、小杉は驚いた。

若い。まだ三十前だろう。眉と目がすずしく皮膚が少年のようにつやつやしている。商人らしく愛想のよい物腰で、中川は二人を二階の応接間へ案内した。

「ほんまにお疲れさんでしたなあ。さ、どうぞおくつろぎなすって」

中川はこまめに二人に茶やお絞りをすすめると、あらためて笛子にむかい瑞代の悔みを述べた。

笛子はさすがにすこし固くなっている。

中川は小杉にも丁重に挨拶(あいさつ)をして、

「ほんまいいますと、私のほうから近々、高知へお伺いしよう思うてましたところでした。課長さんにもそのとき、是非お目にかからせてもろうてと予定してたんです。それをわざわざお越し願(ねご)うてこれは願うたり叶(かの)うたりですわ」

話の様子からすれば中川は何かの事情を知っているらしい。ひょっと瑞代の恋人ではなかったか、と小杉はちらと疑ってみた。

この場合、小杉の事情を説明するよりも、中川氏が高知まで来たいと考えていたその用件について聞いたほうがよさそうだ。

「へえ。これはちょうどこいさんもお見えになってますねんから好都合でした。実は、明神さんのあと、私とこでやらせて欲しい思うてますねんけど」

笛子は聞くなり押し黙った。中川氏はすぐなだめるように、

「いや、いきなりこないなこというてこいさんずい分お気持悪うおますやろ。無理も

おまへん。実は私、死んだ瑞代はんからお聞きして高知の薬屋の事情はこれでもかなり知ってるつもりです。この道修町の問屋には大店式いうのと現金問屋と二た通りありましてなあ。大店式はきまった値段で、つまりＡＢＣのＢ価で卸すお店、現金問屋は問屋市場の時価で動くお店のことです。うちの中川薬品は、この二た通りをかねてますのや。

瑞代はんがはじめてうちのお店へ来はったのは、あれは三十四年頃やったかいなあ。道修町の薬品会社要覧を見はってぽっかりとうちへ見えられ、『薬、安う分けて欲しい』おっしゃいますねん。うちはお客さんですよって、お金持ってきはったらそら誰にも薬、売ります。但し、ある品物除いては掛売ちゅうのを絶対せえしまへん。といいますのは、うちらが安う卸せるのは安う仕入れるからですやろ。その安う仕入れるのは現金やさかい手にはいりますのや。

大阪では業者同志の市場がありましてなあ。大店式の問屋が金繰りのために安う手離したり、決算前で早う処分してしまいたかったり、又、地方から逆もどりしてきたりの品が嘘みたいな値で叩いて買えますのや。その市場に出てる品を是非欲しいと思うても今、手もとに現金がないというときには、これ又手持ちの品に安う値えつけて買うてもらい、欲しい品を手にいれる。そないして薬は始終動いてるし、現金があればどないにも安う買えるしくみになってますのんです。で私は、将来ずっとお馴染みさんになってもらいましても掛売だけはあかんことお話しました。それでも瑞代はんはかめへん、いわはります。

もともと高知市には大手の卸業者が六社ありましたなあ。その六社は大体、シオノイ系とかカケダ系とか色ついてますけど、大体はこちらの大店式の問屋から決まった値段でとっていってるようです。大店式は値引せえしません代りに全部掛売ですさかい、回転の遅い地方には向いてますやろなあ。瑞代はんも最初はこの高知の大手六社のうちから薬をとっていたようにいうてはりました」

「それを突然、どうしておたくへ換えたのでしょうか?」

その時期が瑞代の組合脱退の時期だ、小杉は直感した。

「さいですなあ」

中川氏はちょっと考えるふうに首をかしげた。

「高知に薬屋さんのボス、いますやろ。そのひとたちがようないこととしたのとちがいますか?」

「瑞代さんがハッキリそうおっしゃったのですか?」

小杉は尋ねかえした。薬屋のボスとはあの業者の理事会に出席していた連中のことを指すのだろう。

中川氏は手をふりながら、

「いいや、そうハッキリいわはったわけやおまへん。瑞代はんは気性のしっかりしたお方で、私ら大阪商人の目えから見ても、若い身空であんな土性骨(どしょうぼね)の坐(すわ)った女性はそう数あれへんと、うち同志感心してたほどでした。そんなんですさかい、もちろん泣き言も愚痴も私などにこぼさはれしめへん。ただ私の推量では、高知が県の指導やいうて業者協定で薬価を決めてしもうたのは、その裏にそのボスたちの悪企(わるだく)みがあったような気いがするのんですけど、課長はんはどない思わはります？」

「いや」

小杉はあいまいな返事をした。

「ほんまいうたら私らが直接、瑞代はんと取引するように、高知の小売はんと誰でも取引してもかめしめへんのに、高知は一軒の例外もなし高知市内の六社から卸してはる。つまり製造元から大阪の問屋、それから高知の問屋、と二つもの仲介者を渡って高知の小売はんは薬を買うてるわけです。これでは小売値を安うできへんのも無理はありまへんやろ。卸値そのものから高くついてますねやから。なあ課長はん、これはいったいどういうことです？」

中川氏の声はだんだん熱がこもってくるようだ。

「高知の小売はんは、高知の卸六社以外から買うたらあかんしくみで縛られてるのとちがいますか？　誰が縛ってるいうたら、そのボスたちやと私は思います。他の商売でもようあることですけど、問屋を立てるために小売はんへルートを作ってやる、そしたらそのボスたちへ卸はんから何等かの見返りがあるいうケースです。高知の小売はんのボスはそんな協定こさえておいて自分たちだけうまい汁吸ってるのとちがいますか？　卸はんから仕切り者へは一ダースと書いてあっても、ボスところへの配達分だけは現物一ダース半あるのとちがいますか？　そんなかたちでボスと卸六社とが手を結んでたという気が、私はしてならないのんですけど」

「だけど」

今まで黙って聞いていた笛子が口を開いた。

「私、充分お話がわからないのですけど、小売業の方たちはどうしてそんなルートで縛られなければならないんですか？　もっと勝手にやってもいいように思いますけど」

「さ、それですのや」

中川氏は小杉の顔をみながら、

「県には営業許可権もそれを取上げる権利もありますのやろ。それつかってイジめてたんちがいますやろか？」

中川氏にそういわれると、小杉はすぐ笛子に見せられたさきほどの誓約書を思い出した。

あれだ！

中川氏の推量通りだとするとボスたちが「中小企業擁護」の美名をかさに着た圧力で、県にあの誓約書制度をとらせたと受取れぬこともない。しかし、今、小杉は中川氏の前でそれを肯定できぬ立場にある。非公式の訪問だとはいえ、ここにいる小杉が現薬事課長であるのは事実だ。小杉はそれとなく打消した。

「まさかそういうことはないでしょう」

「そうですやろなあ」

中川氏も素直に同意した。

「卸ルートを守らんいうて営業取消しする県当局なんて聞いたことないですから。そやけど他に何かの方法で小売はんに圧力かけてることは考えられますなあ」

「そしたらお姉ちゃんはそのボスたちに反抗したくなったのでしょうか」

笛子の質問が子供っぽかったので、中川氏は手を組んだままちょっと笑った。

「瑞代はんはファイトのある方でしたさかい、そんなお仕着せの卸ルートを使うのがバカらしいなったのと違いますやろか。みすみす中間業者に儲けられてしまうのですさかいに。それと、ボスたちは卸さんからせしめたただ同様の品物を、自分で業者協定価格を割ってひそかに横流ししてたと思えるふしもあるのんです。これは瑞代はんも一度いうてはりました。

〝高知のボスはたちが悪うおまっせ。自分で決めた値え割って裏口で流してるのやさかいに。そやさかい、うちはもうこれ以上我慢できへん〟こないいわはりましてなあ」

笛子は大きなため息をつきながら、

「だけど、そんなにめちゃめちゃなら、みんなそのルートを守らなきゃいいのに」

「いいや。他の小売はんはそのボスの悪事を知らへん、と私は思います。瑞代はんだけが何ぞの機会にそれに感づいたのやないですか」

中川氏はそこまでいって椅子に背をもたした。

「おふたりさんの前ですけど、高知の商売人さんはいったいに尻重ですなあ。道修町の現金問屋へ来たら薬安う買えること皆知ってますのに、未だにボスに頼ってるいうのがええ証拠や思います。というのは、現金問屋相手にしたら掛売きかんよって商品をどんどん回転せんならん、金繰りのために奔走せんならん、販売ルートをどんどん拡げんならん、とてもすわってるだけの商売で成立つことやおまへん。でも瑞代はんは偉うおましたなあ。高知の小売はん皆見習うて欲しいくらいに私ら思います」

中川氏は煙草を喫わないのか、テーブルの上の茶を一口すると又、続ける。

「もうお話してもええ思いますけど、実は私、瑞代はんにプロポーズしてましたんです」

やはりそうだったのか、と小杉は思った。笛子ははじめて聞いたニュースに目を瞠っている。

中川氏はいくらかテレた顔つきで漆黒の髪を片手で撫で上げながら、

「瑞代はんはオーケーしてくれはりました。でももう少し待ってくれいわはるんです。こいさんがまだ小さいし、せめて薬大出て店任せられるようになるまで高知にいたい、それまでに商売も軌道へ乗せといたらこいさんがやりやすいやろ、いわはりましてなあ。私かてまだ若いし、瑞代はんがいわはるのもっともやし、そう思うて二人だけの約束でいるうち、とうとうこんなことになってしもうて……」

ふいに声がふるえて来て、中川氏はうつむいた。それより先、笛子はもうハンカチを目に当てている。

「私が瑞代はんの不幸聞いたのは、上六の小売はんへ薬卸しにいったときでした。その薬局の主人が高知出身やったからです。聞いたとき私はすぐ高知へ飛んでいこう思いましてん。でも親にもいうてえへん仲やし、仕事も忙しいし、こんな不実してしまいました。瑞代はんには申しわけない、と今でも思うてます」

聞いている笛子は堪えきれなくなったのか、ほとんど声を挙げ肩をふるわしている。姉が自分のために結婚を遅らせているうち不幸な目に会ったと思うと、やりきれない思いなのだろう。

暫く沈黙してのち、中川氏は又口を開いた。

「こいさん、笛子さん。私がおたくをやらせて欲しい気持、わかってもらえますやろか? 瑞代はんが懸命で闘ってはった高知の薬屋の世界で、瑞代はんの遺志を継いでやってみとうおますのや。というたかて、私はここを引受けてますさかい自分ではやれしめへん。けど幸、私には薬大出てうち手伝うてる妹があります。この子、わりと商売もむいてますよって、笛子さん助けてお店やれると私は思います。私の希望は中川薬品の高知出張所みたいなかたちでやれば、瑞代はんやってた以上に安い値えで高知のお客さんに薬提供できると思いますねんけど……どないですやろなあ」

そういわれても笛子はとっさに返事ができなかった。中川氏から聞いた話のショックが大きすぎて、今、店のことにまで考えがまわらないのだ。

「薬局経営者の名義の変更については県の指導を仰がんなりませんやろ。課長はんにもぜひこの件でお助けねがわならんと思うていました」

小杉も笛子同様、そういわれてもここで即答できかねる。もし中川氏のいうかたちをとるならば、安い値で薬が買えるという県民の利益はあるものの、売上金はそのまま大阪へ吸われていく。

中小企業者のことをまず第一に、という部長の言葉がここでは生きてくるような感じがあった。

小杉と笛子が中川薬品を辞したのはもう昼をかなりまわっていた。

夕飯を一緒にと、たってすすめる中川氏の好意を小杉は断り、笛子に「あなただけでも」とすすめたが、笛子も小杉と共に帰るといってきかなかった。

「さよですか。それは残念やなあ」

中川氏はしんから残念そうにいっていたが、いつのまに用意したのか黒い水引きのかかった香奠（こうでん）の包みを笛子の前にさし出して、

「私、ひまをみて是非一ぺん瑞代はんのお墓参りさせて貰（もら）お思うてますねんけど、この商売、夏枯れというもんがおまへん。年中仕事に追われどおしやさかい、いつお伺

いするいうてお約束もでけしまへんし……」

これでせめて花など供えて欲しいというのだった。

二人は外に出るとじりじりと照りつける陽ざかりの町を、高麗橋のほうへ歩いていった。

小杉は小杉なりに、笛子は笛子なりに考えることがいっぺんにふえた感じだ。口を利くのもものうくなっていた。

今から梅田へ馳けつけたところで、今日中に四国へ帰りつける連絡の列車はもうない。又、天保山から六時の船に乗るか、それとも夜半まで待って夜行列車に乗るかだ。ともかく昼飯を喰べようと、ふたりは高麗橋からなんば行きのバスに乗って心斎橋筋へ出た。

昼間からこの界隈はもう肩の触れあうほどの人ごみだ。目をそばだたせるようなファンキーな恰好をした若者たち、高価なレースの和服を着て気取って歩く中年婦人、銀座とは違い雑多な人種が親しげに歩いているところに大阪盛り場のよさがある。

小杉と笛子は冷房の利いたレストランの二階で向いあって席をとった。落着くと笛子は、

「課長さん、さっきの中川さんのお話どう思いますか？」

という。小杉が首をかしげると、

「私、あの中川さんてひと、とても薄情だと思うんです。いくら仕事が忙しいからって、お姉ちゃんがあんな死にかたをしたことがわかったら真先にとんでくるのがあたりまえでしょう。それを私がここへ来るまで話さないなんて……。私、あんなひとにうちのお店やってもらうことはいや。絶対いや」

笛子はこころもち唇をふるわせている。よほどそれが腹立たしいのだろう。

「うむ、中川氏は大阪人らしい考え方だろうね。笛子さんが土佐にいて考えるのとは又違った時点に立っているひとですから」

「でも、結婚しようと思うくらい好きなら何故(なぜ)さっさとしなかったのでしょう。お姉ちゃんが商売のことで苦労しているのを黙ってみていた卑怯(ひきょう)な男。嫌い。あんなひと」

笛子はとめどもなかった。

「私ひとりでも薬剤師さんやとって今のお店やれないことはありません。私、何でも売ることできるのよ。コンドームだって売ったことあるんです。しかも一つずつですよ。お姉ちゃんを不幸にしたあんなひととの世話になりたくありません」

午前八時、予定通り高知岸壁に着いた明石丸から下りた小杉は、車で桜木町の官舎に戻った。

ふた晩を暑い船中で送った躰は汗でひどく汚れている。水を浴び、下着を着かえ、さっぱりすると小杉は朝食をとりに出た。

いつも坐る喫茶店の窓際。トーストが運ばれてくるまでのあいだ、旅の疲れがまだ染みている躰を小杉はゆったりと椅子に休ませる。中川氏の話を、笛子は少女なりの感情的な受取り方をしているけれど、小杉はむしろ高知薬業界に対する彼の推量を重くみていた。

瑞代を愛していたからこそ、中川氏は過去の彼女の言葉のはしばしからそんな推測を生み出したのだろう。案外、事実なのかもしれない……そう思いながら小杉は胸ポケットの上を掌で押えた。

そこには笛子から渡された例の誓約書がある。今日、これを西谷補佐にみせて彼の説明を求めるつもりだ。

そこから何かが嗅ぎだせる、小杉は期待していた。

顔馴染になっている若いウエイトレスがそのときコーヒーとトースト、地方紙の朝刊を運んできた。小杉がトーストを頬張りながら新聞に目を通す習慣をちゃんと心得ているからだ。

「ありがとう」

小杉は礼をいって皿を引よせ、テーブルの上に新聞をひらいた。

政治面、スポーツ欄、文化関係、そして最後に社会面に目をあてたとき、小杉は思わず千切ったパンのきれを膝にとりおとした。

にわかに血走ってくる目をしばたたいて、小杉はいくどその記事を読み返したか……。

しかし書いてあることはまぎれもない事実だ。

K大学教授邑井一郎氏謎の自殺か？　昨朝、自宅書斎で

昨日朝、正午近くなっても邑井教授が起きてこないので、不審に思った晃子夫人が二階に上っていくと書斎には内側から鍵がかかっている。夫人はお手伝いのとめさんと協力して鍵をこじあけ書斎に入ってみると、邑井教授は既にベッドでことされていた。

死因は薬物中毒死。青酸カリをあおったものとみられる。

部屋の内部はキチンと片付けられており、常用しているクレープのパジャマに着かえてベッドに横たわっているところから、一応覚悟の自殺とみられないことはないが、教授は東京N大の文学部長に栄転することがきまっていた折でもあり、自殺の原因は何も考えられないと夫人は話している。

又、遺書らしいものは全然見当らないが、薬を飲んだとみられる枕もとのコップには教授以外の指紋は検出されなかった。

しかし、庭に面したこの書斎の窓はずっと開いたままであり、前夜、午前二時頃まで机に向っていた教授の姿を通行人の一人が目撃している。

所轄署では一応夫人などから事情聴取をしているが、今のところ、他殺の線は考えられない。

説明はそこで終っていた。

第十一章　謀議のあと

おそい月が仁井田(にいだ)の山際(やまぎわ)から上り、浦戸湾の水を照らしている。

黄金に染められたその波がひたひたと打ち寄せる横浜の岸辺の料亭、〝松月荘〟の座敷に、今、四人の男が向かいあっていた。

四人ともさっきから沈黙を守りつづけている。時折、大きな船が通ったあと、波が岸辺に音をたてて砕ける。それが異様に大きく座敷へひびくのも、長い沈黙のせいだ。

暫(しばら)くのち、テーブルへ肱(ひじ)をついて頭を抱えていた日守周一が口を開いた。

「どう考えてもそれは冒険のようですな。議員に頼みこんで議会で小杉課長をつるし上げにする。うまくいけばそりゃいいですがね。うまくいかなかった場合、我々は客商売ですからね。それに課長更迭(こうてつ)がもし実現したとしても、我々の推す西谷さんがなれるとは定まってないし、小杉課長以上の硬骨漢が来ないとも限らない。むやみとほじくらないほうが賢明じゃないですかな」

「これは、日守さんに似合わん弱気なことをいう」

小男の川越がちょっと気色ばんで話をとる。

「あんたは北海道の業者団体が申しあわせて薬を定価以上に売っとる事実を知ってじゃろう？　我々だって業者の結束と政治力とがあれば、この土佐という遠隔地で少なくとも定価には売るという線を出してもええはずじゃ。会長みずからがそんな発言をしてもらっては困る」

「ふむ、結束力ですかねえ」

日守は皮肉な目で磯崎を見た。

「土佐という遠隔地というけれど、遠隔地の人間ほど権力には弱いものですよ。結束して県へ圧力をかけるといいながら、その裏でいろいろな手をつかって課長に近づこうとする人間もいる。いいですか。これは県と闘って業者側が敗れたとき、自分だけお情にあずかりたいというみえすいた下心ですよ。いや、裏切りといおう。それに違いないからだ」

「いったい、それは誰です？」

小楠と呼ぶ肥満した男が鋭く日守を見返した。

すると磯崎がとぼけた顔で皆の前に手をふりながら、

「まあまあ、いいでしょう。そうみんな尖（とが）りなさんな。一休みしてよう考えよう」

磯崎は女中がしきい際に置いて立去った料理の盆を、うしろをむいて引き寄せようとした。その背へ浴せかけて日守は冷たく笑い、

「磯崎さん、課長をおびきよせて深夜ひそかに会おうとしたり、部長にまで投書したり、あんた覚えのあることでしょう。これで副会長が結束力のなんのといえますかな」

そういわれても磯崎はべつに動じたふうもない。

却（かえ）って小楠と川越のほうがいきりたって、

「日守さん、その誤解は甚だしい。磯崎さんは副会長としての責任から小杉課長のスキャンダルをあばいてくれている。そのネタがあるため、我々は議会で課長をつるしあげることもできるのだ」

「部長へ投書したりするのも、磯崎さんが我々の利益のことを考えてくれているからですよ。会長のあんたよりはずっと努力しているじゃないですか」

日守は小楠の舌鋒（ぜっぽう）を軽くかわした。

「いや、担当課長のスキャンダルをあばくなんて手はもう古い、古い。第一、そんなバカな質問を議会でやる議員なんて今は一人もいませんよ。それはやはりもう還暦に

ある磯崎さんの感覚のようですな」

日守は座の中で一番若い自分を強調するように、

「私が何も努力していないというけれど、私には前課長時代、業者全員から県が誓約書をとりつけるという画期的な方法をしとげた業績がある。議会で課長をいじめつけたり脅迫したりする方法よりも、県が握っている業者の生殺与奪権を我々が自由に操作できるような戦法でいくべきですな。課長を他の方法でろうらくするのが利巧というものでしょう」

「生ぬるい！」

川越がテーブルを叩いた。

「誓約書は一時効果をあげたかしらんが、今はほご同然だ。それにあれはあんたのせいではなく、西谷さんがいたからこそできたのだ。九月議会は目前に迫っている。我々は結束して小杉課長を放逐し、西谷課長の実現を目ざして闘かってみようじゃないか。日守さん、あんたが我々の考えに同調できないというのなら」

「できないというのならどうですか？」

日守は川越を見据えた。

「組合から脱退してもらうより他ないでしょう」

「まあまあ、落着いて話しあいましょうや」

磯崎がまた掌をふった。とぼけた顔で双方の表情を見較べながら、

「我々四人はもともと、薬価の協定を決めて卸業者の利益をはかってやっているからこそ、その見返りでお互いうるおっている仲でしょうが。仲間われしては困る」

「卸業者の利益のためじゃないですよ磯崎さん。小売業者の過当競争を防ぐためといいなおしてくださいよ」

小楠が今度は文句をいう。

磯崎を除いた三人ともかなり気が立っているようだ。

ひとり磯崎だけはずうずうしいというのか、初老の鈍さというのか、大して気にするふうもなく女中代りになって料理を並べている。

そのとき襖の外から声があって、

「西谷様がいらっしゃいました」

襖が開くと、西谷がやや疲れたふうな面持ちで入ってきた。

「どうも遅くなりました。今、麻薬関係の会合がやっと終ったところです」

「課長は一緒でしたか？」

川越が席をずらしながら聞くと、

「むろん出席していました。実はその会合の前に、課長にさんざん絞られたんです」

「なに、あんたが絞られたって？」

磯崎が問い返すと、西谷は吐息をついて、

「いやあ、全く課長というのはおそろしいひとですよ。この分では案外、過去のことや何かみんな知っているのかもしれません」

「何かいわれたですか？」

日守までが躰(からだ)を乗出す。

「例の誓約書のことです。あれは部長まで前時代のときのことですから、引継ぎの際、小杉課長には何にも話さなかったんです。そしたらどこで聞いたのか、課にある誓約書の控えをみせて欲しいと突然いい出しました。拒むわけにいきませんから全部みせましたところ、それから私への質問です。むろん、あれは東京池袋での過当競争事件の直後でしたから大義名分は立っています。県が中小企業を擁護するのは当然ですからね。ところが課長は私に、『君個人としてどう思うか』ということをしきりと問うんです。つまり私の家業が薬屋だから、その立場からどう判断するかというのです。両者は何の関係もありません〟と。そればかりでなく、明神薬局の乱売についても私の考えを聞くの

私はいいました。〝私はもともと役人で、店は家内がやっています。

です。事実を聞くのじゃなく、それについてどう思うかを聞くわけです。正直いってこわかったですよ。どの程度、お互が事実を知っているか探りあいみたいなものですからね。冷汗が出ました」

西谷は、今その冷汗を流しているかのようにハンカチで額を拭った。

「課長は我々が卸業者から見返りを貰っているのを知っているだろうか？」

ふっと小楠が不安げにそれを口にした。磯崎はこともなげに、

「なあに、みんなやりよることでしょう。どうってことはない」

というのへ、おとなしい西谷が珍らしくきっぱりといった。

「でも、ここでやっているのは常識を超えていますからね。卸業者を単に斡旋するならともかく、一県の薬価統一にまで立入っての上で貰っている見返りですから問題は大きいですよ」

「なあに」

磯崎はまだ気にしていないようすだ。

「日守さんは反対だけれど、議会で少しおどしゃ、なに課長といえども自分が可愛いからねえ。そう心配することもなかろうよ。西谷さんだってまさかのときには退職金どっさり貰うて本職の薬屋に戻れるし……」

「いや、そうもいきません。やっぱり官吏をつとめた以上、汚名は着たくないですしね」

そういう西谷を磯崎はじろりと見た。

「そうかね。そんならええ。あんたが円満退職してもとの薬屋に戻ったとき、高知の業者三百軒を敵にまわす覚悟があればのことだから」

聞くと西谷は黙ってうなだれた。

座は白けるばかりだ。

波の音が又、部屋のなかにひびいてくる。夜はもうかなり更けているらしい。

磯崎がその沈黙に区切りをつけるようにいった。

「ま、小杉課長の件は私に一切任せてもらおうかね。西谷さんにはこれまで通り我々に協力してもらうとして。とにかく薬価を立てなおすのには県の後楯がなけりゃ世間が納得せんですから」

「そりゃ当然ですよ。折角磯崎さんがここまでやって下さったのですから、あと我々はどんなにでも協力します」

小楠が肥満体を揺すっていうと川越も深くうなずいた。

日守だけは冷然と、

「私はあくまで反対ですな」

といってのける。磯崎はそれへも、

「まあいいでしょう。小杉課長が軟化するにしても西谷課長が実現するにしても、あんたも我々とおなじく利益をこうむる側だから、そのうち私に感激するようになってくるでしょう」

といかにも鷹揚(おうよう)にとぼけた顔を向ける。

「しかし磯崎さん。この話、形式だけでも理事会をひらいて組合員にはかっておかなくていいでしょうか？　一応、政治運動ですから」

川越が口をはさむと、

「いいでしょう。いいでしょう。組合員の損になることならともかく、トクになる話なら事後報告でも誰も文句はいいやしません。とにかく私に任せてください」

「全く会長はカタ無しですな」

磯崎に対するおもねりから川越は日守を冷笑した。

「いや今日の会は役員の会とはなんの関係もないプライベートな会じゃからそうもいわれん。なあ西谷さん」

いい気になった磯崎が隅で黙っている西谷を話の中へひきいれようとする。しかし西谷はやや青ざめた顔をちょっと上げただけで何の反応も示さなかった。

西谷はいま、ひどくおそろしくなってきているのだった。薬事課勤続二十余年、県下の薬業事情にも徹している西谷が、人の好い前課長とともに推しすすめてきた行政については格別恥じるところはないと思う。それ相当の理由はちゃんと通してきているからだ。

しかし今日、小杉課長の観点でそれらを検討されはじめると西谷の自信はすぐぐらつきはじめるのだ。〝やはり自分自身、やましいという意識があるからだ……〟西谷はさっきから、この四人とも、又、妻の名義で卸業者からリベートを貰うこととも早晩別れを告げねばならないことを自覚している。

磯崎は陽気に話のけじめをつけ、

「さ、そんなら一同でこれから飲みにいきましょうや。私が奢(おご)ります」

「磯崎さんお定まりのバー霞(かすみ)ですか。私はあんまり愉快じゃありませんな」

うそぶく日守を磯崎は又なだめ、引っぱりあげるようにして立上らせる。

さすがに西谷は二次会へどうしても同席しなかった。

「誰が見ているかわかりませんから」

といわれると、西谷情報を頼みにしている連中はたってとはいえない。ひとり車で西谷が帰ったあと、四人はバー霞へ繰りこんだ。

夜の街はもうぐっと涼しくなっている。

十時をまわったバー霞はかなり混んでいた。カウンターに目白押しに並んだ四人はそれぞれに飲みものを注文する。

濃化粧の霞にむかっていっぱし命令的な口をきいている磯崎の横で、日守は皮肉な微笑を浮べてひっそりとグラスを口に運ぶ。

他の三人がうかれて軽口を叩いているのへ全然同調せず、ただお義理にここへ来てやったといわぬばかりの不逞さだ。

やがて一杯のグラスを半分ばかり飲むと、日守はカウンターをおりた。

「じゃ、どうも」

片手をあげて三人に会釈し、帰ろうとする日守を、又もやとめにかかろうとする磯崎の袖を川越が押えた。

「磯崎さん、もう放っておきなさい。あのひとほど陰険なひとはない。何を考えているかちっともわからん」

小楠も川越のとなりから躰を乗出した。

「しかしあのひとはたしかに目先は利くよ。今度、自分の薬局を改装して二階へビューティスクールをひらくそうじゃないですか。奥さんにやらせるということだが……」

「ふむ、そうかね。だから彼はこの頃あまり家業に熱心でないと思ったよ」

磯崎は感心して首を振っている。妙に冷たいところがあるのに、会長に推されるというのはやはりそれなりの魅力があるのだな、とでもいいたげな顔つきだ。

その会話を、カウンターの中の霞はふと手をとめて聞いている。

三人の話が日守の噂(うわさ)から他へ移ると、霞はそっとバーテンにささやいた。

「ちょっと頼むわね」

忙しく立ち働いているふりをしながら霞はそっとぬけ出し、急ぎ足で裏階段からおりる。

日守を追いかけるためだ。

たった今、店を出たとはいえ、この迷路のような繁華街で日守をみつけるのはむずかしいが、霞は必死だった。

中央公園へ出てみまわす。堀詰へ出て眺める。新開地の路地をうろつく。もう十一時だし、そう人影はないから割合に見通しは利く。霞は帯屋町を引返しながらグリーンロードを見た。

水銀灯の光りを斜めにうけて、茶の開衿シャツの男が追手筋に曲ろうとしている。そのがっしりした肩つきは紛れもなく日守だ。

霞は走った。一所懸命走った。やっと追いついたところは時計台のある高校の塀際だった。

息をはずませ、

「日守さん！」

振返った日守は、

「なんだ、お前か」

「お前なんて、ひどいわ。私必死で追かけてきたのよ」

いいながら霞の目にはもう涙が光っている。

「家へ電話かけちゃいけないっていうから我慢してたんですけどね。あんまりひどいじゃないの。もうひと月以上も来てくれないなんて。私の気持わからないあんたじゃないでしょ」

堰を切ったようにはじまる霞のうらみごとをもてあまして、日守は苦笑しながらあたりをみまわしていたが、追手筋にまだ灯のある喫茶店をみつけ、

「あそこへ行こう。店のなかであんまりわめいたりするなよ」

いいながら先に立ってその店のドアをあけた。

奥まったボックスで向かいあうと、霞はテーブルの上で臆面もなく日守の手を捉えた。

「ねえ、いったいどうしたのよ。又、いいひとができたんでしょ？」

手の甲をつねろうとする霞をかわして日守は素早く手をひっこめた。

「それどころじゃないよ。忙しくてね」

「今聞いたわ。ビューティスクールをやるんですってね。いいこと！　奥さんと仲が好くて」

「バカいうな。あれにも何かさせておかないとうるさいからな。お前とのこともうすうす感づいているらしいよ。お前こそ、磯崎のおやじと中々うまくやってるじゃないか。今日のおやじの亭主ぶりはどうだ。似合ってたよ」

「まあ、ひどい」

霞は腰をあげてくるりとまわり、日守のシートに並んで腰をおろす。ぴったりと日守にくっついてその手をとりながら、

「お金を貯めて宝石を買うしかたのしみがなかった私が、ほんきで惚れたのはあんただけよ。ねえ、わかってくれてるでしょ。磯崎なんてあんなとしよりは大嫌い。我慢

してつきあっているのもあんたのためを思えばこそじゃないの」

「俺のことは何にもしゃべったりしないだろうな」

「大丈夫よ。あんたは昼間しかこないし、磯崎は夜だけど週二回だもの。絶対感づかれる心配はないわ。だから、ねえ、もっと来てよ。ねえ」

又しなだれかかる霞をおしもどして、

「そのうち行くことにするよ。例のアルバイトのほうの精算もあるからね」

「あんなもの！」

霞は吐き出すようにいった。

「私、もうお金を貯めることなんか、この頃だんだん興味がなくなっていくようよ。これだって」

霞は左手にはめていた指環(ゆびわ)をひきぬいてテーブルの上に置いた。

暗い照明に映えて、その石は猫の眼のように無気味に光っている。

「宝石屋へ叩(たた)き売ろうかと思うのよ。何だか気味がわるくてしようがないの。瑞代の怨(うら)みがこもっているようで……」

霞のそんなようすをみていた日守はふいに声を落してささやいた。

「お前、まさかあの邑井教授を殺したんじゃあるまいね？」

いわれて霞はハッと目を伏せ、

「私、ほんといえば晃子を殺そうと思ったことはあったわ。でも、人を殺すってのは自分も死ぬ覚悟がなければできることじゃないわね。私、今はあんたと一緒に暮したい望みでいっぱいよ。死にたくないわ」

「ふん、お前じゃないのか」

日守は首をかしげた。

「私でなかったらあんた、心当りあるの？」

「いや、べつに」

「でもあれはやっぱり自殺でしょ。自分で毒のんでるし、鍵（かぎ）も内側からかかっていたし……」

「お前、いつか邑井の門の前をうろついていた男をみたといったな」

「ええ、坂田よ。大学助教授の」

「あいつがかりに犯人だと考えられないか。あの夜、庭に面した窓があいていたろう？　坂田が何かの方法で二階へよじ上り、邑井に薬をのませる。そして又、窓から脱出するんだ」

霞は笑い出した。

「そんなこと！　下手が書いた推理小説じゃあるまいし……第一、大学の教授ともあろうものが人にすすめられて突然、青酸カリ飲むなんてことがありますか。それに、坂田が夜、うろついてるのは晃子に会いたいからよ。邑井を殺すためじゃないのよ」

「それはお前の嫉妬による当て推量というものさ」

日守は指先で霞の頬をつっついた。

「あんた、邑井のことどうしてそんなに気にするの。たかが大学の先生ひとり死んだって生きたって私たちに何の関係もないのに」

霞はせつなそうにため息を吐いた。

「私、どうしてあんたにこんなに惚れてしまったのかしら」

「そんなふうになってしまうとお前には魅力ないね」

日守は自信満々で煙草をふかしている。

「あら、じゃあがめつい私のほうがいいの？」

「そうさ。もともと利用価値でくっついた俺たちだ。女としてのお前は、薬でやっと老化を防いでいるような状態だからな」

「まあひどいいい方！」

霞はちょっとすねた。

「磯崎は私に小杉課長を誘惑しろとすすめるのよ。私に女としての魅力があるからじゃなくて？」

「そんなこといってるのか」

日守は唇を歪（ゆが）めて冷笑した。

「とうとうあのおやじももうろくしたな。小杉課長は今までの課長のように甘くないんだよ。お前みたいな女に簡単によろめくと思っていたら大きなアテ違いだ。大体、やることが明治調でやくざなみだ。が、まあいいさ。薬の値をつりあげるのには俺も絶対賛成だからな。刺激したりほめあげたりしながらやりたいようにやらせておくことだ。お前はお前でアルバイトのほうへ精出さなきゃ駄目だよ。おろそかにすると縁切れだ」

笛子は自分のメモへ売掛帳の氏名を一所懸命写しとっている。一覧表を作るためだ。小杉にいわれ、注意して売掛帳をよく見ると、なるほど同品目についての売値がまちまちになっている。

たとえばビタミンB_1剤三〇〇錠入りについては、千百円とも八百円とも七百五十円とも書いてあるのだ。念のため事務の橋本さんに電話して聞いてみると、

「支払いが遅くなるひとほど値段を高くつけてあるのとちがうでしょうか。売掛帳はいつも瑞代さんがつけてらっしゃいましたから私は何も存じませんが」

という返事だった。

しかし見較べてみると納金の期日が同じでも値段がちがっているのがある。そこで一覧表を作ってみようと思いたったわけだ。

まず、綜合ビタミン剤について分類してみる。これにはふしぎと売値の差が少なく、某証券会社へ五ダース納めてある分だけが値引されている。大量納品だし、納入日が最近だからまもなく納金してもらえる見通しでのサービスだろう。

品目別カードをつくり、つぎつぎリストを作っていくと、売値の差が一番ひどいのがビタミンC剤であることがわかった。それについでビタミンB_1剤だ。

C剤もB_1剤も最低値で売っている氏名を拾うと、どれも名の下にカッコがついている。大塚恵子の下に（ひまわり）とか（エスカルゴ）とかいうたぐいだ。

それがバーや小料理屋の屋号であることがわかるまで笛子は小一時間もかかった。電話帳を一々めくって調べたからだ。

結局、明神薬局が一番多く、しかも考えられないほどの安値で掛売していた相手は夜の蝶族であったわけだ。笛子は念のためもう一度帳簿をあらためたが、（霞）関係者は当然のことながらひとりもいなかった。

　笛子はそのリストのなかに、姉瑞代のある強い意志がひそんでいるような気がした。姉が乱売していると噂されたのも、この夜の蝶族から出たものではなかろうか。掛売の最高額はサロン〝ロリータ〟の京極圭子だ。過去一年近く、一円の入金もないのに、瑞代の死の直前、又もC剤の大缶を納品している。

　笛子はこのひとに会ってみようと考えた。訪問の名目なら充分ある。たかだか薬の、しかも栄養剤ぐらいで何万にも及ぶ借金なら、取立てにいかないほうがふしぎなくらいだ。

　昼過ぎ、笛子はリストをバッグに入れて家を出た。ロリータは柳町にある。

　笛子がそこに着いたとき、夜のサロンはまだ目覚めてはいなかった。ドアだけはあいたが、照明のない内部は真暗だ。

　うろうろしていると裏口から高足駄をはいて水を流していた初老の女が、

「何の用事ぞね」

　と無愛想にいいながら出てきた。爪楊子(つまようじ)をくわえている。

「あの、京極圭子さんいらっしゃいませんでしょうか」

　笛子の問いに、

「ああ、あの子はやめましたよ。どこへいったかしらんがねえ」

と女は楊子を鳴らせた。

「あんた、借金取りじゃないかね？　え？　そうじゃろ？　私も長年水商売するけんど、あんな不義理な子はしらんよ。店へ何もいわず夜逃げ同様、居らんようなってしもうたから。そのあとで借金の取り立てが来るわ来るわ。一番損したのは呉服屋さんじゃないかねえ。派手に着物を作りよったから。けんど私がいうことよ。流れもののあの子を信用して貸すほうも貸すほうよね。薬の貸しぐらいはこらえなさい。居所がわかったら教えてはあげるがね」

水虫でカブれている女の足を見ながら話を聞いていた笛子は、ふっとおかしくなって、く、くと笑った。笛子を借金の取立てとキメてかかっている女の早合点もおかしいが、あざやかに逃亡した京極圭子もおもしろい。

それにしても商売熱心な瑞代が、水商売相手のあてにならなさはよく知っているはずなのに、何故(なぜ)こんなに無計画なほど貸売りしたのだろう。笛子はロリータを出ると歩きながらリストを繰った。

金額の高いのはこんなケースにあうおそれがある。中くらいの貸金額のなかから名前を拾うと、スタンドバー〝お吟〟に里村花枝というのがあった。〝お吟〟なら同じ柳町ですぐ近い。

腰高障子に縄のれんの風情(ふぜい)が、昼の光線にしらけているその前で声をかけると、二階のガラス戸が開いてナイトキャップをかぶった三十がらみの女が顔を出した。

「里村花枝さんていませんか」

笛子が掌でメガホンをつくって呼びかけると、

「私よ。今、下りていくからね」

やがて腰高障子が内側からあき、ムームーを着た花枝が客のいないカウンターの止り木を笛子にすすめた。

「何の用？　誰かのおつかい？」

ムームーの裾(すそ)をすねまでまくり上げた花枝は、自分も止り木にかけて笛子を眺めまわす。

「私、明神薬局から来たんです」

「ああそう。瑞代さんっていったっけ。あの人死んだわね。かわいそうに。で、あんた借金の取立て？」

「ええ、まあ」

笛子がろくに説明するひまもなく、花枝はぴしゃりといった。

「無いよ」

つづいて花枝はまくしたてた。

「そんな約束じゃなかったわよ。明神薬局はもともとこの世界へわりこんで来た薬局だからね。あるとき払いの催促なし、それでよけりゃというんで金繰りの悪い連中が買いはじめたのさ。だからあの瑞代さんはこれまで一度も催促したことはないのよ。それにあんた、ご当人が死ねば借金は一切パアというのが常識じゃないの？　今ごろ取立てにくるなんて、聞えませぬ、よ。それに金があれば途方もなく安く買えるルートがあるからねえ」

「それはどこでしょう？」

笛子は耳を立てた。

「そりゃいえないわよ。仁義だもの。私たちはね。夜ふかしや酒や煙草なんぞで普通の女のひとよりも早く老けちまうの。だから、ビタミン剤はどうしても欠かせないのよ。化粧品とおんなじくらい大切なの。だから金廻りのいいときにはそこへいってたくさん買いこみ、金のないとき薬のきれたときに明神薬局で買うわけ。でもこの頃は明神のほうもこっちと変わらないくらい安く売ってたから、ほとんどがつけのきく明神でとるようになったわね。わかった？　ただ私は全部お勘定パアにしてとはいわないよ。あるとき払いよ。そのうち、ね」

「そのお店、どうしてそんなに安く売れるのでしょうね？　メーカー品じゃないでしょう？　それとも不良品かしら？」

「どういたしまして。ちゃんと岡野茉莉子さんがニッコリほほえんでるシオノイ製品よ。だけど私は仕入れのからくりなんてしらないよ」

花枝はムームーの裾をおろして止り木からおりた。

「じゃ里村さん。バー霞で働いている女の人ご存知でしたら私に紹介して下さいませんか？」

「あんた、あそこへ薬売りにいくつもりじゃないだろうね」

ナイトキャップの上から髪をごしごし掻きながら花枝がふりかえった。霞のマダムはこの世界では恐れられている姐御的存在なのだろうか。

「紹介すれば私の借金棒引きにしてくれるの？」

冗談めかしていう花枝の言葉に笛子は乗った。

「はい。帳消しにします」

「嘘、嘘よ。でもほんとは私もよく知らないんだ。あそこぐらい女の子がよく替る店も少ないからねえ。ちょっと待って。聞いてあげる」

花枝は太い足をみせて又二階へ上っていった。口ではまくしたてるが案外心根はやさしいらしい。

「ちょっと薬屋さん。わかったわよ」

再び下りてきて、

「あそこは腕のいいバーテンと女の子二人でねえ。そのうち一人はこのすぐ裏のアパートにいるんだって。まだ若い子よ。名前はみきちゃんというんだって」

「ありがとうございました」

頭を下げて出ようとする笛子に花枝の声がもう一度、

「あんた、くれぐれもあそこへ行って薬売っちゃいけないよ」

とどなった。

〝案外親切なんだなあ〟

笛子は何かうれしくなって道を急いだ。早くいかないと夕方の開店までに出勤してしまう。

みきちゃんというその子も、きっと花枝のように親切なのだ、そんな自信がふっと笛子の胸に湧いてくる。

果して、その追手筋の路地にあるちっちゃなアパートの一室で、笛子は思いがけない発見をしたのだった。

お互いいくらか変っているものの、そうと気付くまで一分もかからなかった。みきちゃんこと大坪ミキ子は、笛子の小学校の同窓生だったのだ。

小学校のクラスメートというのは他愛ないものだ。旧師や旧友の噂、それからそれへと話が弾んでのち、やっと笛子は目的を思い出したほどだ。

「ミキちゃん、あんたが霞にいると知ったらもっと早く助けてもらえばよかった。私、一人で今まで奮闘してきたのよ」

「あら私、霞へ来てやっとまだひと月よ。なにもわからないの」

「なあんだ。そう?」

笛子はがっかりした。

聞くと、両親のいないミキ子は、中学を出てから喫茶店のウエイトレスを転々としていたが、このひと月前から決心して収入のいいバーへかわったという。

なるほど部屋の中には道具らしいものもなく、食べるのがやっと、というくらしをものがたっているようだ。

それでも化粧ひとつしたことのない笛子に較べれば、身だしなみはいい。客商売だけにどこか世馴れた落着きもある。

笛子はミキ子が酷く頼りになれそうな気がして、これまでのいきさつを詳しく話してみた。

ミキ子は感心したり涙ぐんだりして聞いていたが、

「そうお。じゃ私、大へんなお店に雇われたってわけね」

と吐息した。

「ねえミキちゃん。私、今、霞のマダムについていっぱい知りたいの。彼女がどこで薬を買っているかということや、指環をお姉ちゃんからどうして取上げたかということや、大学の先生の奥さんをなぜ殺したいほど憎んでいるかということや、電光ニュースのことで私に嘘をついてまでなぜお姉ちゃんを自殺と思わせたかったかということや……」

「ちょっと待って」

ミキ子は手をあげた。

「私にできることといってよ。いっぱいいわれてもどこから手をつけていいかわからないから」

「じゃ、協力してくれる？」

笛子が目を輝かせると、

「もちろんよ」

ミキ子は男っぽく笛子の肩を叩いた。

「それじゃ、ね。まず彼女の薬の仕入れ先ね。たぶん、磯崎というおじいちゃんの薬局からだと思うけど、いくらで買ってるかということと、この界隈の夜のおつとめのひとたちに彼女が磯崎を紹介してやってるんじゃないかとも考えられるのよ。それ調べて欲しいわ。もう一つは指環のこと。曽根のおじさんの写真ではたった今、外したような感じでしょう？　そしたらバー霞で無くしたか、取られたか、しかない筈じゃない？」

「わかった。私が、その晩、お店に居合わしたバーテンか女のひとかに聞けばいいわけね」

「そうよ。お薬もみんなそこで買ってるんだけど素人の私にはいわないのよ。同じ商売のあなたにならきっと誰でも教えてくれるわ」

第十二章　雪輪(ゆきわ)の滝

夏も終ろうとしていた。

九月に入れば議会の常任委員会が開かれはじめる。開会は九月も末になってからだが、各種委員会はその前哨戦だから、庁内の空気も緊張しがちだ。

小杉はあせっていた。大阪での中川氏の情報はほぼ確かだとはわかるものの、小杉が欲しいのは、県が薬価問題に介入すべきでないという理論的根拠なのだ。それには薬価統一がムリだという事実の裏付けが要る。

部長も今は八分通り業者のいい分を通すのに賛成であるかのように見える。開会までに小杉の結論が出なければ、いや、結論というよりも、〃県は県内薬価統一について全面的に協力する〃という小杉の態度が決められなければ、あるいは議会で最悪の事態がおこるかもしれない。部長のいったのは、必ずしもおどしではないのだ。

仕事のいら立ちの上に、小杉はいっそう晃子の身辺が気にかかっていた。

夫の死とは晃子にとって大へんな衝撃だったろう。ひょっと、あの鏡川でのスナップが晃子のもとへも送られていて、それが夫の死の一因ともなったのではないか、なども考えられてくる。

しかし、小杉は課へ出ると晃子のことは一切考えないことにしていた。考えはじめたら果てもなく気分が沈みこんでいくからだ。

ある暑い陽ざかりの午後、課の椅子で書類に目をとおしていた小杉に宇和島から急報の電話があった。

「もしもし、啓かな？　あたしですよ」

母の声が受話器の向うで遠く聞える。なつかしかった。

「便りもないけど元気でやっとるかな？　そうかな。あのなあ。お前、夏のお休みもらえんのかなあ？　一週間くらいでも」

「休みですか？」

七月末から官庁は夏期鍛錬と称して交替で休みをとっている。当然、小杉も休めるわけだが、これまで休みも公務でほとんど出勤しているし、第一、議会を前にしてのんびりする気にもなれないのだ。

「ちょっと忙しい仕事をかかえているもので、休みはとれそうにないですよ。まあ正月までダメですね」

小杉が返事すると、受話器の向うの声はふいにつまって、

「あのなあ、お父さんが悪いのでなあ」

「え？」

「お前にはなるたけ話さずにおろうと思いよったけんどなあ。とうとう手術することになってしもうて……」

母は泣いているらしい。

「病名は何ですか？　よほど悪いのですか？」

「お前が高知へいってからじきやった。吐き気がするといいなさってなあ。それからずっとお医者通いしとったんやけど、ちっともようならんもんやけん、がんセンターでみてもろうたら……」

「癌だったですか？」

「ええ……それも手おくれのようにお医者はいうてなあ。ほんで、お前が帰れる日に手術したいと私は思うけんど……。お父さんはご自分の病気のことなにも知っとられん。啓も忙しいやろうけん呼ぶなと言いさるばっかり……」

ともかくあとから返事するといって宇和島からの電話を切った小杉の胸は、締めつ

けられるように苦しい。どうすればいいのだ？

母のおろおろした声では、おそらく父の余命はあといくばくもあるまい。仕事と私事との区別についてやかましい父のしつけに馴らされている母が、勤務先へ電話してくるのはよくよくのことだろう。

帰ってやりたい。帰って手術に立合ってやりたい。しかし今、自分のまわりに立ち塞がっている壁がじりじりと圧迫してくるようなこの状態のなかにいて、一週間の休暇が、いや二、三日でもの休暇がとれるかどうか？

電話のあとで小杉が手洗いに立ったとき、総務の係長に会った。

「課長。失礼ですが宇和島からの電話はお父さんのご病気ではなかったですか？」

電話のそばに席のある係長は聞くともなしに耳に入ったのだろう。

「ああ、親父が手術しなきゃならないんですよ。おふくろがおろおろして電話して来たんだが」

ハンカチで手を拭きながら、小杉にしては珍らしく私事の打明け話をした。

「ほう。それはそれは。課長帰ってあげたらいかがでしょう？　仕事のほうは何とかなりますよ」

恰幅のいい中年の係長はやさしい目をして小杉にすすめる。

「ありがとう。僕もそうしたいんだが……」

小杉が口ごもると、

「ぜひ、帰ってあげて下さい。議会にはまだひと月近くもありますから大丈夫ですよ」

係長はいっそう強く親切にすすめる。小杉は重ねて礼をいうと、係長をおいて先に手洗いを出た。

こんなとき、小杉の態度を土佐人なら〝冷たい〟と感じるだろう。困ったとき、やさしい言葉をかけてくれた相手さえ用心してさりげなくかわす、というほどの理性は、県民性に欠けた部分でもあるからだ。

小杉はしかし、それがよくわかっている。係長の親切な言葉に感激し、手をとりあって「じゃ、あとをよろしくたのむよ」といえば万事どんなにうまくゆくか……。それができないところに県外人の疎外感がある。

そのくせ小杉は、

「人間って弱いものだな」

と呟やかずにはいられない。

老父の病気で気落ちしているところへさしのべられた手なら、やっぱりすがりついてゆきたいのだ。

「孤独というのは一種の見栄なのかも知れない」

小杉はそんなことを考えながら退庁後、重い足どりで官舎へ戻っていった。

家に帰りつくなり寝椅子に倒れこもうと玄関に立った小杉に、郵便受けの内容が又、新らしい驚きを用意して待っていた。

今度は投書でも写真でもなく、土佐紙の白封筒に達筆に書かれた文字が、晃子、とある。

瞬間、言葉ではいいあらわせぬ感動めいた思いが咽喉もとへふくれあがってくる。

小杉は封書を掌の上に載せ、心の静まるのを待って鋏で封を切った。

無罫の白いレターペーパーに、ペン字でたった数行が書かれていた。

この度の主人の急死につきましてぜひともご相談申上げたいことがございます。
お疲れのところ恐れ入りますが、今夜八時、五台山登り口の旅館、「きしむら」にご足労下さいませ。
お待ち申上げております。

晃子

小杉は封筒を取上げてみた。速達でけさの投函だ。よほど急いだ用件なのだろう。以前のように、課へ電話をせず速達をつかったのは、他をはばかる意味もあるのだろう。

食事をし、風呂に行き、八時になるまでの時間を消しながら、小杉はひどく心の昂ぶりを覚えている。複雑な問題が絡まりあって、何から話していいかわからぬほど用件が積み重なっているのに、その底にあるはきわめて単純な、会える喜こび、なのだ。

小杉は七時半になると新らしいワイシャツをおろし、その胸ポケットに例の写真を納めて家を出た。

追手門を出るとすぐ車を拾う。

「五台山登り口のきしむらまで」

というと運転手はバックミラーをすかして、

「旦那、きしむらのご親戚ですか？」

と問う。

「いいや、何故だね？」

「いえね。あそこは呉服屋のきしむらがご隠居さんの寮に建てたのを、孫の当主さんが旅館にしたんでさ。それだけに客の選り好みがむつかしくてね。あっしどもがいきなり客を着けて泊めてくれたためしがないからこりているんでさ」

「ふうん。そんな旅館なのかね」

晃子は前からこういうところを知っていただろうか。人との交際も少なく、滅多と外出もしない晃子にしては気が利きすぎているような気もする。

車は貨物船のもやっている農人町、若松町を走りぬけて長い青柳橋にかかる。昏れてしまった浦戸湾の水に岸の灯が散って水燈籠のように美しい。まもなく、素人家のつくりに軒燈だけ〝きしむら〟とあかっている岸辺の家の前で車は止まった。玉砂利を踏んで格子戸の前の呼鈴を押す。内側からはきちんと浴衣を着た初老の女があらわれ、小杉の名を聞くと、

「万事お伺い致しております」

と先に立って磨かれた廊下を案内する。外見は小さいのに内部は案外とひろく、いく曲りもした廊下のつき当りの部屋は金をかけた数寄屋作りだ。上質の簀を敷きつめた八帖の座敷の真中には黒檀の卓をはさんで二つの麻座蒲団がおかれてある。

「邑井さんはまだいらしてないのですか?」

「はい、少々遅れるとのことでございます」

小杉は織部床を背にして籐の座椅子に腰をおろした。何とはなし胸のせつなくなってくるような夜だ。黒い湾の水が手の届くほどの近さで揺れている。

晃子はなかなか来なかった。

小杉を案内した女がお絞りと麦茶を運んで去ったあと、家中、しんと静まりかえっている。風に乗って時折、バスの警笛などが聞えてくるのが却って人里離れたところに置かれた感じだ。

九時半になったとき、小杉はたまりかねて床脇の受話器を取上げた。

「あまり遅いようでしたら、邑井さんのお宅へ電話してみて下さいませんか」

小杉が頼むと、さきほどの女の声で「かしこまりました」と神妙な返事だった。

指を繰ってみると、邑井教授の訃からもうまもなく二週間の日が経つ。とりこみもそろそろ落着くころだが、急死だったせいで突然どんな用件が起きて晃子を縛っているかも知れない。

そう考えると小杉は落着いてきた。死んだ邑井教授には申しわけないが、妻を拘束する夫が地上から姿を消した以上、晃子には自由がある。小杉が手をのばせばとどくほどの自由ができたわけだ。

小杉はゆっくりと煙草をふかした。その煙草を三本ほど灰皿へ消したころ、遠くのほうにスリッパの音が起り、それが次第に近づいてくる。足音が重なっているのを聞くとどうやら晃子が来たらしい。

小杉はいずまいをなおした。

スリッパの音は部屋の前で止まり、襖の外から、

「お連れさまがおみえになりました」

と女の声があり、襖が開くと同時に華やかなグリーンのドレスがするりと部屋のなかにすべりこんで来た。

その顔をみるなり、小杉はあっと声を挙げた。

〝お連れさま〟は邑井晃子のたおやかな和服姿とは似ても似つかぬ、小肥りのバーのマダム、霞、だったからだ。霞はすこし酔ってもいるらしい。三角に抉った胸の厚みからほのかなアルコールの匂いが立ちのぼっている。

小杉は上衣をひきよせて身構えた。

「いったい、どうしたというのですか」

「おや」

霞はテーブルに肘をのせて毒づいた。

「あたしじゃいけないっていうの？　ご挨拶ねえ。せっかく楽しんで晃子女史をお待ちのところすみませんがねえ。彼女は来ませんよ。朝まで待ったって来やしませんよ。私で我慢してくださいな」

霞はしどけなく横坐りする。

はかられた！　苦い悔いが小杉の胸いっぱいに拡がる。運転手にこのきしむらの噂を聞いたとき、引返せばよかったのだ。

笛子の情報で、既にこの霞が投書したり写真を送ってよこしたりの片棒かついだのは知っていたはずだ。晃子、と書いた手紙を見たとき、何故、それを一応疑わなかったのか……。

小杉は怒りがかなしみに沈んでいくのを覚えながら、静かな声で霞にいった。

「いや、全く僕のうかつでした。あなたはここで僕と会ったということで磯崎さんへの任務が果せたでしょうから、僕をこのまま、すぐ失礼させて下さい」

小杉の言葉を聞くと、霞はテーブルの上に突っ伏して泣きはじめた。

帰ろうとして立上った小杉は襖をあけもならず、黙ってそれをみおろしている。相手を帰さないための芝居だとわかっていても、こう泣き声を挙げられては逃げられないのだ。

霞はしかし、なかなか泣きやめなかった。肩をふるわせ、しきりと泣きじゃくる。

暫くして霞は顔をあげ、ハンカチで泣き顔を拭きながら、

「ごめんなさい。今夜は素面で来られなかったの。一杯ひっかけたら何だかかなしくなってしまって……。課長さん、私が磯崎の命令であなたを誘ったということ、どうしてわかりましたの？」

「あなたこそ、何故、僕に脅迫めいた手紙を寄越したり、写真を送ったりするのですか？」

小杉はまだ立ったままだ。

霞はその小杉の警戒をほぐそうとするかのように、

「私、ほんとうのことといいますと、今夜、晃子さんの名を使って課長さんにおいで頂いたのは、磯崎とは何の関係もありません。全く私ひとりの考えでしたことです。信じて下さい」

泣いて目のまわりの白粉がはげてしまった霞の顔には、奇妙な真実があるようだ。

しかし、小杉はまだ気をゆるめなかった。

「あなたは、僕と明神瑞代との悪いゴシップを作り出して部長に投書したように、今夜、あなたと僕がここにいたという実績を作りたいのでしょう？」

「いいえ」

霞は首を振って叫んだ。

「私は近く、磯崎とは手を切るつもりにしています。今までだって、彼の命令通り動いたわけでは決してありません」

信じていいだろう！　小杉はそう示唆(しさ)する自分の心を信じることにして、テーブルの前に腰を据えた。

「僕はあなたにいろいろとお聞きしたいことがあるようです。まず……」

「待ってください」

霞はさえぎった。

「いろいろなこと、私にお聞きにならないで。私が今からお話すること聞いて下されば全部、わかりますから」

霞は駄々っ子のように躰(からだ)を振っていうと、ちょっと坐りなおして小杉の顔をみつめた。

「課長さん、あなたは明神瑞代を殺した犯人が日守周一だと思ってひそかに調査をすすめていらっしゃるのでしょう？」

「いや」

小杉は思いがけない名前が出て来たのでかえってどぎまぎした。それを、図星を指されてのうろたえととったのか、霞はいきなりたたみかけてきた。

「ねえ、ほんとのこといって下さい。そう考えて警察と連絡とって日守を調べているのとちがいますか」

「べつに。そういうことはありません」

「日守は犯人じゃありません。日守は明神瑞代を愛していたからです」

「日守会長の愛人？」

小杉は驚いて問いかえした。ついこのあいだ、大阪の道修町で瑞代の婚約者だったという中川氏に会ったばかりではないか。

霞はうなずき返して、

「私は日守のことなら何でも知っているつもりです。彼に、しんから惚れているんです。自分でもどうしようもないと思うけど……」

霞はやるせなさそうにためいきをついた。やっぱりこの告白は信じていいだろう、小杉はひそかに思った。鉄火な口調で客あしらいしているバーの霞からは、こんなしおらしいさまは薬にしたくとも見られない。大姐御がいい年をして初心にしおれているのだ。

「自分の惚れてる男のことを悪くはいいたくないけど、日守ほど女に手の早い男もそういないんです。私とこうなったのはあのひとの妙に暗い、秘密めかしたところに私がイカれてしまったんだけれど、瑞代さんは日守のほうから誘惑したんです。薬屋なんてのは、まあ野郎の商売としたものでしょう。そのなかで薬大出たばかりの瑞代さんなら目立つのはあたりまえですわね。瑞代さんも瑞代さんで、後見人はおらず、たったひとりではじめて商売やるんだから心細いところへ、日守がつけこんだんです。私が二人の関係に気がついたのは、猫眼石（キャッツ・アイ）の指環（ゆびわ）からでした。

私は今まで、稼いだ金で宝石を集めるのが道楽で、家も建てず贅沢（ぜいたく）もせずひたすら蒐集（しゅうしゅう）してたんですけど、その私の猫眼石を日守が買ってやるというんです。ケチな日守にしてはおかしいと思ったんですけれど、元値よりもいい値だったもので手離したら、それを餌（えさ）に瑞代さんを釣ったわけでした。私は半狂乱になり、日守をなじりましたが、なじると私のところへ足が遠のくんです。私は惚れた弱みがあるし、本妻でもなし、二号だとして生活みてもらってるわけでもないしするから、日守のするのを黙ってみているより他、しようがない立場です。口惜しいと思いました。二人を別れさせたいと思いました。でも、まもなく瑞代さんのほうから日守を嫌いはじめたようでした。だんだん一人立ちができるようになると、瑞代さんは若いし、薬局経営にも自分の意見をもつようになって日守と別れたんだと思います。日守のほうはまだやはり瑞代さんに未練をもっていたようです。瑞代さんが乱売しているのをいつもハラハラしてみていましたから……」

霞はテーブルの上で丸めていたハンカチを膝に戻した。

「ねえ課長さん。日守は瑞代さんを愛していましたのよ。だから自分の手で殺すわけなんて絶対にないでしょう？　日守はそれに、女にこそくせがわるいけれど、根はいいひとなんです。悪いことはなにひとつできません。していません」

霞のその弁解は日守に対する疑惑を、小杉に感じさせたようだ。

「ねえ、課長さん、これで日守に対する疑いは晴れたでしょう？　あのひとは全くの白なんです」

霞は、小杉が日守を瑞代殺しの犯人と決めているとカン違いしている。そのカン違いの源は案外、笛子の活動かもしれないし、又、惚れたあまりに男をかばいたくなる女の気持かもしれない。いずれにしろ、霞が自分から瑞代のことをしゃべってしまったのは小杉にとって思わぬ収穫だ。

小杉は霞のその錯覚に乗じることにした。

「さあ、日守さんには数々の旧悪もありますからね。いったいあの晩の日守さんのアリバイはどうなんですか?」

「それは……」

霞はいじらしいほどつきつめた目で、

「誰にもいわないで下さいね。日守は私のアパートへ昼間だけしかこない習慣なんですけど、それも次第に遠のくような気がして、私、あの晩はとくにねだって外のホテルで泊ったんです。だから日守は私の行くのをそのホテルで待っていました。証明なら係の女中などにして貰(もら)えますすけど、課長さんは信じて下さいますわね」

「ふむ」

小杉は一歩ふみこんだ。

「じゃ、問いますがね。瑞代さんが日守さんから離れた時期、それが瑞代さんの組合脱退の時期だったと思うんですが、それはただ単に日守さんを嫌いになったというだけだったのですか。それとも」

「そういうことは存じません」

霞はピシャリと断った。

「私が今日お話する以外は何にもお聞きにならないでとはじめに申上げたでしょ。それに私はバーのマダムで、日守の仕事のことなんか、全然知りませんから」

うってかわった霞の態度だ。霞は今日の席を〝日守の嫌疑を晴らすため〟だけ、とハッキリ割切っているらしい。甚だ勝手ないい分だが、手強い霞を相手に薬屋の情報をひき出すことはとてもできそうにない。

小杉はあっさりあきらめて、引上げることにした。

「ねえ、日守のこと、お願いしますね」

しつこくおいすがってくる霞に、

「よくわかりました。これ以上は僕の考えに任せて頂きます」

と返事して小杉は立上った。

玄関で車に乗るとき、振返るとうしろにまだ、霞が立っていた。

――かわいそうなやつだ――瞬間、ふっと小杉の胸に同情がかすめる。人を愛するくるしさを知っている者同志の奇妙なあわれみなのかも知れない。

はりまや橋で小杉はその車を捨てた。夜の更けた交叉点に流れる車の灯はいっこうに減ってはいないが、ビルも商店もいちように戸を閉ざしている。

そのなかで、土電会館のテレフォンコーナーだけはいきいきとまだ活動していた。

小杉はそこへ近づき、電話帳を繰って〝邑井一郎〟の番号を探す。

あんなにもおそれ、遠慮していた晃子への電話を、今はもう何のためらいもなくダイヤルする気になっている。

長い間、小杉は発信音ばかりのその電話を手から離さなかった。受話器のむこうにきっと晃子が出る。そんな予感からどうしても切る気になれないのだ。

果して、暫くののち重く沈んだ晃子の声が聞えてきた。

「もしもし、お待たせ致しました。邑井でございます」

「ああ、晃子さんですね」

小杉はそういったきり、あとの言葉がでなかった。月並みなお悔みの言葉なぞ、いまさらしらじらしい。何をいわなくても気持は通じているはずだ、と小杉は思いながら、わざと明るく、

「お元気でいらっしゃいましたか？　案じていましたが」

「ありがとうございます。すっかりごぶさた申し上げておりました。あなたこそおかわりございませんか」

晃子の声も案外落着いていた。

「主人の訃以来、落着くひまもございませんでした。そのせいですか、少し健康をそこねましたようで……」

「それはいけませんね。よほど具合が悪いのですか？」

「いえ、大したこともございませんけど……。実家の母が家ですこし休養するようにとすすめてくれるものですから、二、三日うちには江川崎のほうへ帰ろうかと考えております」

「ほう」

晃子とはじめて会った日の、昏れなずんだ北幡の山々が小杉の目に浮んでくる。晃子の実家はあの静かな山あいにでもあるのだろうか。

「おひとりで帰られますか？　何でしたら」

いいさして小杉はふっと口をつぐんだ。

晃子の声を聞いてとっさに宇和島へ帰る決心をつけた自分に危惧を感じたからだ。宇和島と江川崎なら、赴任のときのコースを逆に江川崎まで一緒に行かれる。しかし相手は、夫を失ってまだいくらもたたない未亡人なのだ。

もし、小杉の敵側の人間にみられたとき、今度はあの鏡川のスナップぐらいではすまされないかもしれない。何に、どう利用されるかわからないのだ。

しかし……小杉はその危惧を自分から断ち切るようにして、手短かに宇和島の実父の件を晃子に話した。

「まあ！」

晃子は驚いて黙っている。

彼女も又、小杉の感じている以上の心配をしているにちがいなかった。

小杉は受話器の向うの沈黙にむかって声を励ました。

「晃子さん、勇気を出して下さい。僕は今、困難な問題はそれを突き破ってでも前進する気になっています。わかって頂けますか？」

「ええ」

低いが、力強い晃子の返事だった。

電話を切ったあとで小杉は、あんなに考えあぐねた宇和島行きが一瞬にして決まったことを悔いる気はすこしも湧いてこなかった。

むしろ、決心したことでひどく気持が軽くなっている。

小杉は弱っている晃子のために車を用意した。混雑した汽車や、あわただしい乗りかえや、シートの固いバスはとても無理だろうとの配慮からだった。

出発までに小杉はいろいろとしておかねばならぬことが多かった。二日間休暇をとれば大丈夫だという計算だったのが、よく考えてみると往復だけで二日はかかる。

父の方の予定もあろうし、それに例の係長などからの親切なすすめもあって、五日間の届けを出しておくことにした。

家を出るその朝、小杉は笛子に電話した。大阪行き以来、この少女にだけは胸を開く気になっている。しかし、先晩霞から聞いた瑞代と日守の件は何かむざんな気がして話す気にはなれなかった。

瑞代について清い美しいイメージをもちつづけている笛子に、ドンファンの噂があり、日守との関係を告げたなら、身も世もなく嘆き悲しむだろう。

電話のむこうの笛子は元気だった。

「そうお。宇和島へお帰りですか？　あとのこと？　笛子に任せといていいたいところよ。電話ではお話できないけど、笛子とっても素晴らしい協力者ができて、だんだんいろんなことがわかりかけてきたところです」

「ほう、いいボーイフレンドでもできたんですね」

笛子の弾んだ声につりこまれてつい小杉も軽口をきくと、

「ちがいます。ボーイフレンドなんてケチな野郎じゃない」

と言下にやられた。

口ぶりから推せば、何か成算があるらしい。

「じゃ頼みますね」

「はいわかりました。お元気でいってらっしゃい。そのかわり、オ、ミ、ヤ、ゲ」

最後に小さい声でいう。おそらく茶目っぽく首をすくめていることだろう。

約束の午後三時、小杉は車を天神橋のたもとにつけた。

橋の上をこちらに向って、晃子が近づいてくる。その顔をみて小杉は危うく声を挙げるところだった。

やつれている。びっくりするほどのやつれようだ。

もともと痩せぎすだったひとが、いまはいっそうかぼそく淋しそうにみえる。

小杉はそれをみて、夫に自殺された妻の、たとえようもない苦しさとかなしみがわかるような気がした。

黒っぽい単衣を着た晃子のために席をずらしてやりながら、

「陽あしが大分みじかくなりましたね。明るいうちに江川崎へ着けるでしょうか」

と話しかける。

車はもう走り出していた。

小杉は窓外の景色に目をやりながら、明神瑞代も邑井一郎も同様に死因が青酸カリであったことをふと思い返している。しかし今、このひとに邑井教授の死について語らせるのはざんこくな話だ……。

須崎をすぎる頃から、晃子の顔いろが悪くなっているのが小杉にはよくわかった。

「酔ったのですね」

というのへ、晃子はしきりと、

「大丈夫です」

と繰返していたが、たまりかねたのか、とうとうハンカチで口を掩って窓ガラスに顔を伏せた。

晃子はますます青ざめていくようだ。苦しそうにこめかみに汗がにじんでいる。夫の自殺以来、心労が晃子の躰力までむしばんでいったのだろう。

このまま江川崎まで走り通すのはとても無理なことはわかっている。小杉は運転手に声をかけた。

「君、どこかでちょっと休みたいのだが……」

「はい、もうじき窪川の町ですから、どこか探してみましょう」

車のなかではどう介抱しようもないのだ。晃子は口にハンカチをあてたままでじっと目を閉じている。吐き気があるのか、ときどき眉を寄せて堪えているようだ。

やがて窪川の町に入り、車は駅前広場をすぎて二つほど角を曲った横町で止った。古い冠木門のわきに〝旅館　天平〟という墨の字がかかっている。

玄関で交渉していた運転手が、

「どうぞ。かまわないそうです」

と戻ってくると、小杉は晃子を助けて車からおろし、運転手には心付を与えて帰すことにした。

奥まった座敷は広くて涼しかった。もう秋めいて鮮やかな葉鶏頭が庭の隅に茂っている。

晃子は縁側の籐椅子(とういす)に躰(からだ)を休めると、そのまま、唇のあたりへ手の甲をあててねむってしまったようだ。

町なかとは思われないほど、周囲は静かだった。

よく磨かれた縁側の木目の上に、晃子の白足袋の足が行儀よく重なっている。眠っている間も裾(すそ)を乱すまいとする心づかいからか、単衣の裾は直線に垂れてその足のかかとをおおっていた。

小杉はふと、いったい晃子はいくつなのだろうかと考えた。いつでも何かを堪えているようなつつましやかな落ち着きは、中年のようにも感じられるが、無心に眠っている顔は意外とあどけない。

その寝顔をまじまじと眺めていると、小杉の胸の底から何か無限に溢(あふ)れてくるものがある。これを、愛情という言葉で呼ぶのだとしたら、愛情とはなんと自分自身をまでしあわせに包んでしまうものだろうか。

人を警戒し、自分を抑制し、かつて人なつかしい感情のとりこになったことのなかった小杉にとって、晃子への気持は一つの強い決心を自分へ促してくるようだ。

――このひとを離すことはできない――小杉は口のなかで呟いた。

堪え難いほどの男の感情も、身内を揺すぶっていた。

小杉は寝顔への視線をあてたまま、膝におかれた晃子の片方の手をそっと取上げた。やわらかい、しなやかな手だった。熱でもあるのか、ひどく熱い。

ふっと晃子が閉じていた瞼を開いた。すぐ目の前に小杉の顔があるのをみて赧くなりながら、

「ずい分ご迷惑をおかけしてしまいましたわ」

といずまいを正そうとした。

しかし、小杉は捉えた手を離さなかった。逆に力をこめて、

「晃子さん。今夜、ここで泊まりましょう。是非！」

たそがれがあたりにしのびよってきていた。

「僕の覚悟はできています」

手を握りあったままで小杉はいった。

「高知という狭い土地で、僕たちのことは恰好の噂の的となることでしょう。あるいは僕の仕事の障害となるかもしれません。しかし、僕はもう恐れないつもりです。仕事でも人間関係でも人の噂でも、自分から勝っていこうとする姿勢をととのえなければすぐ負けてしまうのです。今夜、あなたはひどく疲れている。あなたがいやだと思えば、僕は朝まであなたの枕もとに坐っていていいんです。晃子さん！」

聞いている晃子の目のなかに、みるみる涙がもり上ってきた。

空いている片方の指先で頬の涙を拭いながら、晃子は首を横に振った。

「恐うございますわ。私」

「僕がですか？」

「いいえ、自分自身が。主人がまだ生きているとき、私、一度だけ、小杉さんのもとに走ろうと決心しかけたことがございました。でも、一度堰を切ったらあとへ戻らないような気がして……」

「あとへ戻る必要なぞ、ないじゃないですか」

怒るような調子で小杉は晃子の手を揺すぶった。

「晃子さん！」

小杉は手をほどき、椅子の上にかがみこんで晃子の肩を抱きあげた。ふるえ、おののき、そして唇が触れあうよろこび。たそがれがしのびよるなかの幸福な時間。

暫（しばら）くして晃子は自分から離れ、あえぎながら小杉にいった。

「やっぱり、今夜、江川崎へ帰してください。でないと私、あなたから離れられなくなってしまいます。それに……死んだひとの四十九日もまだ終ってはいませんし……」

その頰にはまだ涙が流れつづけている。

「あなたは……」

小杉も唇をふるわせながら、

「夫婦でありながら自殺する夫は、妻の存在を無視していた人間だとは思いませんか。彼の精神生活のなかに、あなたは何の位置も占めてはいなかったのですよ。彼に何の義理立てが要るでしょうか？」

晃子は小杉の激しい言葉を聞くなり、肩をふるわして泣き伏した。首すじにかかったおくれ毛までこきざみにふるえている。

「ひどいことをいいました。お許し下さい」

小杉は晃子の背をやさしく撫でた。

「僕の嫉妬でした。あなたが人妻だと聞いてから、僕はあなたの御主人をこの上もなく嫉ましく考えていたようでした」

そして小杉は自分自身へもいい聞かせるように、

「あなたがそう思われるのでしたら、今夜、江川崎へ帰りましょう。しかし、僕の決心は変りませんよ。あなたが何のためらいもなく僕のもとへ来られる日まで、僕は待つことにします」

宇和島市の山の手、竜華山等覚寺の前で車を捨てた小杉は、今も清冽な音をたてて流れている小川を渡り、昔かわらぬ野川の、櫺子窓のある我が家の前に立った。

もっこくの生け垣の奥にある古い二階家には、上も下も灯りがともっている。

小杉はわざと靴音を高くして玄関の格子戸をあけた。

「啓かな?」

母がとんできて、葦簀の障子に手をかける。

「電報には今日帰るとしか書いてないけん何時かわからず、朝から待っとってなあ」

その母もめっきり老けたようだ。

「お父さんはいかがですか?」

「それがな」

母は声をひそめた。

「お前が戻ったらじき手術するように手配したんやけんど、どうも手術も手遅れらしいし、それにお父さんもとっても手術を嫌いなさるけん、どうしたらいいろうなあ」

「でも手術すれば少しでも生きられるわけでしょう?」

母は首を振りながら、

「衰弱しとんなさるけんなあ。医者も首かしげとりますよ。手術中に逝かれる心配もあるそうなて」

「そんなですか?」

小杉は靴を脱ぐと二階に臥っているという父のもとへ行こうとした。母は小杉を呼びとめながら、

「お前、くれぐれも大げさにいうたらいけんぜ。お父さんはご自分ですぐようなると思いさってやけん」

小杉はうなずいて階段を上った。恩給と、少しばかりな家作で固く生活を営んでいる退職官吏の家。めまぐるしい世の推移とは関係なく、依然として表情のかわらない

家の内部のあちこちをなつかしくみまわしながら、小杉は葦簀の障子を開けた。投げ出した手もがい骨のようにやせさらばえていた。

父が、これが父かと見まがうほどのやつれかたで蒲団に横たわっている。

「啓か。よう帰ってきさったなあ」

小杉を見るとうれしそうに目尻にしわを寄せるその声ばかりは、案外としっかりしている。

「やっと休みがとれました」

「どうぞな。課長の気分は？　気苦労が多いやろが。官吏の勤めも外から見るほど楽じゃないけんなあ」

前が開いたねまきから、浮き上った肋骨がものをいうたびにあえぐ。

いたましさに小杉は顔をそむけながら、

「いい勉強になります。東京ではとてもこんな勉強はできませんでした」

「そうやろなあ」

父は満足げにうなずく。自分から病状を話すのがいやなのか、小杉のことばかり問いたがるようだ。

「お前、立間のしず子さんにはたびたび便りをしとらんようやな。わしが患うてからしず子さんは三日にあげず見舞に来てくれよる。気立のいい娘や。どうやろなあ、お前。早いところしず子さんと式を挙げて、一緒に高知へ連れていったら？」

宇和島へ帰ることを決めたときから、小杉はそれを誰かにいわれるのを覚悟していた。

義理固い父が、遠縁のしず子をいつまでも約束のままでおくにしのびない気持もよくわかる。

しかし死期の迫っている父に、今、小杉の気持を率直に打明けていいものだろうか？

小杉は父のそばへ寄って話を変えた。

「お父さん、足でもさすりましょうか？」

「ああ、かんまん、かんまん。お前は疲れとるやろけん」

父は遠慮したが、小杉は寝床の父の足へ手をのばした。躰中の健康な肉を病魔にむしばまれ肉の厚みなど、全く見られない細い足だった。

父は、やがてその生命さえ消されてしまうだろう。

生きてさえいてくれれば、小杉の当面している仕事の悩みにも、父は経験からきっといい助言をしてくれるにちがいないのに……小杉は胸が熱くなってくるようだった。

階段に足音がして母が果汁をもって上ってきた。

「おやお父さん、啓に足を揉ませよんなさるかなし。ええですなあ」

「うむ。なかなかようこたえるわ」

母は小杉に目くばせして、

「啓、お風呂におはいり。食事もまだやろ?」

母は手術のことについて打合わせするつもりらしい。

小杉は階下におり、湯殿へはいった。湯殿の電球のまるい笠が欠けたままになっている。生活はべつに落魄しているわけでもないのに、病人をかかえた家の手うすな暮しぶりをみせつけられるようでわびしい。

しかし、久しぶりの故郷の湯の味はなつかしかった。高知の銭湯に通い馴れた身には、古びたタイルの浴槽に身をちぢめる子供のようなうれしさがある。

母がガラス戸を外から叩いて、

「加減はどうぞな?」

いいながらもう薪を投げこんでいるらしい。

「どうぞな。お父さんは」

「手術せずあのままで置くとどうなんでしょうね」

とても手術には堪えられそうもない躰だ。

「ええ……今は痛みがまだ無いけんど、淋巴腺が痛みだしたり、食べたものを吐いたりしだすと……なあ」

母は声をつまらせている。煙にむせたふりして泣いているらしい。あと、長くて二カ月というくらいの寿命だろう。

「ならお母さん、お母さんには厄介ですが、うちでこのまま養生させてやりますか。手術中、万一のことがあるよりは、本人もいいでしょう」

「そうやなあ」

すこし頑固だが賢いあの父にして、何故こう手遅れになるまで病に気がつかなかったのだろう。遊学、就職、と小杉は青年時代から父とはほとんど離れて暮していただけに、せめてもう二、三年でも寿命を伸ばしてやりたいのだ。

ガラス戸の下で鼻をすすり上げている母に気付かれぬよう、小杉も濡れたタオルで熱い目尻のものを拭っている。

食事のとき、母も又、しず子の話をもち出してきた。

「お父さんはお前にしず子さんのこと話したやろ?」

「はあ」

「お前が戻ったら、簡単な内輪同志の式を挙げて、しずア子さんを高知へ連れていたらどうやろいうていいくらしていさってなあ。そうしたらどうぞな？」

「そうですね」

小杉は茶碗（ちゃわん）を置いた。

「お父さんもお前が一人暮らしで不自由しとるやろうと心配していさるし、それにしず子さんやって来年は二十八やもんなあ」

「僕はそのことで、しず子さんと話しあいたいこともあって戻ったのですよ」

「式や何かのことでかな？」

「いや」

「それやったら立間の親御さんらがとてもようやんなはる。向うのひとらも、しず子さんがうちに来る日を待ち兼ねとんなさるからなあ」

「お父さんが手術しないと決まれば、僕のほうから立間へでかけてもいいですが……」

「いいえ。立間からはお母さんとしず子さんが明日、ここへきさることになっています」

それを聞くと小杉はふっと嫌な気がした。

立間は宇和島にとなりあった吉田町のみかんの名産地で、日本では最初に農業法人制にふみ切った地区である。法人の立間方式は実質四年であえなくつぶれ去ったが、しず子の家はその後、家族だけで有限会社を作り、二町歩にあまるみかん畑を経営している。

祖父母、父母、兄、弟、としず子をのぞく一家の会社員の月給をあわせると、優に二十万を超す収入なら、自家用車の二台ももっておかしくはないのだが、それが万事につけ、小杉の家に対して差出がましい態度になってあらわれてくるような気がする。

しず子が、無気力でおとなしいだけの娘に育ったのも、若い親たちの経済力と生活態度に原因のひとつがあるようだ。

しかし、閉塞（へいそく）的なくらし方をしている小杉の両親たちは、却（かえ）ってそのほうをよろこんでいて、

「立間はよう世話のできるひとたちばかりやけん」

と常々口にしているのだった。

もし小杉が、ここで仕事の忙しさを理由に挙式をのばすといえば、立間の両親たちはたちまち手はずをととのえ、場合によっては高知にまで押しかけてきて、小杉としず子の家庭を作りあげてしまうだろう。

病床の父も、それをみとっている母も、半ばはそういう立間の家のやり方にこの際期待をかけているようなのが、小杉にははっきり読みとれるのだ。

「僕はね。お母さん。今、結婚どころじゃないんですよ。仕事の上でもいろいろめんどうなことがあってね」

「けんど、いつまでもひとりいうわけにもいかんけんなあ。お父さんも折角ああいいよんなさるし、立間のほうもきおいこんどるけん、この際、ぜひ式のまねだけでもするほうがええな。お父さんの枕もとで。なあ」

母は涙ぐんでいる。恢復の見込みもない病人なら、できるだけ願いをかなえてやりたいのだ。

翌る朝、父の病室の隣りで朝寝をたのしんでいた小杉の眠りを裂いて、賑やかな立間からの来客があった。

朝の光りのなかで、小杉は五カ月ぶりにあうしず子の控えめな笑い声を遠くにききながら、心に何の昂ぶりも覚えない自分をふしぎな思いでみつめている。

それは又、声をきいているときだけでなく、小杉がしず子と顔をあわしたときもそうだった。

小杉の朝食の膳は、気を利かした相手の親たちのはからいでしず子の給仕にしてもらったのに、小杉には何の感慨もない。ふたりだけに通じる笑顔など、むろんしず子にはなく、静かに、黙って、小杉の箸に気を配っているだけだ。

この無意志のおとなしさはいったい何なのだろう？　小杉は茶碗をさし出しながら、

「しず子さん、あなたと二人だけで僕は話したいことがある。食事のあと、町へでかけてみませんか？」

しず子ははっと眉をあげたが、黙ってうなずいた。

二階の病室にいる三人の親たちにその旨を伝えにいくと、日に灼けて健康そうなしず子の母は口を出して、

「啓さんはめったと帰ってきんさらんけん、しず子は、いっそ滑床へまで案内しさいや。あそこならもう夏も終ってじゃけん、静かですらい」

「そりゃええやろ」

寝ている父も痩せた手を振った。

「啓は宇和島子やのに、宇和島の観光地をほとんど知らん。ええ機会や。ふたりでいってきさい」

片道二時間余りかかるという滑床へでかけるなど、小杉にとってはひどくおっくうなことだ。

しかし、相好の変った病人の父がすすめるのには反対もできず、ともかくしず子を誘って小杉は家を出た。

等覚寺の境内の有名な竜吟の松でヒグラシが啼きしきっている。まだきびしい暑さにならない朝の陽のなかで、小杉はうしろのしず子をふり返った。

「しず子さん、僕は滑床というところにはまるきり興味がないんだが、どこか街なかでお茶でも飲みませんか」

そういわれるとしず子はひどく困ったようだ。うっすらとそばかすの浮いた、眉のうすい顔がやさしく曇って、

「でも……」

と言葉を濁す。おそらく、親と約束したことを一度も裏切った経験が無いのだろう。

「あなたは行ったことがあるのでしょう？」

「はい。でも啓さんが……」

「僕はいいのですよ」

そういわれても、しず子はやはり坂の途中で立ちつくしている。

今朝起きぬけに美容院へ行ったらしい頭と、目立たないベージュのツーピースとが、この娘をひどく個性のないものに見せている。

啓さんが……というこだわりをみせるものの、親にそういった手前、約束を破る決心はこの娘に急にはつかないのだ。

滑床へ行ってもいいな……ふいに小杉はそう思った。街なかの騒々しい喫茶店で簡単に結末のつく話ではないからだ。往復四時間の乗物苦に堪えるだけの誠意は、自分にあるはずだと小杉は省みている。

等覚寺前で車を拾うと、それを宇和島駅へ走らせる。窓に流れる街の景色は、この五カ月みないうち驚くほどの変貌（へんぼう）を示していた。

アーケードができた商店街もさることながら、鋸町（おがまち）、裡町（うらまち）も整然と明るく見違えるようになっている。しかし又、馴染みの深い宇和島の城下町風景がしだいにうすれてゆくさびしさはある。

故郷、という思いを宇和島の町にかけている人間たちにとって、袋町の一角と、東京池袋の商店街の一部と何ら変りがないということほど、味気ないものはないのだ。

わずかに城山の黒い緑と、焼けのこった山手の一部に幼ない記憶をよびもどしながら、小杉は車のなかでざんこくな比較をしているのだった。

古い宇和島の町と日々新たになっていく宇和島の町。豊後水道をへだてて九州に対いあっている宇和島の町と、太平洋にその全貌をさらしている高知の町。宇和島に住む古い知己と高知にできた新らしい人間関係。

そして、高知で接したいく人かの女性とかたわらに坐っているしず子……。

車が宇和島駅に着き、気の遠くなるほどののろいレールバスに乗っても、そのレールバスを松丸駅でタクシーにのりかえても、この比較は小杉の意識の底にいつまでも貼りついているのだった。

車は近道をとり、久米地林道を走ってゆく。

高知の小杉にあてて、しず子はこの五カ月のあいだ、きちんとハンコで押したように十日に一度の便りを寄越している。季節の挨拶に始まり、家族の近況から最後にはお躰に注意なさいますよう、ときまりきった文句まで、飽くこともなく繰返す。許婚同志とはしょせん、こんな淡泊なものだというあきらめで、しず子のおとなしさを肯定していた時期も小杉にはある。

しかし今、明神姉妹にみるあの能動的な情熱や、かぼそい躰に強い決意を秘めているような晃子を見ていた目には、ひどくたよりなく、又おさなく考えられるのだった。

車は、時間たらずで滑床公園の入口に着く。夏も終りのせいか、山の中にみえかくれするバンガローの周辺にもほとんど人影はないようだ。ときどき、異様な啼き声が聞えてくるのは猿だろうか。

しず子の案内で山の入口にあるユースホステル、万年荘で食事をとることにし、小杉はしず子と肩を並べて石の多い道を上っていった。

客のひとりもいない万年荘の土間に、エプロンをかけた初老の女がぽつねんと坐っている。

「あの啼き声は猿ですか?」

小杉が問うと、

「ようよう馴れたところですらいね。お客のなかには猿にいたずらをしかけるひとがおって困っとります」

なるほどかたわらの立札には、

「にらむな、逃げるな、からかうな」の戒しめがある。

女は話好きらしく、池から鱒(ます)をすくい上げてきて塩焼きにしながらも、台所口から首をのぞかせ、

「この万年荘の最初の管理人はもと巡査やった田所さんご夫婦でなあ。猿を手なずけるのにそりゃあ苦労しさったですよ」

と問わず語りをはじめる。

「この滑床に野猿がおることをみつけなはったのも田所さんで、それを馴らそうと奥さんが長うかかって猿の啼き声をまねしなはった。毎日リンゴやらピーナッツやらを置いとって、その啼き声で呼びなはったですよ。そうやってはその餌を一尺ずつ一尺ずつ麓のほうへ近付けて、ここで遊ばせるよう仕向けたけんど、どうしても馴れんなんだのです。そんで高知の大月町の大堂というところで猿をなつけたいうおじさんをよんで、調べてもらいました。そしたらこの山の猿はハゼの実を食べよることがわかり、九州からハゼの実を何俵も買うてこの万年荘の庭へ撒き、ようようここまで下りてこさせたそうやからなあ」

将来、滑床を観光地として売出すにはどうしても野猿というそえものが必要なのだろう。

食事のあいだ、しず子はなにくれと小杉の世話をしたが、せっかくの鱒は養殖のせいか香りが強すぎて、小杉はちょっと箸をつけただけであまりたべなかった。

「お嫌い？」

しず子が気を使うのへ、

「ああ。あなたよかったらどうぞ」

煙草をふかしながら小杉がすすめると、しず子はちょっとためらったが小杉の皿をひきよせて箸でつっついている。

……あなたは健康でいい奥さんになれるだろう……小杉はまわりの深い山々にむかって静かに煙の輪を吐いた。

万年荘のかたわらを百メートルばかり上ると滝が見えるというので、しず子は案内したいといい、小杉はそれに従うことにした。

杉木立のなかの新道をゆっくりと登ると道はいく曲りもし、その曲り角のたびに瀬の音がしだいに足もとに遠くなる。

ふいに木立がひらけ、山の冷気が肌にせまってくると、目の前に滝があらわれた。むかいの山の傾斜がゆるいせいか、滝はいっきに落下せずすこしずつ岩肌を這い、まるく弧を描いて泡立ちながら落ちてゆく。

「雪輪の滝ですわ」

「なるほど」

その滝壺の間近まで展望台がつき出ていた。人一人いない深山の静けさのなかで、飛沫のないなだらかな滝に対していると、こころ洗われるようなすがすがしさがある。

滝壺の碧さが目に沁みるように深い。

小杉は何故(なぜ)ともしれず大きく息を吸いこんだ。

かたわらのベンチにつつましく腰をおろすしず子にむかって、小杉は今、残酷な宣言をしなければならない。いや、残酷というのは、愛情のない男に嫁ぐことを却って指すのかもしれないのだ。

小杉は展望台の柵にもたれたままでしず子をふり返った。

「しず子さん、あなたは僕たちが婚約したころのことを覚えているだろうか？」

「え？」

しず子はふと目をあげて小杉を見た。不満というものに出合ったことのない澄んだ目のいろだ。

「僕たちは遠縁という理由で、あなたからでも僕からでもなく、誰ともなく口約束されたのが今日まで続いている。そのことについて僕は今ひどく疑問をもっといえば、あなたは何と考えるだろうか？」

真向かいの滝をみながら小杉はいった。

「こんな出発からの結婚はお互を不幸にするだけじゃないかと、僕はこの頃考えるんですが……」

しず子はけげんそうに小杉をみつめている。賢い娘には違いないが、突然そういわれても何のことかのみこめないほど、彼女は運命に対して従順なのだ。

「おやじの病気はもう時の問題になっています。僕たちの結婚を急がせるその気持はわからないではないけれど、これはやはり当事者の問題ですからね」

「でも……」

しずず子はベンチから立上ろうとはせず、

「私、いまのままで充分幸福ですわ」

「今のままで、とは?」

「啓さんにときどきお手紙書いたり、お父さんの看病させて頂いたり……」

「じゃ、ここで僕があなたとの婚約を解消したいといったら?」

小杉がその言葉を口にすると、しず子はぎくっとしたようだ。全く予期しない災難が目の前に不意にあらわれたようにせわしなくまばたきをして、

「どうしてなのでしょう?　私が至らないからでしょうか?」

「いや、あなたはいいひとですよ。ただ……」

いいさして小杉は口をつぐんだ。

疑問を抱くことをしらぬしず子に、小杉の逡巡（しゅんじゅん）と迷いにみちた今の気持を話しても、どれだけ理解してもらえるか?　いや、理解を求めるということ自体が男のエゴイズ

ムなのだ。

小杉は押し黙って心の中で自分を責め立てた。いくらりくつを並べたところで、要するにしず子との結婚に気がすすまなくなったという単純な理由のためなのだ。その底には晃子の俤が強く沁みついている。しず子の前にそれを悔いるよりさきに、それだからこそなお、しず子との結婚生活をはじめてはならないという潔癖なタブーを、小杉はもっている。

しず子はベンチから立上り、そっと小杉のもたれている鉄柵に近づいた。

「啓さん。結婚のこと、周囲がせかしたのがお気に召さないのでしたら、私、啓さんのお気持のなおるまでいつまでも待たせて頂きますわ」

その目尻に涙がにじみ出ている。その顔をみると小杉は胸を締めつけられるように苦しくなって、足下の滝壺の碧に目を落した。

すでに花の盛りをすぎた女の顔の、底抜けにやさしい表情というのは何とかなしいものだろう。しかもその花の匂いをうすれさせたのは婚約というはかない手形なのだ。考えると、小杉は全身がふるえてくるほどの男の責任と、べつな意味のしず子へのいとしさが湧いてくる。

「しず子さん！」

小杉は鉄柵の上のしず子の掌をとって握りしめた。妹にでも接するような肉親的ななつかしさが、小杉をいっそう苦しくさせる。

「僕をゆるしてください！　結婚だけは僕は、僕の生身でしたい、と考えはじめたんです。あなたには申しわけがないことだが……」

日が落ちてのち、小杉はひとりで野川の家へ帰った。しず子とは和霊町で別れている。

しきいをまたぐなり、母は、

「速達ですよ」

小杉に部厚い封書を手渡した。白い角封筒の左肩には十円切手が三枚も貼ってある。裏をかえすと、定規を当てたような四角い字で明神笛子、とある。瞬間、ある予感で小杉の胸はさわぎはじめた。

宇和島に来るまえ、電話で成算のありそうなことをいっていたから、きっと内容はそのことに違いない。しかし、吉か凶か、それは開いてみるまでわからないことだ。

母は夕食の給仕をしながら、小杉の顔をのぞきこむようにしてしきりと滑床行きのことをたずねる。遠まわしにしず子と挙式のことを話しあったかどうか探りたいのだ。

小杉は話がそれに触れようとするたびさりげなくかわしながら、食事が終わると二階へすぐ引き上げた。父の病床をのぞいておいて隣室で笛子の手紙の封を切る。四角い字がレターペーパーの上に躍っていた。

課長さん。宇和島のおうちの居心地はいかがですか。お父さんもお母さんもいらっしゃる課長さんの郷里というのは、ひとりぼっちの笛子にとってとても羨(うら)やましく思います。

せっかくお休みでのんびりしていらっしゃるのに、突然速達などさし上げてごめんなさい。

いろいろなことがだんだんとわかりかけてきたんです。この前電話で笛子はいい協力者ができたこと申上げましたでしょう。

それは大坪ミキ子といって笛子とは小学校の友達、大へん偶然なことにバー霞におつとめをしています。彼女はまだ霞では一カ月にしかなりませんが、その世界ではつてを頼れば情報が得られるそうでずい分と活躍してもらいました。

笛子の一番知りたいことは、お姉ちゃんの指にはめていた猫眼石が何故霞のマダムの手に渡ったかということでした。

お姉ちゃんは課長さんをお迎えにいったあの夜、うちからはその指環をたしかにはめて出ていっています。それが死体のとき指にはありませんでした。だからその夜指環をどうしたかというのが笛子の大きな関心だったんです。

ミキちゃんはその夜、霞につとめていた女のひとを探し出してくれました。今はお店をかえて〝紫〟というスタンドバーにいるひとですが、そのひとのいうのには霞であの夜、お姉ちゃんが指環を抜いてマダムに渡すのをたしかに見たそうです。『これで縁切るわね』とお姉ちゃんはいく度もいく度もマダムにいってたそうです。

そこまで読んで小杉は目を宙にうかせた。覚えている。〝きしむら〟で霞に会った夜、日守と瑞代の関係を聞かされたそのことにちがいない。霞のいうように、まだ若くて未経験だった瑞代は言葉巧みに近寄ってくる日守の誘惑に負けて、霞から日守が買い上げたその指環の贈りものを受け取ったのだ。

瑞代にすればもともと好きでもない日守の庇護から一日も早くぬけ出たいのが念願だったろう。

小杉の赴任の夜、組合業者を出しぬいていち早く小杉をつかまえたことは瑞代にとって最高に誇らしい手柄だったのだ。

そういえばあの赴任の夜、小杉を霞へつれこんだ瑞代の誇らしげな表情と対照して、けわしかった霞の眉も思い出す。

しかし、いったいこの土地のひとたちは何故そんな努力を払ってまで県の権威に媚びるのか。新任課長へいちはやくコネをつけることや、県が誓約書をとってまで業者の小売価格を統一させることや、考えてみればひどく前時代的な感覚なようだ。そのくせ、業者からの陰湿な圧力は絶えまなく、それに屈しないもののポストをおびやかす……。

笛子の手紙は続いていた。

課長さんは笛子に、お姉ちゃんが何故組合を脱退したかその理由を一番知りたいとおっしゃっていましたね。笛子の考えでは、お姉ちゃんが道修町の中川薬品から薬をとりはじめてのち、組合のボスが自分たちだけでいいことしているのを知り、それでお姉ちゃんが脱退したのかと思っていました。

でも調べてみると脱退はそれ以前だったようです。

笛子は課長さんに教えてもらった売掛帳の貸金取り立てにまわっているうち、高知のバーや、のみやのホステスさんのあいだにたくさん安い薬の流れていることを知りました。ビタミンC剤など、お姉ちゃんが乱売だといって業者に叱られたほど安く売っていたのに、ホステスさんが買っているのはそれ以下なんです。霞のマダムを窓口にして卸業者からもらったリベートの分を売っているのだと思いました。

最初、笛子はそれをてっきり磯崎のしわざだと思いました。霞のマダムを窓口にして卸業者からもらったリベートの分を売っているのだと思いました。

でもミキちゃんの偵察ではあまりに流れている薬が多すぎます。磯崎のはせいぜいリベートくらいですし、それに笛子が立ち聞きしたようすでは、霞のマダムの部屋に泊った晩は磯崎が薬をお金の代わりにやっていましたから他へそんなにたくさん売れるはずはありません。

そこでミキちゃんにも薬を買うホステスのひとりとして現金を持って探りにいってもらいました。そしたらやっぱり霞のマダムの小町荘のお部屋が売り場になっていたんです。押し入れをあけるといっぱい薬箱がつまっていたといいます。ホステスさんはビタミン剤をみんな欲しがるし、マダムのところのはすごく安いから注文はたくさんあるそうですが、マダムは現金以外では絶対に売らないんだそうです。

笛子はお姉ちゃんのもっていた薬事法をひらいてみました。笛子の大嫌いな数学よりもまだむずかしかったけれど、よくよく読んでいるうち、薬剤師の免許をもっていない人が薬を密売すると三年以下の懲役又は二十万円以下の罰金に処する、と書かれてありました。これだけでもマダムは大へんな悪事を犯していますね。

でもその薬は一体、どこから仕入れてくるのでしょうか。笛子はそれを知りたくてマダムの外の行動を尾けまわしました。お店のほうではミキちゃんが見張っていてくれます。

そして笛子は組合会長の日守周一というひとをつかまえました。前にも笛子は一度このひとに会ったことがあります。顔が黄疸みたいに黄いろくていつも疲れたような感じのひと。この日守がマダムにお薬を売らせていたのでした。

笛子は今度はこの日守を尾けはじめました。彼の薬局は野坂町の踏切りの近くにあって、奥さんも薬剤師ですから店を任して彼は殆ど出歩いています。困ったことには日守はスクーターで笛子は徒歩です。うまくタクシーでもくればいいのですが、尾けるのにはなかなか難儀しました。この苦心談は今度会ったとき聞いてくださいね。

さてその日守ですが、驚いたことには、高知の卸業者をガッチリと握っている張本人は彼でした。これは卸屋の桜花堂の店員さんから聞き出したことですが、高知の卸業者六社は日守をなかだちにして、小売業組合のボス四、五人にリベートを贈り、高知の小売業者とオール取り引きしていること、これは大阪中川薬品で聞いたとおりでした。日守は大へんわるがしこい男で、自分がそんなに権力をもっていることをけぶりにもみせません。だから、お人好しの磯崎などは今でも自分自身が一番えらいとおもっているんです。

でも、卸業者は何故日守にたくさんのリベートを贈ってまで（他の四、五人のボスが貰っている薬の量などとは比べものにならないくらいたくさんらしいのです）ご機嫌をとり結ぶ必要があるのでしょうか。

これはミキちゃんの奮闘によるものですが、霞のマダムがうっかり口をすべらしたところによると、高知県内にある県立病院へ日守の口利きでこの六社が薬を納めているというのです。県立病院で年間に使う薬の量はおびただしいものです。それをこの六社がすべて納めているとするとこの利潤は何千万円という凄い額になり、病院ご用をつとめるとつとめないのとでは大きなちがいになります。

ふつうに考えると、病院みたいに大きな消費者ならみすみす中間手数料をとられる高知の卸から買わなくても、直接道修町から仕入れたらよさそうなものだと思います。

でもそうやると、高知の卸業者がつぶれてしまうからという県の思いやりかもしれません。それにしても、それは薬事課の仕事でなにも日守などが出る幕ではないはずです。

笛子はある日、桟橋通りの死んだ仙人堂のおじさんのもとの家を訪ねていきました。お薬はすっかり片付けられ、〝鍼灸師(しんきゅうし)　小原〟という看板が出ています。この小原さん、甚作おじさんは仙人堂のおじさんの親友でもあり、又、死んだ私の父の友達でもありました。何か、古い昔の話でも聞けたらと考えて出かけた笛子の狙(ねら)いは外れていなかったのです。

日守周一の父親、日守竜之助というひとはやはり薬剤師でしたが、同時に市会議員もしていたといいます。この父親が当時貧しくて学校へも行けなかった西谷吉幸さん、今の薬事課課長補佐を援助し学資を出して薬専をすまさせた上で県庁へ入れました。その上、資金も出して自宅で開業する世話まですっかりみてやったといいます。

そこまで読むと、小杉の目の前を掩(おお)っていたもやがいっぺんに吹きとんでしまった感じだった。

日守周一の父親、日守竜之助という男が二十数年前西谷吉幸を県に入れたとき、果して自分の勢力拡張のための一役を担(にな)わせる意図があったかどうか……おそらくそれはあるまいと思う。何故なら、日守竜之助の期待に反して西谷の出世は遅く、やっと十五年して補佐に昇進したばかりだったからだ。役級を重んじる官吏の世界で下端の位置などどう利用すべくもないからである。

しかしその父親が死んだあと、西谷は日守周一にとって素晴らしい利用価値のある男として存在を大きくしてきていた。

薬乱売の全国傾向をみるや、いちはやく薬価統一という好餌で小売業者をまとめ、西谷を操って違反者を県で取締らせる。誓約書を書かせて定価販売を監視する。そのかげで日守は暗躍し、その上、卸業者には自分の顔で県立病院ご用達の特典をとりつけてやり莫大なリベートをうけとる。そのリベートはバー霞のマダムをクッションにして夜の蝶族に格安に売りさばく。

利巧な瑞代は日守とつきあっているうちそのからくりを見破り、自分から組合を脱退して大阪で薬の買い付けをはじめたのだろう。

新しい商法へ意欲を湧かせていた瑞代にとって、辺地という条件の上にあぐらをかいた申し合わせ商売なぞ、それでなくてさえ嫌気がさしていたのかもしれない。瑞代が出血を覚悟で霞の現金売りに対抗し、それと同等あるいはそれ以下の価格で掛売りをはじめたのも、霞や日守に対する瑞代なりの挑戦だったろう。のみならず、販路を求めて瑞代は活躍し、業者が危ながる漁船の委託販売まで手をのばしていたのだ。当然、日守を愛する霞は瑞代を憎み嫉妬し、ことごとに瑞代と対立していたことがうかがわれる。

笛子の手紙は県下の薬事業界の裏を突いていて、小杉にとってこの上もなく有利なものにはちがいなかった。あとは小杉の手で手紙の内容を裏付けするだけで、今月の議会には自信満々で立ちむかってゆかれる。

議員たちからどんな質問の矢が射られようと、卸、小売のくされ縁を説明するだけで小杉の立場は了解してもらえるのだ。

しかし今、小杉はふしぎと勝利感はなかった。このいく月、自分をくるしめていた敵の正体があばかれ、白日のもとにさらされたその安堵は感じても、心から快哉を叫ぶ充実した気力は湧いてこないのだ。

原因はどうやら、笛子の手紙の末尾の語句にあるようだった。

これで大体、お姉ちゃんの仕事関係のからくりはわかりました。でもかんじんのこと、お姉ちゃんは何故死んだのか、いいえ、誰に殺されたのか、そのことについては何にもわからないのです。全く何にも摑めないいんです。笛子は何よりも何よりもそれを一番知りたいのですのに……ひょっとするとお姉ちゃんは自殺だったのかもしれない、と思うこともあります。それなら、この五カ月もかけずりまわった笛子の努力は何だったのかしらと思うとひとりで涙が流れます。お姉ちゃんはほんとに何故死んでしまったのでしょう……。

終章　秋の日ざし

ウィークデーのせいか五台山の頂上に人影は少なかった。中継塔わきにライトバンを駐めた曽根はさきに立って展望台のほうへ歩きだしながら、

「足もとに気をつけろよ」

とうしろの坂田に声をかける。

そんなやや芝居がかった言葉をうけとってピッタリする程、坂田はげっそりと窶れていた。

二人の足音を聞いて寄り添っていたアベックが岩場のかげで離れるのを目のはしにとめて、展望台へ上る。

空気が刃物のように鋭く澄み切っている。目の下に秋の日をはじいて白く高知の街が拡がっていた。

誰もいない展望台で曽根がふかす煙草の煙はまっすぐに立上る。

「体のほうはいいのかね？」

「ああ」

坂田はものうく目を挙げた。まぶしげに目を細めて、

「いやな夏だったな。お互いに」

「そうだ」

曽根はうなずいた。

「君は肝臓も悪かったろうが精神的にもまいっていたんだよ。邑井教授殺人の容疑だの、写真の盗み撮りだの……」

「もうやめてくれよ」

坂田は不快そうに曽根の言葉をさえぎった。その眉根にまだどこやら暗さが残っている。

そのくせ、胸にわだかまっていたものを吐き出してしまいたいという気持があるのか、視線を遠く投げながら呟くように、

「今以て僕にはわからないことばかりだ。確かに写真は撮ったし焼き付けたキャビネを持ち歩いてはいた。そのときにバー霞へはふらふらと入っていったのだろうな。しかしあの霞のマダムが何故あの写真を僕から盗み出して邑井氏のところなぞへ送った

のだろう?」

「もういいじゃないか」

今度は曽根がさえぎる番だった。ポケットからポールモールの箱をとり出して坂田にさし出し、曽根はライターをパチンと鳴らして火をつけてやった。

「忘れるんだな。すべて。僕だって晃子さんへの執着はなかなかに断ち難いよ。やっぱりつらいんだ。しかし夫を失ったあのひとに向って、カメラの前に立てとはいえるわけのものじゃない。挫折だった。いや、敗北か」

「君は結局、モデルとしてでなく自分の対象として晃子さんを写していたんだ。な」

「ふむ。そうかもしれない」

瞬間、曽根の胸を苦い記憶がかすめた。日昏れどきの部屋、甘い花に似た香料、自分でも制しきれなかった欲情……。

曽根はその記憶を振切るようにして空を仰いだ。日ざしはまだきついが、よくピントの合ったファインダーのなかのように、空と遥かな山なみの緑がクッキリと区切られている。

「なあ坂田、僕はこの秋の終りに仕事を兼ねてヨーロッパをまわってこようとおもうんだ」

「ヨーロッパか」

坂田は深くうなずいた。きわめて闊達そうにみせているものの、曽根の心のなかは空洞のような淋しさにみちているのだ。

それっきり曽根も坂田も黙りこんでいる。邑井教授が死に、晃子もまたさびしい境涯になってしまったいまでも、二人の心にのこる傷あとは意外に深いのだ。そして又二人とも、それを口にするだけの元気さは湧いてきていないのだった。

香りの高いポールモールの煙だけが、秋日のふりそそぐ展望台のまわりに消え失せていく。

ふっと坂田は話題をかえて、

「君、再婚はしないつもりなのか」

と問うてみた。晃子の俤から解放されてしまうにはまだまだ時間もかかるだろうが、結婚でき得べくもないひとに想いをよせた友へのいたわりだった。

「そんなことはないよ。いいひとがあったらするつもりだ」

曽根は片頰で笑って煙草の灰を払った。

「晃子さんに似た感じのひとでなきゃいけないいんだね」

「いや、全然ちがう」

曽根は坂田の言葉を否定したとき、きわめて瞬間的だったが明神笛子の少女少女した顔が目に浮かんだ。

「むしろ逆だろう。うちは商人だから、仕事に協力してくれる行動的なひとのほうが、女房としたらいいのじゃないかな。単なる感じだけれどね」

いいながら曽根は、その言葉の響きにある男の身勝手さを充分に感じている。前の妻が長い闘病生活ののち亡(な)くなったし、不健康な暗さを本能的に拒否するのは仕方ないとしても、何の関連もなく笛子を思い出すのはあの無鉄砲な若さへの羨望(せんぼう)のようなものだろうか。

しかし、曽根は実際のところ、今家庭をもつなどとは考え設けてもいないことだ。

「日本のカメラも又、ドイツに押し返されそうな傾向もみえるし、当分まだ僕は仕事のほうが面白いだろう。結婚は二の次だ」

「それもいいね」

坂田は深く追ってはこなかった。

中学生の四、五人がどやどやと展望台に上ってきたのを機に、ふたりは立上った。

ソネカメラの葛島(かずらしま)工場へ来たついでに一足のばして五台山へ上ってみたのが、ふたりには意外とさわやかな気分をもたらしたようだ。

春の馬酔木(あせび)が花のない黒い緑を秋日につややかに光らせているそのわきをすりぬけて、二人はゆっくりと駐車の地点へ歩いていった。

「出発はいつだね？」

「十一月下旬になるかな。大体二カ月の予定だから留守の間のこともきちんとしておきたいし、準備にも時間がかかるからどうしてもその時期にはなるだろう」

「君、まさか戻って来ないつもりじゃないだろうな？」

「まさか」

曽根は笑った。

「こんないい土地を誰が見捨てるもんか。僕は高知がたまらなく好きだよ。絶対だ」

坂田はそういう曽根の目にふと光るものを見たように思った。

「曽根、君も躰(からだ)に気をつけろよな」

坂田はこころからその言葉を口にした。自分でも何となく涙ぐんでいる。

のろいレールバスが松丸駅についたとき、小杉は目を閉じて発車を待った。

ここはつい三日前、しず子と一しょに滑床へ行くために下りたった駅だ。三日前、というのに、まわりの景色はひどく過去の匂(にお)いがし、それが小杉の気持を責めつけてくる。

まるで無意志であるかのようにおとなしいしず子の気持を引き裂いてでも、今はもう小杉は自分にむかって忠実に進みたいのだ。

婚約破棄の話を小杉から聞いた母は半狂乱になって泣き、繰返しなじった。

「お前は高知へ行ってから人間が変ってしもうたなあ。土佐は鬼国やいうて昔からいうけんど、こんなにもお前を薄情な人間にしてしもうた……」

憮然と頭を垂れた小杉は、その母の悲しみを目の前にみても志をひるがえす気がこしもおこらない自分の冷酷さを、自分で責めてもみるのだった。

しかし、小杉の心の底に、その意志を失っている自分と結婚するしず子の不幸を思う気づかいが、厳然とそれを拒否してしまうのだ。お互に湧き立つほどの高い憧れをもつ愛のないくらしほど、みじめなものはない……。

母にいわせると、「二十七という年まで待たせて、今さら立間のほうへ何といいわけをするぞな。しず子さんやって、いかず後家で一生終るかもしれんやないか」と躰をふるわせてつめよるのだが、一生しず子がミスで終ったとしても、小杉との空疎な生活を送るよりはましだとおもっている。

母は小杉の意志がかわらないと知ると、声を殺して、

「お父さんには話したらいけませんぜ。悲しみのあまり急に容態がかわるといかんけん」

父の手前は何とかとり繕っておくという母にいっさい任せて家を出たのだが、母もしず子もおそらくまだ他のひとには打明けてはいないだろう。その裏には小杉の翻意を期待している感じがなくもないが、小杉自身はもうすっかり心のなかから断ち切ってしまっていた。

進みだしているものはとどめようがないのだ……。

小杉はやっと松丸駅から発車したバスのシートに背をのばして上衣(うわぎ)の内ポケットを上から抑えた。

そこには笛子の手紙がはいっている。少女の身でさまざまの障壁を打ち破り、これだけの資料がととのえられたのは全く驚嘆の他はない。しかし皮肉なことに、調べあげたことごとくは小杉のためになるものばかりで、笛子が執念を燃やした姉の死因はまるきり摑(つか)めてはいないのだ。小杉にすれば笛子への感謝とともにすまなさでいっぱいなのだが、もし今後、自分の力でできうる事なら協力しようと決心している。いたずらな警戒心など捨て去っていいのだ……真実のものには惜しみなくこころをひらいていっていいのだ……。

農夫や行商の女や通学生をのせたレールバスは揺れながらレールの上をすすみ、真土駅をすぎるとまもなく西ヶ方の駅につき、もうつぎは江川崎だった。

車の左手にみえはじめた清冽な川の流れを見、その流れに山容をおとしている山系を見あげたとき、小杉のこころは堰を切ったようにはげしくふるえてきた。

その山の中の家に、晃子が小杉の到着を待ってくれているのだ。

窪川の旅館〝天平〟の一室で、晃子は少女のように小杉と指切りし、

「お帰りにはわたくしの家に寄ってくださいね。母もよろこびますわ」

そして窪川から一緒に乗った車をわざわざ自分の家の登り口までつけさせ、

「ここから登りますの。坂のカーブを三つ曲った小道を左手に折れた屋根門の家ですわ。宇和島からのレールバスの窓から見えますことよ」

その晃子のやさしい声音がまだ小杉の耳の底に残っている。

平地よりは一足先に秋が深んでいくその山列に沿ってレールバスは走り、ほどなく江川崎の駅に入った。

まばらに出ていく乗客たちのさきに立って、小杉はレールを渡り、改札口を経て駅の外に出た。

秋のもやが地面からも河床からも湧き上るように這っている。まだそんな時刻でも

ないのに、陽の傾いた谷底の町はすこし肌寒い感じの夕昏れとなっている。

小杉は鞄をもち、駅を出ると急ぎ足に狭い道を歩いた。木材置き場を通り江川崎橋を渡る。

橋の下で瀬の音が高く鳴っているのが聞える。小杉は歩きながらひどく充実した自分を感じていた。

四月の赴任以来、こんな充足感がかつて一度でも小杉にもたらされたことがあっただろうか。いつも孤独と疎外感にいためつけられ、それに負けまいとして肩をそびやかした空疎な日々の連続だった。

いま、ふところに笛子の手紙をもち、まさしく晃子に会えるというこの時間は、小杉の生涯の中でも一つのエポックと呼んでもいいはずだ……。珍らしくそんなふうに小杉は快よいうぬぼれを自分に許しながら橋を渡り、左に折れて教えられた用井地区のほうへ進んでいった。

山の中腹の晃子の家まで、駅からは約一キロあるという。

いまの小杉にとってその一キロは何でもなかったし、車を呼ぶよりひとりで考えながら歩いていくのがずっと楽しいのだった。

もし晃子の躰がすっかり快復していれば一緒に高知へ帰ればいいし、やはり弱っているようなら顔を見ただけで今夜のバスで一人先に帰ってもいい。山草の匂いがする山の道ぞいを、小杉は胸にこれからの晃子との日々をたたみ重ねながら、とうとう用井地区の登り口に来た。

上から柴を背負った老人が彎曲した足でゆっくりゆっくり下りてくる。小杉をみると丁寧に頭を下げた。

坂のカーブを三つ、数えながら曲ると、なるほど左に折れる小道がある。秋草をふみしだきながらその道を五、六メートルもはいるとふいに眼下がひらけ、四万十川の流れが白銀に蛇行しているのがみえた。

駅が黒いマッチ箱ほどの大きさでそのかたわらに立っている。

山手側にはもう古びた練塀がはじまっていた。宅地をひろくとれない山の斜面の家にしては塀はかなり長い。風雨にさらされてところどころいたんでいるのが如何にも旧山林主の住居らしい。

〝屋根門〟はその塀のまん中あたりに、しのぶぐさをいっぱい這わせたたたずまいでみられた。

小杉が門に立つと、門のわきの植込みからすっと影のような静かさで年配の女が現れた。

「小杉様でございましょうか」

女はどうやら晃子の母親らしい。うなじやおとがいの辺りに晃子によく似た線がみられる。

小杉が名乗ると母親は、

「どんなにおいでをお待ちしていましたやら」

といいもあえず、普段着の袖で顔を掩った。

ただごととは思えぬ晃子の母の取乱した様を見て、小杉の胸にふとある不吉な予感が閃いた。

「晃子さんがどうかなすったんですか？」

顔を掩うたままで母は深くうなずき、

「私がついておりながらとんでもないことを致させました。今朝、あまりに起きてこないので上っていってみますともういけなかったのでございます」

「よほど躰が弱っていたのですね？」

車酔いで唇のいろまで青ざめていた晃子の顔を目にうかべながら小杉は聞きかえした。

「いいえ」

母は激しく首をふり、

「小杉様あての遺書もございますから何もかもお話申し上げますが……青酸カリでした。青酸カリを呑んだのでございます」

「何ですって？」

小杉は思わず大声を挙げた。いったい何ということだ。

「それは本当でしょうか？」

母は声もなくうなずいている。

小杉は信じられなかった。宇和島の帰りに寄ってくださいといった晃子の顔も言葉も、ついさっきのような新鮮さで小杉の胸にある。

あれは嘘だったのか！　自分をだましたのか！

怒りが次第にこみあげて来て、小杉は全身をわななかせ、晃子の母をにらみつけるようにして叫んだ。

「いったいどうしたというんです。何故青酸カリなど飲む必要があるのです？」

「それは……」

晃子の母は絶句し、涙を拭きながらうなだれた。

たそがれの這いよってきた庭に小杉は足を踏んばって突っ立っている。足を踏んばっていなければその場にぶっ倒れてしまいそうだ。

小杉はかつて妻を残して自殺した邑井教授を非難し、はなればなれだった夫婦の精神生活をあわれんだ。夫に拒否されたかにみえる孤独なその晃子と、又別な意味での孤独な自分との結びつきは、より真実に、よりあたたかいものでなければならぬと小杉は信じていた。

しかしあれは単なる小杉の一方的なうぬぼれに過ぎなかったのだろうか。でないことには、晃子を迎え入れるすべての条件がととのった今の小杉に、こんなどんでん返しの悲しい結末を与えはしないはずだ……。

灯り(とも)の点った母屋のほうでわずかな人影がちらちらしている。母は気をとりなおして小杉に頭を下げた。

「どうも失礼申し上げました。晃子に会ってやって下さいますか」

「会いましょう」

小杉はむしろ胸を張って応じた。どんな事情があろうと、〝待つ〟という言葉に千金の真実を賭(か)けた自分に背き、自らの命を断った晃子に対して、小杉は精一杯の抗議をしたいのだ。

「こちらでございます」

暗くなった前庭を通り、母が案内したのは客殿ふうに建てられた大きな納屋だった。晃子の寝ているという二階にはすでに灯りがはいっている。

晃子は胸の上に手を組み、仰臥していた。嘘であってほしいと、いちるの望みをかけた小杉のねがいをよそに、死はまさしく晃子を冷たい屍に変えてしまっている。しかし、その寝顔はなんというものかなしさだろう。薬のせいで紅潮した頰が、かつて小杉がみたこともない生気に輝いているのだ。湖の底にでも棲息しているようなあのもの静かなかげは今、眠っている晃子からは全く感じられない。

その皮肉さがいっそう苦しく、晃子の死の動かし難い現実を小杉に訴えかけてくる。死んでいないことをねがい、もし死んでいたなら精一杯の抗議をぶっつけてやろうと決心して階段を上ってきたのに、晃子と相対するなり小杉の虚勢は脆くも崩れ落ちた。

「晃子さん！」

せき上げてきた言葉と一緒に思わず触れた晃子の手は、ざんこくな拒否の意志を示す冷たさだった。

何故だ！　何故死んだのだ！　何故死んだのだ！　何故死んだのだ。

人目がなければ晃子をゆすぶり、かき抱き、目をさまさせてやりたい！　こんなにも元気な頬のいろをしているではないか！

起きなさい！　目をひらきなさい！　晃子さん！

小杉のうしろで暫く嗚咽していた母がやがて顔をあげて、

「高知から戻りましてから晃子はここで寝たり起きたりしていましたが、それでも三日目ぐらいに死んだ父親の墓参りにひとりで出掛けたりして、わりあいに元気だったものですから私も安心しておりましたんです。でも今思えば、この部屋の片付けなどごとごとやっていたのでございましょうね。ここへはまだあの子の持物なども多少おいてありますから」

なるほど八帖間の座敷には、一閑張りの机や衣桁や手文庫など、晃子にふさわしい持物がきちんと隅に片付けられている。

「母屋には晃子の兄夫婦が居るものですから、昨夜も十時前まで一緒にテレビを見、私にもおやすみをいってひとりでここへ上ってきました。べつに変ったようなことは何もなかったのです」

してみると自殺の決意は今朝突然、晃子の胸に湧いた衝動的なものだったろうか。

小杉はしかし、ふしぎなある一致にしきりとこだわっていた。四月の赴任以来、彼が出会った自殺はことごとく青酸カリを用いているということだ。

赴任の夜、中央公園で謎の死を遂げた明神瑞代がそうだし、晃子の夫邑井一郎も又青酸カリ自殺だ。今又、目の前に晃子のそれを見ると、小杉は何かしら平静な気持ではいられなくなってしまうのだった。

何かがある！　きっと何かがある！

小杉はそれを知りたいと思い、又、知らねばならぬ義務を感じている。

「失礼ですが、遺書は何通、どなた宛のがありましたでしょう？」

小杉は気をとりなおして母にたずねた。

「これはうっかりしておりました。早くお渡ししなければなりませんのに」

母は立上り、晃子の手文庫をあけて白い封書をとり出してきた。

「遺書は私宛のものとあなた様へのこれと、二通だけでございました。私宛のはあと始末のこまごました指図とそれからたぶん今日、あなた様がここに見えるだろうからということが書いてございましたが……」

小杉は封書を受取って灯のもとでじっと眺めた。青いペン字のあとは晃子のこころの乱れとも、あるいは覚悟の上とも受けとれる。

それにしても、晃子はいつごろから自殺の決心を固めたものだろうか。

小杉はこの遺書をできるならたったひとりっきりで読みたかった。誰もいないところで裸の自分になってしまい、怒り悲しみ又とめどもなく愚痴を呟きながら読みたかった。

しかしそばには晃子の母がいる。彼女にしても二通だけしかない遺書のうち、自分のへはごく事務的なことしか書かれていないとすると、小杉の部厚い封書の中身を知りたいと思うのは当然だろう。

小杉は、晃子の躰に手をかけて衣服をなおしてやったりしている母のかたわらで、仕方なくその封を切った。

罫のあらい土佐紙の便箋に、字は一字一字ていねいに書かれてある。今はその文字のあとも心がふるえるほどのなつかしさだ。

おゆるし下さいませ。この遺書を私はいく度書きなおしましたことか……そのたびにこの言葉しか書けず、書いては又あと絶えてしまうのでございます。あんなに固くお約束していましたのにこんな方法でそのお約束を破ってしまう私を、あなた様はどんなにか不実なやつと思し召しのことでしょう。あなた様はこんな私を待つ、とおっしゃってくださいました。そのお言葉は私にとってどれほど嬉しゅうございましたことか……その力強さに支えられて、私も気をとりなおし、強く生きぬこうと心を決めたのでございます。愚かな自分というものを許すほどの気になっていたのでございました。でも、江川崎のこの家に落着きましてからこの先、私に与えられる幸福を考えましたとき、私はほんとうに空おそろしくなって参りました。

あなた様の愛の深さに触れれば触れるだけ逆に自分の罪深さが責められるのでございます。勇気を出してあなた様には何も彼も申上げてしまいましょう。私は自殺の覚悟を決めた四月のあの日から、死ぬときは遺書のひとつも書かずひそかに死んでゆきたいものと念じておりました。そのほうがこの三十二年、ひっそりと影のように生きてきた自分にふさわしいし、又、死者に対する私なりの礼節だと存じておりました。でも今、私はあなた様に何も彼もすっかりお話しとうございます。又、是非ともしなければなりません。それがお約束を破った私に課せられた一つの義務なのだと考えております。

ほんとうに、私は愚かな女でございました。その愚かさ故(ゆえ)にとうとう人二人、殺してしまったのでございます。

お話申上げるのもお恥かしいことですが、私、夫の邑井一郎とはなかば強制的に結婚させられてしまった関係か、夫婦仲がしっくり行ったという経験もなく、お互いに不幸な夫婦生活を送っていました。私という妻は夫の名誉欲、出世欲のかげに押しつぶされてしまい、夫と人間的な触れあいもなく長い年月すごしていたのでございます。

私はこんな冷たい家庭のなかで、邑井一郎という男の子供を決して産みたくないと思いました。こう申し上げるとあなた様はさぞかし私を冷酷な女と思しめすことでしょう。事実、私は邑井に対して決していい妻であったとは申せません。でも女は愛しているひとの子供をこそ欲しいものでございます。生まれた子供も私同様、邑井の飽くない名誉欲の犠牲になるのかと思えば、私には堪えられないほどのものがございました。

私は当時、市販されていなかった経口避妊薬をひそかに手に入れてもらうため、市内で一番大きいといわれる日守薬局を訪ねました。日守周一は経口避妊薬の副作用について述べ、しきりと私をとどめましたけれど、私はおしきって無理にお願いをしたのでございます。それだけ強い思いでございました。あとで考えると他に方法もないではないのに、私は何故、この経口避妊薬をこれほど欲しかったのでしょう。たぶん、私の若さが、夫に対するひとつの復讐（ふくしゅう）めいた行為へ駆り立たせていたのではなかったかと思います。でも考えてみればこれは私にできる精一杯の抵抗でした。他に夫の前で私はなに一つ主張することを許されていなかったからでございます。しかし、結果としては思いがけぬわるい事態をよびおこしてしまいました。

私が夫へ内密にしているのにつけこんで日守が私を脅迫しはじめたからでございます。私の外出、夫の留守を狙っては薬をとどけに来がてら、私を誘惑しようとします。あまりのしつこさに私は腹を決め、夫に告げ口されても構わないことを日守に宣言しようと、考えたこともございました。でも、やっぱりそれはおそろしゅうございます。陰険な夫は離婚などという月並みな方法でなく、私を苦しめるにちがいないと思われたからです。

それに夫は、東京転出を狙ってからは日も夜もそのことに没頭するようになり、私と寝室を別にするようになってますます心のへだたりも拡がっていたからです。当然、もうその薬は必要ではなく、日守の手を逃げ切れそうに思えたのですけれど、事実はますますしつこく絡みついてくるのでした。

私は困り、絶望し、死を思ったことも何度かございます。あるとき日守にゆずってもらった青酸カリをいたずら半分、カプセルに詰めてみました。それは私も夫も日頃常用している精神安定剤のカプセルで、中身の粉を青酸カリと詰め替えたというわけでした。いつの日か、これを飲んで死ぬときがくるのか……私はぼんやり考えながらそれをバッグに入れて持ち歩いていたのでございました。

その頃、私はふと明神瑞代さんと日守との関係を耳にいたしました。狭い高知の街のこと、私のお茶仲間で薬局のお嬢さんが、お友達と話されていたのを洩れ聞いたわけでございます。悪らつな日守はきっと、後楯もなくおひとりで薬局を切りまわしていらっしゃる、瑞代さんの弱さにつけこんだのだと思われます。

私は瑞代さんとお話しあってみたいと思いました。お互に日守に苦しめられているつらさを語り合いたいと思いました。山に生まれ山に育ち、孤独と忍従には馴れている私ですのに、このときばかりは瑞代さんとお友達になりたいとのぞんでいたのでございます。でも、駄目でございました。一、二度明神薬局の前を通りましたものの、自分から愚かしい恥をさらす勇気がなかったのでした。

ことしの四月、私は亡父の三周忌で江川崎へ帰りました。するとどこで聞いたのか日守から速達がこちらへ届き、高知市内のある料亭と時間とを指定して是非来るようにとの指図なのです。思いますに、邑井のほうでは私が江川崎で泊っているとばかり考えています。日守にとってこれほどいい機会はないわけで、文面には一段と威丈高に、そしてもし来なければただちに邑井一郎に会って委細を話すと書いてあるのです。

いつものことながらやっぱり私は弱うございました。いく度考えても日守の手紙を無視する勇気もでないまま、ともかく話しあおうととるものもとりあえずその日、江川崎発午後四時十四分のバスに乗ったのでございます。その折のこと、私は今でもはっきりと覚えております。田野々（たのの）の町はずれから土砂くずれの徒歩連絡になりました際、私は汽車連絡が遅れるのかと気が気ではありませんでした。こころも空な私を、あなた様は森の暗がりでじっと待っていてくださいました。あなた様のお心づかいが身にしみながら、でも私はやっぱりゆっくりお礼を申し上げる余裕さえございませんでした。

わざとあなた様にかくれるようにして汽車に乗った私は、高知駅であなた様を見定める時間もなく、指定された場所へと急いだのです。日守と会ったそのときのことはもう申上げますまい。もしけがされれば死ぬ覚悟をしている私には、日守も負けてしまったのでしょうか。やっと解放されてその料亭を出、夜風にふかれて中央公園のベンチで私は休みました。緊張のあとで私は疲れきっていたのでございます。そのときふいに思いがけなく私のベンチにふらふらと明神瑞代さんがいらしたのです。

私はおどろきました。声をかけようかと迷っている私のそばで、瑞代さんはお苦しそうに喘いでらっしゃるのです。どうやらひどく酔っておいでのようでした。お水頂戴」しきりにおっしゃるのです。

「お苦しゅうございますか」私が声をかけますと瑞代さんは、「お薬ないかしら、

このとき私はとり返しのつかぬ過ちを犯してしまったのでございます。

バッグの中に車酔いの薬をもっているのを思いだし、「トラベルギン差上げましょうか」と申しますと、「結構よ。それ頂戴」とベンチに俯伏したままいわれるのです。せいていたのと、はじめて瑞代さんに会った驚きとで私はトラベルギンとまちがえ、あの青酸カリを入れたカプセルをバッグの中からとり出してしまったのです。ふたつのカプセルはよく似ていました。色がすこしちがうだけで大きさは同じだし、暗い場所だし……でもいいわけはゆるされません。決してゆるされません。見ず知らずの人間から薬を貰って飲むというのうかつさが瑞代さん側にもいえますけれど、ともかく瑞代さんは苦しんでいましたし、私は瑞代さんということをはっきり存じ上げての上だったからです。

私の目の前で瑞代さんは苦しみはじめました。私は動顚し、うろたえ、そしてこときれてしまった瑞代さんをその場においたままふらふらと歩き出していました。人一人殺しながら私のとったこの行為はたしかに責められるべきでしょう。

でもほんとうのところ、私は衝撃のあまりに正気を失っていたようでございました。気がついたのは見もしらぬ旅館の一室で、陽がもう高く上っている時刻だったのでございます。

それからの私の苦しみ、お察しくださいませ。自首しようにも時を失うと勇気もうすれてしまいます。それに、何よりも夫の名が出ることと、あの時刻中央公園にいた私の行動を夫に知られるのが私にはおそろしゅうございました。

結局ひとりで自分を責め苦しめ、そして日ならずして自分も瑞代さんのお供をしようと考えつづけていましたそのさなかに、あなた様と内原野(うちはらの)でふたたびめぐり会えたのでございます。

それからの私の気持ちはいっそう複雑にいっそう苦しくなってゆくようでございました。死のうと決心していながらあなた様に今一度お目にかかりたいという望みも湧きます。

でも皮肉なことに、死ぬ決心をしてのちにやっと人を愛する喜びを知ったのでございました。

そののち、私は青酸カリの置き場所にはいっそう注意を払ったつもりでしたが、又も夫の命をこのカプセルで奪ってしまったのでございます。

カプセルはバッグに入れ、常に私の茶室においてありました。死はいつも私ととなりあっていて、ときにふっと甘美な誘いともなりそしてあなた様のことを考えるときはいまわしい悪魔のように拒否してもいたのです。

その朝、私は集金の方に支払いしようとして財布も入れてあったそのバッグをもって台所へいったのです。その一寸の時間でした。夫は私が常用している安定剤を一つ取るつもりでテーブルの上のバッグをあけ、カプセルを掌にのせて書斎へもっていったようでした。

私は邑井一郎をたしかに憎んでいました。その子供を産みたくないと考えたほど憎んでいました。

でも、自分の手で夫を殺すほど大胆な女ではございません。もしそれがやすやすとできるようでしたら、過去十年余の結婚生活をこんな暗い絶望的な気持ちで送りはしなかったでしょう……ほんとうにどんな償いをしても許されない過失を犯してしまったのでございます……

遺書はまだ続いていた。

……そうだったのか……小杉は手紙を置くと、長い、深い吐息を吐いた。いい難い複雑な悲しみでいっぱいだった。

思い返してみると、ふにおちなかった晃子の行動はいろいろとあった。最初の瞬間からどこやら暗い翳り(かげ)を秘めているような印象だったのも、又、身分をひた隠しにしようとしたのも今にしておもえばこんな重い秘密を背負ったせいだったろう。

小杉は眠っている晃子のそばににじり寄り、そっと掌をのばしてその冷たい頰を撫(な)でた。

かわいそうに！

うつそ身ではついに結ばれることはなかったけれど、小杉は今、むくろとなってしまった晃子に、いっそうの愛着といとしさを感じてくるのだった。

秘密の重さに堪えかねたであろうそのかぼそい肩をひきよせ、いのちの限り愛撫(あいぶ)しながら、小杉はこうささやきかけてやりたいのだ。

――晃子。馬鹿だったなあ、お前は。

死ぬ以前に何故(なぜ)、僕に打明けなかったのかね。

過失致死で罪に問われても、やがては晴れて僕の胸にとびこんで来られたのに。

その言葉は長いこだまをひいて小杉の胸のなかでいつまでも鳴りつづけていた。

おそらく晃子が現実に生き返りでもしないかぎり、潜在的な重い呟き(つぶや)となって今後も小杉の心を噛みつづけていくのだろう。

頭を垂れ、晃子の死顔に深い視線を送る小杉のそばで、母は遠慮勝ちに、それでも待ち兼ねていたように聞いた。

「あの、遺書へは何ぞ書いてございましたか?」

「いや、べつに」

小杉はみじかく否定した。

「そんならやっぱり晃子は、一郎さんのあとを追うたのでございましょうか。それとも躰が弱いことを苦にしたのでしょうか」

「そのどちらでもないでしょう。晃子さんは心が美しすぎたんです」

母は充分納得できない顔ながら小杉の説明を聞いて黙った。

世間には、他人に死にまさる苦しみを与えながらのうのうと自分は生をたのしんでいる人間もある。よし過失としても交通事故なら人を殺しても許されるケースは多い。しかし晃子はそういうふうに自分を甘く許してしまうことは決してできなかったのだ。

かわいそうに!

小杉は呟き、唇を固く噛みしめてその冷たい頬を撫でつづけるのだった。

江川崎発午前八時二十分のバスが発車する直前、小杉はもう一度用井地区のみえる山腹をふり返った。

朝陽が山の片側にようやく届こうとしていた。晃子の実家邦枝家のあたりには秋の朝霞(あさがすみ)がうっすらとかかっている。

その家の一間に晃子は今も永久にさめることのない眠りに就いているのだ。

夜どおし晃子の冷たい手を握りつづけて今朝を迎えた小杉は、できることならその躰が茶毘(だび)に付され、白い一片の骨と化してしまうまで見とどけてやりたいと思う。しかし、休暇の日数は既に終っていた。小杉は今、一刻も早く薬事課長に戻らねばならぬ任務をもっているのだ。

バスはやがて、正確に時間通り発車した。

小杉は肩を怒らせてバスの最前列に陣取り、梶棒(かじぼう)につかまりながら前方をみつめる。五カ月前、この線をこのバスで通ったとき、北幡の山々は遅い春だった。車窓からはときどき花の匂(にお)いが流れこむのに車内はまだ寒く、コートの衿(えり)をかきあわせたことまでなまなましく思い出される。あのとき、小杉は新任の抱負にあふれ、未知の土地に対する闘志を抱えてこの座席に坐(すわ)っていた。

バスはおなじように今、四万十川の流れを伴いながら九十九折(つづらおり)の谷底の道を這(は)い、喘ぎながら進んでゆく。

この北幡の山々が連なる四国山脈でさえぎられ、日本の主要な開発ルートからもそっぽをむかれているさいはての地、高知。そこにうごめいている人間たちのちっぽけな欲望。いささかの私腹を肥やそうと企らむ日守も、又、彼に躍らされた小売業者たちも地方という偏った視角に立たされているのだ。

考えてみれば地方の住民とは何とかなしい存在なのだろう。

欲望自体姑息に陰湿に、つながりあった人間関係のなかにもぐりこんでいくのだ。

自分自身、溺れ、ぬきさしならなくなることも気付かずに……。

しかし今、小杉はこのさいはての土地に根をおろす日の自分のことを考えていた。ここに晃子が生き、そして死んだという大切な意味の他に、このめんどうな人間関係のなかでこそ仕事を完成させねばならないという考え方に魅かれてもいるのだ。それは気負うた決意ではなく、すでに五カ月間馴染んだ高知の地へようやく湧きはじめた小杉の愛着とよぶべきものかもしれなかった。

小杉はふと、宇和島の老父のことを思った。

晃子のみならず、父も日ならずして鬼籍に入ってしまうだろう。

父へのなつかしさも晃子への愛惜も、今は決して避けることのできぬ心の枷として小杉は背負いつづけていくつもりだった。小杉が生きてある限り、永遠に……。

バスは、す枯れた秋草があえなくその姿をさらしている埃（ほこり）っぽい道を、朝陽にむかって走りつづけている。

まもなく、田野々の町だった。

読者のみなさまへ

思いもかけずこのたび「湿地帯」を刊行して頂く羽目になりまして、自分でもまだ動悸（どうき）が収まらないような気分でおります。

この作品は、昭和三十七年、私が女流新人賞を頂いたのを機に、地方文化の振興と新人への激励をこめて、その二年後に高知新聞が独自で連載を企画してくれたもので、当時としてはまことに画期的なものでした。

生れて初めての連載に、新人の私がどれだけ緊張、そして張り切ったか、誰も想像に難くないと思います。

しかし、ねらい通りにはいかず結果はさんざんで、自分でもいささか恥しい作品になり、以来四十三年間、篋底（きょうてい）に眠りつづけていたのです。

このたび、その眠りからやっとさめ、若き日のままの私の筆あとを読者の方々にごらん頂き、そのご感想を仰ぐことにようやく決心ができました。

決心のきっかけは、長いあいだお世話になった高知新聞社に対する私のささやかなご恩報じの気持と、本作りは達人の新潮社がこの刊行の労を取って下さることになったからなのでした。

どうぞご一読、お笑いくださいい。

平成十九年梅雨のさなか

宮尾登美子

解説

末國善己

宮尾登美子が、日本を代表する作家であることは改めて指摘するまでもあるまい。芸妓娼妓紹介業を営む家に生まれ、複雑な家庭環境に翻弄された著者自身の過去を題材にした自伝的四部作『櫂』『春燈』『朱夏』『仁淀川』から、花柳界や仁俠の世界を描いた『陽暉楼』『鬼龍院花子の生涯』、郷土高知県の人間国宝に迫った『一絃の琴』や上村松園をモデルにした『序の舞』などの芸道小説、『東福門院和子の涙』『クレオパトラ』『宮尾本平家物語』といった歴史小説まで、その作風は幅広く、映画、テレビドラマ、舞台化された作品も少なくない。『天璋院篤姫』が高視聴率でも話題を集めたNHKの大河ドラマ『篤姫』の原作に選ばれたことも記憶に新しい。

だが宮尾登美子の作家生活は、必ずしも順風満帆ではなかった。一九六二年に『真珠の家』で高知放送主催のラジオドラマ脚本募集に応募して佳作一席に入選、同年に『連』が婦人公論女流新人賞を受賞し直木賞の候補にもなるが、その後は一九七二年に私家版の『櫂』が太宰治賞を受賞するまで、雑誌の編集やライターをしながら原稿を出版社に持ち込んでは断られる生活を送っているのだ。

本書『湿地帯』は、デビュー直後の不遇時代にあたる一九六四年に「高知新聞」に連載されたものの、二〇〇七年まで単行本化されなかった〝幻の一冊〟であり、宮尾作品には珍しく、ミステリーや恋愛小説の要素が取り入れられた異色作となっている。

物語は、国立の衛生研究所で薬務技官をしていた小杉が、高知県庁の薬事課長になる辞令を受け高知市へ向かうところから始まる。小杉は窪川駅へ向かうバスに乗り合わせた謎の女が、なぜか強く印象に残ってしまう。ようやく高知駅にたどりついた小杉は知人が厚生省に勤めているという女・明神瑞代に食事へ誘われ、その後、バーのママ霞を紹介されるが、翌日、瑞代は青酸カリ中毒による死体となって発見される。

小杉は、姉の死に疑問を抱いた明神笛子と共に事件の謎を追うことになるのだが、著者が瑞代の変死とそれを解明するダイナミズムを物語の原動力に選んだのは、連載当時にミステリーが大ブームになっていたことと無縁ではないだろう。

一九五八年、松本清張がアリバイ崩しと官僚汚職をからめた『点と線』、手形詐欺を題材にした『眼の壁』を立て続けに刊行してベストセラー作家になると、リアルな犯罪と事件の捜査を通して社会悪の存在を暴く社会派推理がブームとなる。その前年の一九五七年には、仁木悦子が『猫は知っていた』で公募式の新人賞になったばかりの第三回江戸川乱歩賞を受賞。平凡な町中で起こった殺人事件の謎を、植物学を学ぶ仁木雄太郎と音楽大学師範科に通う悦子兄妹が論理的に解き明かす展開は、ミステリーにつきものと思われていたエログロや猟奇趣味を排したこともあって、幅広い支持を得ることになる。清張と仁木を車輪の両輪として巻き起こったブームは、少数の熱狂的なマニアが愛読していただけのミステリーを、一躍エンターテインメント小説の主流に押し上げていく。当時のミステリー人気の凄まじさは、加田伶太郎（福永武彦のペンネーム）、水上勉、安部公房、曾野綾子、新田次郎、石原慎太郎、吉行淳之介、司馬遼太郎といった一般文学の書き手が、続々とミステリーを書いたことからも分かるのではないだろうか。まだ新人だった宮尾登美子が初の長篇小説、初の新聞連載でミステリー的な趣向を用いたのは、自然な流れだったのかもしれない。

姉の死を乗り越え、前向きに時に無鉄砲に事件を追う笛子は、仁木悦子作品に出てくる少女探偵を思わせるし、高知市へ向かう途中で出会った謎の女性が、大学で心理学を教える邑井教授の妻・晃子であることを知った小杉が、許されざる恋と分かっていながら晃子に魅かれていき、その恋心が事件の推理に微妙な影響を及ぼすところは、ベントリー『トレント最後の事件』やフィルポッツ『赤毛のレドメイン家』に近いので、著者が内外の名作ミステリーを読み込んで本書に挑んだことがうかがえる。その中でも最も強い影響を受けたのは、清張の社会派推理だったように思える。

瑞代の死の直後、高知県薬局業者組合の会合に招かれた小杉は、薬局を経営していた瑞代がビタミン剤の販売をめぐって組合と対立し、店の経営が悪化していたのに誰の支援も受けられずに自殺した、との話を聞かされる。だが笛子が店の状態を調べてみると、自殺するほど経営が悪化していないことが分かってくる。

清張は、高級官僚の汚職や経済犯罪といった社会問題をミステリーの題材に選んだが、本書も当時の読者が高い関心を持っていた保健薬ブームを踏まえている。日本人の生活に余裕が生まれ始めた一九五五年頃から、健康維持や疲労回復のためにビタミン剤、強肝薬、栄養剤などの保健薬を飲むことがブームとなっていた。一九五八年には、治療用医療薬を抜いてビタミン剤が医薬品の生産額第一位になるものの、一九六〇年代に入ると、大手メーカーの広告戦略もあって、薬を病気の治療ではなく健康や美容のために飲む人たちが増大し、保健薬の乱用が社会問題になっていたのだ。

瑞代の死の真相を調べる小杉と笛子が、薬価の決定に知られざる暗部があったり、行政が消費者ではなく業界を向いて仕事をしていたりする実態はもちろん、テレビやラジオＣＭの影響によって変化する消費者の購買意識、金を出せば美や健康も買えるという風潮の広がりといった大量消費社会の〝闇〟にも切り込んでいくところは、まさに正統的な社会派推理といえるだろう。

ただ清張が、主に庶民を喰いものにする政治家や高級官僚を批判の対象にしたのに対し、著者は、ビタミン剤を飲むことで美を維持しようとする女たちの欲望、闇雲に安い商品を求める消費者が小売店を圧迫していることに気づかず、結果的に自分たちの首を絞めている状況なども掘り下げており、庶民が単なる〝被害者〟ではなく、無意識のうちに〝加害者〟に転じることを指摘するなど、独自色も打ち出している。

さらにビタミン剤の暗部を暴く一方で、後半になると、女性専用に開発されたある薬が、女性の〝生〟と〝性〟を変容させることも浮かび上がらせている。男性が気付きにくい問題を掘り起こし、それを事件解決の重要な鍵として用いる終盤は、女性の人生を描くことを生涯のテーマにしている、著者の原点の一つと考えて間違いあるまい。

少し余談ながら、瑞代が作り上げたビタミン剤の独自仕入れルートは、メーカー→問屋→小売店という流通経路が遵守されていた一九六〇年代半ばには、かなり画期的だったと思われるので、経済ミステリー的な楽しさもある。ただ、現代の読者から見ればディスカウントストアなどでは当り前のように行われている手法なので、驚きは少ないかもしれない。このあたりは、『点と線』のトリックが、当時の読者には意外でも、現代の読者には常識の範囲に収まっていることに近いものがある。

本書が、社会派推理として必要十分な要件を満たしていることは確かである。社会派推理の傑作と比べるとトリックや伏線に弱さもあるが、当時はブームに乗り遅れまいと、ミステリー色のない企業小説やサラリーマン小説、業界裏話などを社会派推理と銘打って刊行していた。本書は、そうした通俗的な社会派推理よりは遥かに完成度が高いのだが、さすがに出世作となった『擢』以降の作品と比べると、どうしても欠点が目に付いてしまう。

小杉と晃子の恋愛は、小杉の推理をミスリードさせるので描く必然が感じられるが、邑井教授の同僚・坂田が晃子に想いを寄せるエピソードは、あってもなくても大勢に影響はない。坂田の友人でカメラマンでもある曽根が晃子をモデルに写真を撮りたいと考え、坂田に晃子の説得を頼むエピソードも（坂田が盗撮した小杉と晃子の密会写真が多少は本筋にからむが、やはり唐突な印象は拭えない）、どこにも着地しないまま放り投げられている。ちなみに、坂田に頼まれ晃子を説得することになった女子大生・矢尾品子は、晃子がモデルになれば「〝薔薇刑〟という写真集」よりも話題になると力説する。『薔薇刑』は三島由紀夫を撮影した細江英公の代表作。三島は、一九五七年に人妻の不倫を描いた『美徳のよろめき』を発表、タイトルに使われた「よろめき」は浮気を意味する流行語になる。著者が、晃子の不倫を物語の中心に据えたのは、三島から始まる「よろめき」ブームを踏まえた設定だったのかもしれない。

それはさておき、曽根は、笛子に頼まれ瑞代の遺体の写真を撮影してもいるのでもっと殺人事件にからむのかと思いきや、中盤以降になると完全に表舞台から姿を消してしまう。坂田と曽根は登場回数が多いのに活躍の場がないだけに、緊密な構成と脇役まで丁寧に肉付けを施している宮尾作品を読み慣れていると、アバウトな人物造形と書いたままで放置された伏線に、違和感を覚える読者も多いように思える。

こうしたマイナス部分が気になったからこそ、著者は「読者のみなさまへ」で、本書が長く単行本にまとめられなかった理由を「ねらい通りにはいかず結果はさんざんで、自分でもいささか恥しい作品になり、以来四十三年間、筐底に眠りつづけていたのです」と語り、最後を「どうぞご一読、お笑いください」と自嘲的に結んだのだろう。

だが本書に瑕疵があることは認めながらも、著者の言葉を額面通りに受け取ることはできない。それは、東京から高知に赴任した小杉を通して地方の閉鎖性を暴くと同時に、高知を嫌い東京進出こそが出世と考える邑井教授に中央の地方蔑視を象徴させることで、現代にも通じる中央と地方の関係に迫っているからである。

高知出身で当時は高知在住だった著者が、地元紙「高知新聞」に連載した作品だけに、本書は、バスと国鉄の乗り継ぎ風景が有名だった窪川駅へ向かう場面から物語を始め、陶芸の工房が並んでいた安芸(あき)市を紹介するなど、トラベルミステリーを思わせる描写も多い。清張は『ゼロの焦点』で能登、北陸の観光名所を魅力的に描くことで北陸観光ブームを起こしているので、著者の頭の中には、本書が単行本化されて全国に行き渡れば、（残念ながら、著者の意思のみで実現はしなかったが）土佐に観光客を呼び込めるとの思惑があったのかもしれない。

しかし、物語が進むと観光案内は影をひそめ、産業規模が小さいからこそ多少の不正に手を染めなければ生きていけない地方の現実や、それを黙認どころか時に主導している行政の実態など、ダーティーな話題が増えていく。ただ現在よりも中央と地方の格差が大きかった時代に高知で暮らしていた著者は、不正を批判する〝正論〟を声高に叫ぶのではなく、中央に人材も税収も吸い上げられ、だからこそ独自の〝慣習〟を作って閉鎖性を高める地方の実情をクローズアップすることで、中央の姿勢も問題視しているのだ。

本書が発表された後、田中角栄の登場などもあって中央と地方の差は小さくなった。

本州と四国のあいだには橋もかかり、作中に出てくる薬局のように、船に薬を積込む機会も減っているはずだ。だがバブル崩壊で、中央に地方を支える余力がなくなると、再び地方は切り捨てられ、都市部との格差が広がっている。このような時代だからこそ、まだ日本が貧しく、中央が地方を支えられなかった時代の暗部に迫った本書の意義は大きいように思えるのだ。

宮尾登美子は高知県を舞台にした作品を数多く発表しているが、高知の良さ、美しさだけでなく、醜さや憎しみもラジカルに表現している。愛しているからこそ、裏も表も突き詰めて書こうとする姿勢は、間違いなく本書にも流れている。その意味で本書は、著者の作家活動を知るうえでも、重要なポジションにある作品なのである。

（平成二十二年四月、文芸評論家）

この作品は平成十九年八月高知新聞社の企画により新潮社より刊行された。

湿地帯

新潮文庫　み－11－18

平成二十二年六月一日発行

著者　宮尾登美子

発行者　佐藤隆信

発行所　株式会社新潮社

郵便番号　一六二―八七一一
東京都新宿区矢来町七一
電話　編集部(〇三)三二六六―五四四〇
　　　読者係(〇三)三二六六―五一一一
http://www.shinchosha.co.jp

価格はカバーに表示してあります。

乱丁・落丁本は、ご面倒ですが小社読者係宛ご送付ください。送料小社負担にてお取替えいたします。

印刷・二光印刷株式会社　製本・株式会社植木製本所

ISBN978-4-10-129319-6 C0193